BLEUE COMME L'ÉTÉ

BLEUE COMME L'ÉTÉ

Marie Lenne-Fouquet

ÉDITIONS
SARBACANE
Depuis 2003

De la même autrice, chez le même éditeur

Mardy et Ozgo, le monde d'en dessous (coll. Pépix, 2020)
Kidnapping à la confiture (coll. Pépix, 2019)

En littérature jeunesse, chez d'autres éditeurs

Corps de fille (Talents Hauts, 2021)
Livio hyperhéros (Kilowatt, 2021)
Le Grand Bain (Talents Hauts, 2020)
La Bonne Culotte (Talents Hauts, 2018)

Site Internet : marielennefouquet.fr

BANDE-SON

– The Beach Boys, *Surfin' USA*

– Chip Taylor & the New Ukrainians, *Fuck All the Perfect People*

– The Hillbilly Moon Explosion, *Queen of Hearts*

– We Want Sound, *Burning Crow*

– System of a Down, *Toxicity*

– Parabellum, *Bang Bang*

– Michelle Gurevich, *Lovers Are Strangers*

– Adrienne Pauly, *Pourquoi*

– Zaza Fournier, *Paupières closes*

– Bob Marley, *No Woman No Cry*

– Gotye, *Somebody That I Used to Know*

– Clara Luciani, *Respire encore*

– Barcella, *Améthyste*

– The Smashing Pumpkins, *Disarm*

– Smith & Burrows, *Wonderful Life*

– Jain, *Gloria*

À ces garçons si précieux, Achille, Jules et Nicolas.
À mes nièces, Susie-Lou, Charlie-Rose et Anaëlle.

« J'ai remarqué ça, chez toi.
Tu as tendance à introduire un léger désordre
dans ce qui était prévu. »

VIRGINIE DESPENTES, *Vernon Subutex 2*

VENDREDI 2 JUIN

Un œil torve entrouvert sur son téléphone, Prudence évalue si se rendormir dix minutes lui permettrait malgré tout de prendre une douche. Elle décide que oui, glisse délicieusement son pied sur le côté frais du lit et referme les yeux.

Trente-huit minutes plus tard, elle s'extirpe de sa couette comme on sursaute d'un flagrant délit. Elle active la machine à café, court sortir un t-shirt, un jean, n'en trouve pas, renifle celui du panier de linge sale et ça ira très bien, jette le tout dans la salle de bains, attrape son café fumant, l'emporte avec elle sous le jet d'eau capricieux, grimace en se brûlant la gorge et la peau, se dit qu'il va vraiment falloir détartrer ce pommeau, repose la tasse vide sur le porte-savon (à côté de celle d'hier), saisit sa brosse à dents et son dentifrice, hésite à se laver les cheveux, inonde le tapis en sortant à toute vitesse, s'essuie rapidement, peste en s'habillant contre les vêtements qui collent, se poste devant le miroir, ôte la buée avec le tissu d'une manche.

– Eh *merde*.

Elle a la marque de l'oreiller.

Soupirant, Prudence scrute son visage fin, presque anguleux, puis tente un rapide coup de blush sur sa joue droite, juste sous la traînée d'étoiles de rousseur qui la traverse d'une oreille à l'autre. Mais la cicatrice de dormeuse ne disparaît pas. Tant pis. Elle passe ses doigts dans le carré roux et sauvage de ses cheveux, ramène une mèche sur son visage, perd un temps fou.

– N'importe quoi !

Elle tapote sur son téléphone :

faire disparaître la trace de l'oreiller

La recherche l'égare dans mille onglets (Prudence apprend que c'est dû en partie au vieillissement d'une peau mal hydratée), mais rien d'utile parmi les conseils farfelus. Ça l'énerve, elle laisse tomber. Elle vérifie un bouton, là depuis trois jours, constate un mieux. Du petit doigt, elle coiffe ses sourcils au-dessus de ses yeux bruns (senois, pour être précise), inspecte son nez afin de s'assurer que rien ne dépasse de ses narines (ça lui est arrivé il n'y a pas si longtemps et elle ne l'avait pas très bien vécu), puis sort de la salle de bains.

Faisant hoqueter la porte du placard sur ses rails, elle attrape sa sacoche avec son appareil photo, jette un œil à la pendule… et remarque qu'elle est très en retard, évidemment. Pourtant, elle attend une minute, ne pouvant se résoudre à partir sur le chiffre quatre (le chiffre des catastrophes, de la malchance, des conflits, des ratés, des emmerdes imminentes). Quand enfin il est remplacé par un brave cinq (le chiffre du soulagement, du mouvement, de l'espoir, d'un certain optimiste doux), elle se décide, elle n'a de toute façon pas le temps d'attendre un sept (signe de joie conquérante, d'éclat de gloire, de dynamisme fougueux, d'intelligence vive et de sex-appeal indéniable), elle claque la porte, court dans les escaliers, dans les rues de La Rochelle, dans le hall de la Coursive.

À l'accueil, elle rejoint Meï.

Sa meilleure amie l'embrasse.

– T'es en retard ! Et fais pas style je bossais ! dit-elle en zyeutant la joue froissée de Prudence.

– Oui, je sais, mon emploi du temps est inscrit sur ma figure... Tu savais qu'on appelait ça « la ride du lit » ? C'est mignon, non ?

– Très. Allez, viens. Tu vas être contente, c'est une pièce avec pas mal de changements de costumes.

Prudence ne peut retenir un petit rire d'excitation.

– Trop bien ! Ils sont d'accord pour les photos en coulisses ?

– Oui, c'est bon. Je leur ai dit que tu savais te faire invisible. Mais je compte vraiment sur toi, hein, parce que c'est leur dernier filage : concentration maximale, tu te tiens tranquille, d'accord ?

Meï la fixe dans les yeux.

Prudence hoche la tête avec une vigueur exagérée.

– Compte sur moi !

– Je te laisse, je fais l'accueil des scolaires aujourd'hui ; tu me rejoins à midi !

Après un petit signe à la queue-de-cheval lisse et noir de jais qui s'éloigne, Prudence se dirige vers les coulisses. Mais, juste avant d'y pénétrer, elle pose son regard sur la porte bleue, parce que cette couleur l'apaise et lui redonne confiance, c'est de loin sa préférée, puis elle prend le temps de se recentrer. Elle gonfle son ventre d'air, ferme les yeux, expire longuement. Malgré ces exercices de respiration, appris depuis l'enfance (sinon elle explose, sinon elle s'asphyxie), lorsqu'elle pousse la porte, l'explosion sensorielle la renverse.

Elle prend tout :

l'odeur,

transpiration, chaussures sales, parfums floraux, tentures moisies, poudres roses

les voix,
gaies, rapides, efficaces, chantantes, volant au-dessus d'elle :
– Lalalalilalilala !
– Certainement, maître De La Tour !
– Plus fort.
– Certainement maître De La Tour !
– Plus doux.
– Quelqu'un a vu ma fraise ?
– On a dû la planquer, tu la ramenais trop, hihi...
– Cinq minutes ! Sur scène dans cinq minutes !
la lumière,
jaune, dense, enveloppante des loges,
la poussière et les ombres,
jouant à chat entre les corps.

Prudence adore les coulisses, les sols dépareillés, les portes qui grincent, les velours lourds, les couleurs graves, les fringues en tas, les fils partout. Ces lieux où s'exerce la vie quand elle est pleine, vibrante, la bouleversent toujours, elle a l'impression que les murs ont la mémoire des ondes collectives qui traversent les corps avant la scène. C'est trop pour elle, beaucoup trop, mais quel régal que ce trop-plein-là !... Elle extrait son Canon de son nid douillet, et capture cet envers du décor.

Dans les loges, c'est l'effervescence. Appareil vissé à l'œil gauche, Prudence tente d'emporter la tension hétéroclite, le silence des uns, les vocalises des autres, l'immobilité ou l'agitation des membres, les regards sombres et les rires nerveux. Elle se fait toute petite, elle s'espère décor abandonné là, comme faisant partie des meubles. Son appareil la tient. Il la contient, même, dans sa petite boîte noire, il calme le feu, cadre la foudre et, sans lui, Prudence a parfois l'impression qu'elle brûlerait pour de bon.

Au démarrage du filage, elle s'adosse contre le mur à côté des miroirs. Le spectacle ne l'intéresse pas, elle patiente dans les loges : pour elle, le beau est ici. Aux aguets comme un prédateur, elle guette ses proies : la grimace du comédien, la sueur qui fait couler le fard, les flashs de peaux nues aperçus entre deux changements de costume.

Quand elle a suffisamment de toute cette intimité-là, elle s'en va. (Jamais elle ne parle aux comédiens. Elle n'a pas envie de gâcher ce qu'elle a vu d'eux, encore moins ce qu'elle a cru voir, c'est son théâtre personnel.)

La frénésie de la matinée lui a presque fait oublier une autre impatience : dans le calme des coulisses, elle ressort son portable, rafraîchit toutes ses applis. WhatsApp, Insta, Messenger, Snap : rien, rien, rien, rien.

Son cœur va s'arrêter, c'est sûr, elle le sent déjà s'amollir… à moins qu'il ne s'emballe trop, à moins qu'il n'explose, puisque le voilà qui repart à toute berzingue, incontrôlable.

Elle se replonge dans un exercice de respiration. S'apaise avec peine. Range son téléphone.

Pour se porter chance, elle pose sa paume sur le bleu de la porte, compte les secondes dans sa tête, *une, deux, trois, quatre, cinq, six, sept…*, ressort son téléphone, soupire. Puis quitte les coulisses.

De retour dans le hall bondé, elle repère immédiatement les frêles contours de Meï, sa queue-de-cheval qui oscille à chaque mouvement. Elle sourit. Ça l'a toujours fascinée, cette manière qu'ont les silhouettes que l'on connaît de se détacher d'une foule.

Meï l'entraîne :

– Viens, je veux te présenter une copine !

– Qui ça ?
– Une étudiante en arts à Paris ! Elle est d'ici, certains vendredis et week-ends elle bosse avec moi en extra. Elle fait de la photo, elle est cool et elle adore la peinture, vous devriez vous entendre ! En plus, tu verras, elle connaît trop de monde, elle pourra peut-être te rencarder quand tu seras là-bas !
– Attends, attends, rien n'est joué, les résultats, c'est demain…
– Moi, je crois en toi ! Viens, Jude doit être en train de déjeuner.
– Euh, *Jude* ?
Prudence est hilare.
– *Hey Juuuude, don't make it bad*… se met-elle à brailler.
– Arrête, on a dû lui faire un milliard de fois. Et, meuf, tu t'appelles *Prudence*.
– Oui, ben, je préfère.
Elles pénètrent dans une petite pièce qui sert de salle de repos pour le personnel.
– C'est bizarre, je ne la vois pas… Ah si !
« Jude » est accoudée à la fenêtre. Prudence comprend d'un coup d'œil l'engouement suspect de Meï. Des formes dessinées, des cheveux fous, des yeux clairs en amande, un grain de peau certainement insensible à la ride du lit.
– Je vois. Et sinon, Clara, elle la connaît, Jude ?
Meï pique un fard.
– Ça coincerait entre elles.
– Tu m'étonnes…
– Me regarde pas comme ça.
– Alors ne rougis pas comme ça.
– Fous-moi la paix, elle est hétéro, c'est juste pour le plaisir des yeux. Viens.
Meï s'élance vers Jude.

– Salut, Jude ! Je te présente Prudence, tu sais, elle a passé le concours de Louis Lumière.

– Ah, oui… Salut, Prudence ! Alors, c'est bon ?

Quelque chose, dans la manière qu'a Jude de s'exprimer, dans sa posture, dérange Prudence. Une sorte de nonchalance, comme si elle savait l'effet qu'elle produisait sur Meï, et en jouait.

– Salut. Je ne sais pas encore, je saurai demain.

Meï sourit excessivement.

– On va se poser sur les fauteuils, là-bas, ça vous dit ?

Jude se tord le nez.

– Je préfère rester à la fenêtre. Dans cette salle, je sais pas… Y a une odeur.

Voilà.

C'est officiel, Prudence la déteste.

Elle a horreur des gens qui disent « Y a une odeur ». Ça ne veut rien dire. Une odeur de quoi ? Ses lèvres pincées signifient bien qu'il s'agit d'une odeur désagréable, mais de quoi ? De mélange de bouffe ? De moisi ? De produit d'entretien ? De merde ? C'est quoi ce puritanisme des odeurs ? Qu'est-ce qui, parmi les odeurs des autres, indispose à ce point sa majesté qu'elle ne peut pas la nommer ?

Prudence sent des plaques écarlates lui germer sur le cou, et voit les yeux de Meï s'agrandir. Sa meilleure amie sait. Elle va tenter d'éviter le débordement.

– Oui, oui, tu as raison, ça sent un peu le mélange de plats réchauffés, euh… on peut carrément sortir sinon, d'accord ?

– D'accord.

– Oui, prenons l'air, souffle Prudence. Loin de « l'odeur »…

Meï la pousse du coude et la fait avancer.

Une fois assise sur un banc à l'extérieur, elle se détend.

– Prudence est super douée en photos. Elle a participé à un concours sur la région, on va à la remise des prix ce soir.

L'œil de Jude s'anime soudain.

– « Nouvel Éclair » ?

– Oui ! Mais j'ai peu de chances de gagner, précise immédiatement Prudence.

– Non, mais tu es dans les cinq finalistes ! Faut toujours qu'elle se dévalorise, c'est dingue !

Meï tente de jouer la complicité avec Jude en lui posant la main sur le bras.

Prudence n'aime pas du tout le sourire aux yeux trop plissés que Jude lui offre. Elle ne doit pas être du genre à se contenter d'être finaliste.

– Je connais bien ! Je l'ai gagné il y a deux ans ! Je comprends que ça te mette la pression. « Nouvel Éclair » c'est une opportunité géniale et une belle vitrine pour le lauréat. Ça m'a beaucoup apporté. Et encore, moi, la photo, c'est en dilettante.

Comme, à cet instant, Prudence a envie de coller la tête de Jude dans son bol de salade piémontaise et de lui enfoncer la fourchette jusqu'au tympan, elle se lève un peu précipitamment.

– Je sais, oui. Bon, je vais vous laisser. Salut, Jude. Meï, je rentre à l'appart, on se voit tout à l'heure.

Meï est un peu dépitée.

– OK. À tout à l'heure, Prudence !

***

Sur le trajet, Prudence parle à grandes enjambées pour évacuer.

– Une belle vitrine et gningningnin, mais moi je suis dilettante mais overdouée parce que j'ai gagnéééééé, et moi je suis une artiste, et moi je vis à Pariiiiis et j'ai des yeux de chat, et gningningnin…

Elle avance légèrement voûtée, dans cette attitude d'adolescente qui a grandi trop vite et cherche à se cacher, comme si plier le dos permettait d'éviter la vitesse des années. Elle arrive chez elle, excédée.

L'appartement est encore en désordre. Il y a même comme une odeur.

Ni Meï ni elle n'ont la fibre du rangement. Prudence pourrait s'y atteler, elle a un peu de temps avant l'heure de la remise des prix… mais, non. Elle pousse les livres et vêtements et s'affale sur le canapé, ordi sur les genoux, pour trier les photos réalisées en coulisses.

Toujours à portée de main, son téléphone. Silencieux.

Prudence a beau le fixer, il ne sonne pas.

Elle aimerait tant que Maneck l'appelle. Elle s'est pourtant couchée en voyant un sept en dernier sur l'écran du portable. Mais rien au réveil.

Où est-il ? Comment fait-il pour s'en foutre à ce point ? Comment fait-elle pour l'attendre tout de même ? Ça fait presque sept jours qu'il la ghoste alors qu'elle le relance constamment à coups de smileys pitoyables. Sur une échelle du ridicule allant de un à cinq, elle s'estime déjà à quatre, le pire chiffre de l'univers. Elle hésite à envoyer un « j'espère que tu vas bien », histoire d'être à cinq, au point où elle en est, quand Meï passe la porte. Elle entend sac et chaussures être jetés en vrac dans le couloir, puis sa coloc farfouiller dans le coin cuisine.

– Prudence, je cherche une tasse propre. En vain.

– Je sais. C'est le bordel.

– Il va falloir qu'on parte à la chasse aux mugs.

– J'en vois deux sur la table de salon. Je suis sûre qu'il y en a au moins trois ou quatre dans ta chambre. Et euh, deux dans la douche.

– Dans la douche. Normal.

– Déjà je sais où ils sont, c'est pas si mal.

Meï commence à ramasser les mugs. Prudence se lève sans enthousiasme et va cueillir les autres dans le reste de l'appartement.

– Et je crois qu'on va bientôt devoir faire ça aussi pour les verres, rappelle Meï derrière. Et les petites cuillères !

De retour avec les tasses de la douche, Prudence embrasse la pièce d'un regard : les meubles sont quasiment invisibles sous les monceaux de vêtements, livres, magazines, cahiers de cours, objets divers qui les recouvrent, le bouledogue en résine rouge porte encore les lunettes de la soirée du nouvel an et aucune des deux amies n'a pris le temps d'offrir une sépulture digne de ce nom au bonsaï qui agonise depuis deux mois au milieu de la table basse, ses minuscules feuilles sèches tapissant la pile sédimentaire de magazines photo.

Le découragement la prend.

Ou bien est-ce une forme d'affection pour ce bazar-là ?

Elle renverse les tasses sur l'égouttoir en même temps que Meï les siennes. Puis elles retombent de concert sur le canapé.

– Je chercherai les verres plus tard… Mais là, vraiment je peux pas.

Meï soupire.

– Moi non plus. On verra demain.

Elles pouffent. Elles savent bien que c'est tout vu.

Prudence retourne à ses photos, mais Meï remarque ses œillades angoissées vers son téléphone.

– Il ne t'a toujours pas donné de nouvelles.

– Non.

– Et ?

– Et c'est pas grave, il est super occupé, je l'appellerai dans le week-end, on ne va pas en faire un drame, tu sais, Maneck, c'est le genre indépendant.

– Je vois. Tu as envie de crever.

Prudence fait la moue.

– Grave.

– Bon allez, c'est bientôt l'heure de la remise des prix. Va te préparer, ça te changera les idées. Et surtout, ne l'appelle pas !

Prudence rougit instantanément en plaques traîtresses.

– Prudence... Ne me dis pas que...

– Je l'ai pas appelé, hein !! C'était juste un petit commentaire. Un petit « wow ». Riquiqui. Sous sa dernière photo Insta. Pas de message privé ni de SMS, promis.

– Putain, mais c'est pire, Prudence ! Ça fait vraiment genre « Youhou, remarque-moi, je crève d'amour pour toi, est-ce que tu vois bien à quel point je suis pathétique ? »

Prudence se renverse en arrière sur le canapé, de désespoir. Tous ces codes amoureux qu'elle n'a jamais saisis. Ne pas dire qu'on aime, ne pas montrer le manque, pas rappeler, attendre deux jours, se contenir, se retenir. Feindre l'indifférence.

– Ben oui. Et alors ? dit-elle finalement d'une petite voix. En même temps : « Youhou, remarque-moi », non ?

– Va t'habiller. Bordel... « Un petit wow »...

Meï se penche vers elle et lui arrache le téléphone des mains.

***

La salle est bondée. Les gens se hâtent vers la petite estrade dressée pour l'occasion, sous les lumières des projecteurs. Prudence se met à rêver que, sous le drap de soie noire, c'est sa photo de vieille grange, la star. Elle cherche des yeux quelque chose de bleu, ou un sept, juste comme ça, pour y croire un peu…

Ah, là, un manteau ! Non, il est plutôt vert. Prudence grimace. C'est celui de Meï, qui va s'asseoir au fond de la salle. Elle n'a jamais compris pourquoi son amie avait acheté ce trench de cette couleur angoissante. D'un signe, Prudence indique à Meï qu'elle va saluer Lucille, la galeriste.

Lucille est rayonnante, elle va et vient dans la foule, son grand corps sûr de lui donne le rythme à une longue robe fluide vert émeraude (encore du vert) qui s'accorde parfaitement avec sa chevelure cendrée. Prudence a toujours été impressionnée par Lucille et son occupation féline de l'espace, elle se sent oisillon tombé du nid à ses côtés.

– Bonsoir, Lucille. C'est dingue toute cette foule ! Et du gratin, j'ai vu…

– Bonsoir, Prudence. Oui, tu sais, mon concours est un vrai gage de talent et une belle reconnaissance pour les gagnants depuis quelques années. Ça leur ouvre des portes dans le milieu.

Prudence détourne la tête dans un brusque mouvement de cheveux.

– Oui, je sais… Et les autres sont là ?

– Vous êtes quatre sur cinq pour l'instant. Loïc, Samuel et Gwen sont là, mais pas Louisa. Ce qui est assez embêtant. D'ailleurs, tu vas rester ici, près de la scène et du couloir pour lui garder une place quand elle arrivera.

Prudence l'oisillon bat péniblement ses moignons d'ailes. Un rapide regard à sa montre lui apprend qu'il est 19 h 54, évidemment.

– Euh… oui d'accord.

Elle a compris le non-dit. La grande gagnante, c'est Louisa.

L'apprendre de cette façon, c'est vraiment moche, et Prudence en a le menton qui tremble. Ce n'est donc pas sa grange, sous le voile. Sa photo est accrochée derrière, dans la partie sombre de la galerie, où personne n'ira, trop éloignée du buffet.

Elle aurait dû s'en douter, avec tout ce vert. Même les pieds de chaises sont d'un vert métallique mauvais, maintenant qu'elle y fait attention, un vieux vert dégueu de mobilier scolaire pas encore vintage. Prudence cherche le regard de Meï, le croise, et hausse les épaules d'impuissance. Elle sait que son amie comprend. Elle s'installe au bout de la rangée en laissant une place vide à ses côtés. Les trois garçons, pas encore au courant, la saluent, les yeux brillants d'espoir.

Prudence aurait bien envie de leur dire d'arrêter d'avoir les mains qui se tortillent comme ça, que ça ne sert plus à rien, qu'il ne leur reste plus qu'à attendre que ça passe, et à applaudir quand Louisa montera sur scène pour recevoir les honneurs. Mais elle n'a pas le courage. À la place, elle leur montre ses doigts croisés et leur adresse un sourire aux yeux trop plissés.

Soudain, la salle se plonge dans l'obscurité. Un petit appel de lumière donne le signal pour le public. Une fois le calme revenu, Lucille s'acquitte d'un rapide discours pour présenter sa galerie, le concours et dévoile enfin la photo lauréate qui attendait patiemment sous l'étoffe.

Les garçons accusent le coup un quart de seconde avant de se mêler aux applaudissements.

Prudence observe la photo en pleine lumière. C'est vrai qu'elle est réussie. Un vieil homme fatigué sur un vélo, en noir et blanc. Le sujet n'a rien d'exceptionnel, mais ce qui est fascinant, c'est l'ombre portée dessinée sur le sol : la courbure de l'homme, son manteau, les poils de sa chapka, son écharpe qui vole. Le Petit Prince est là, indéniablement. Prudence se demande combien de temps, de poses, d'essais, de déplacements il a fallu pour…

Emportée par sa rêverie, elle n'est pas sûre d'avoir traité l'info parvenue vaguement à son oreille.

– C'est vrai qu'on entend mal, avec tous ces applaudissements, merci pour Louisa, la pauvre est coincée dans un train, elle nous rejoindra tout à l'heure ; je recommence : Prudence, tu veux bien venir récupérer son trophée s'il te plaît et nous dire un petit mot de ton expérience avec « Nouvel Éclair » ?

Ah si. C'était bien cette info. Lucille lui demande de venir sur scène récupérer un trophée qu'elle n'a pas gagné et parler d'une expérience qui s'est avérée être un gros échec doublé, il semblerait, d'une humiliation publique.

Super. Très bien. Formidable. Quelle aubaine. Joie.

Tout va tellement vite que le cerveau de Prudence reste au fond du siège. Il s'installe confortablement pour assister à une franche rigolade. Pendant ce temps, Prudence et le reste de son corps se véhiculent jusqu'au podium, avec une lenteur dramatique. En descendant la marche de la scène, Lucille lui glisse à l'oreille :

– Vas-y, souris et dis un mot. Les journalistes sont là, des amis influents aussi, le temps de discours est prévu, on ne peut pas laisser un blanc. Je compte sur toi.

Mal à l'aise, Prudence tire d'abord sur son chemisier, puis grimpe sur la scène d'une démarche tordue, les genoux rentrés.

Au fond du public, Meï se cache la bouche avec une main, sûrement atterrée par ce à quoi elle est en train d'assister.

Sur scène, Prudence sourit comme une miss France constipée.

L'ambassadrice du prix, en robe pailletée, faux cils, faux ongles, faux cheveux, et odeur de laque, lui tend le trophée de Louisa. Un éclair en bois sculpté, plutôt lourd.

Des journalistes les photographient sous toutes les coutures, ensemble, puis avec un type qui doit être un sponsor quelconque et se permet de lui glisser une main autour de la taille alors que Prudence ne voit pas le rapport.

Cramoisie de choc, suante de honte, elle se retrouve au milieu de la scène, agrippant un trophée, pas à elle, qu'elle tient peut-être à l'envers, à hauteur de pubis, comme une démonstratrice de téléachat qui n'assumerait pas. Mais le pire arrive. L'ambassadrice lui colle le micro entre les mains et la lumière dans la rétine.

– Alors, euh, bonsoir à tous, dit-elle avec une expiration de cheval dans le micro. Je suis Prudence, mais on s'en fiche, haha, s'entend-elle dire, incapable d'arrêter les mots qui sortent de sa bouche, et je récupère le trophée de *cette chère* Louisa qui est coincée, *la pauvre, pauvre* Louisa, c'est vraiment terrible, d'autant que je suis certaine qu'elle serait extrêmement fière de cette distinssion, distinction pardon, hahaha, qui est une vraie reconnaissance de son travail et de sa volonté, comme pour nous tous, d'ailleurs, beaucoup de travail et on est tous très fiers, d'elle bien sûr, et je suis certaine, répète-t-elle en déglutissant et en perdant le fil de sa phrase sans queue ni tête, que Louisa est une étoile montante de la photographie ; pour moi, je suis certaine que cette expérience avec « Nouvel Éclair » restera une des plus inoubliables. Je vous remercie.

Elle se recule sous des applaudissements qui, donc, ne lui sont pas destinés.

Lorsqu'elle retourne à sa place, Samuel lui souffle :

– Tellement désolé de ça, Prudence…

Lorsque les lumières se rallument, Meï parvient à se frayer un chemin dans la foule et arrive juste à temps pour recueillir les larmes montées aux yeux de Prudence.

– Viens, on se tire.

Prudence hoche la tête et suit son amie à l'extérieur.

L'air frais lui fait du bien, elle marche très vite à côté de Meï, une main essuyant machinalement ses larmes qui coulent toutes seules.

– Je n'aurais pas dû la laisser me parler comme ça ! J'aurais dû lui dire d'aller se faire voir et de se mettre son éclair au cul ! J'aurais dû refuser de monter, je me suis laissée manipuler par Lucille ! Putain ! Et j'ai dit « merci » comme une grosse imbécile !

Meï ne dit rien. Elle laisse Prudence déborder, des yeux, du corps, des mots et donne tout doucement à leurs pas la direction de l'appartement.

Une fois chez elles, Prudence se laisse tomber, tête la première sur le canapé, et Meï s'assied en face, sur le fauteuil. Prudence reste un moment comme ça, toute droite sur le ventre, la tête entre les coussins.

– Meï, dis-moi la vérité, marmonne-t-elle d'une voix étouffée. Ça s'est vu, que je n'étais pas à l'aise, avec mon truc à hauteur de chatte ?

– Prudence, quand j'ai vu ça, j'ai eu envie de sangloter roulée en boule sous mon siège. Un peu comme au moment de « distinssion », tu vois.

Prudence tourne enfin la tête, sans bouger le reste de son corps.

– Je vois.

Les deux amies éclatent de rire. Prudence se sent instantanément mieux. Elle ne sait pas ce qu'elle ferait sans Meï, qui sait attendre la fin des feux, qui sait rire d'elle sans jamais se moquer. Meï est son port d'ancrage ; elle aura beau s'enflammer, s'évaporer, déborder, Meï sera là, pour rire de tout. C'est comme ça depuis leur rencontre en sixième, quand elles se sont rendu compte qu'elles possédaient le même agenda à l'effigie d'un obscur héros de manga, et qu'elles avaient échangé un sourire de connivence. Déjà maladroite lorsqu'elle percevait un enjeu, Prudence avait illico décidé qu'il fallait qu'elle fasse de cette fille une amie pour la vie. Elle avait alors engagé la conversation avec ce qu'elle estimait être une élégante complicité d'initiée :

– J'adore tout sur le Japon ! Konnichiwa, Meï Kaneko. De quelle « ichi » tu viens ? Tokyo ? Sapporo ? Nagoya et son château ?

– Plus à l'ouest. De Niort et son donjon.

Prudence avait rougi, Meï avait explosé de rire, puis ajouté, espiègle :

– C'est marrant, tu pues pas trop, pour une rousse.

Le cœur de Prudence avait bondi en découvrant qu'on pouvait avoir un coup de foudre amical. Elles étaient littéralement tombées « amireuses », comme elles se plaisaient à le répéter dans les couloirs froids d'un collège trop grand.

Après des heures à se rejouer la scène de « Nouvel Éclair » pour en rire, des heures à pourrir Louisa et Lucille, Prudence se lève dans la nuit déjà bien avancée.

– Bon voilà, ça, c'est fait. Nouvel Éclair, c'est raté. Maintenant il faut que je dorme. Résultats demain. Louis Lumière. J'aimerais tellement être prise, Meï.

– Tu le mérites ! Tu peux pas continuer à pourrir dans cette fac d'histoire qui ne t'intéresse pas.

Prudence lève les yeux vers le plafond et écarte les bras :

– Hé, la vie ! OK, j'ai compris, j'ai pas eu cette distinssion aujourd'hui, mais c'est parce que demain tu me réserves une belle surprise, pas vrai ?

Meï sourit :

– Mais oui, exactement. Allez, va dormir. Demain c'est ton jour !

Prudence se lève, prend soin de jeter un dernier coup d'œil à l'abat-jour bleu avant de disparaître dans sa chambre. Pour imprimer son image sur sa rétine, elle cligne sept fois des paupières.

Meï grimace.

– Arrête de faire ça quand je suis là, c'est freaky.

SAMEDI 3 JUIN

À midi pile, devant l'ordinateur qui s'allume, Prudence a chaud. Elle s'évente de ses deux mains en soufflant.

– J'angoisse. Meï, je fais une crise.

– Mais non, je suis là, tout va bien. Vas-y, ouvre la page.

Prudence souffle. 12 h 01.

– Meï, je ne vais pas y arriver.

– Juste, vas-y, va sur le site. Là, yes. C'est quoi ton numéro de dossier ?

– Meï, ouh la la, comme c'est dur. Meï, j'hyperventile.

Elle hyperventile. 12 h 04. Le pire chiffre.

– Et si je ne suis pas prise, Meï ? Je ne peux pas y penser. Je ne veux pas terminer ce master d'histoire. Je veux aller à Paris, à Louis Lumière. Meï, qu'est-ce que je fais ???

Meï tente de l'apaiser.

– Chaque chose en son temps, d'abord, tu vérifies. Calme-toi, respire.

Prudence active ses doigts tremblants sur le clavier. Au creux du ventre, cette impression étrange que tous ses organes se serrent les uns contre les autres pour se rassurer.

Dans la barre de recherche allouée au numéro de dossier, le petit curseur clignote d'impatience, revient en arrière, efface, reprend sa course au fur et à mesure qu'elle tape les chiffres. Puis, rien.

– Qu'est-ce que t'attends ? demande Meï doucement.

Vérification de la pendule: 12h07. C'est ça qu'elle attend.

Prudence appuie sur « Entrée » comme on saute à l'élastique, en poussant un petit gémissement.

Refusé(e).

Comme ça défile, dans sa tête.

La flambée que ça prend.

Tout s'emballe sans hiérarchie et c'est la débandade:

Refusés aussi, les week-ends sacrifiés,

les heures passées à travailler, potasser, surligner, retenir,

les photos retouchées sans fin, le portfolio parfait,

les devoirs de la fac bâclés,

les dizaines de galeries arpentées pour se faire l'œil, se cultiver, entrer dans le milieu,

les soirées avec les amis esquivées, les sorties cinéma avortées,

les encouragements de Meï, Jeannelle et Laura,

les cernes, la fatigue, les angoisses,

le rêve de plaire à Maneck,

le désir de s'émanciper de son père à la peine, de sa sœur étouffante,

refusées, les grandes espérances.

Elle se tourne vers Meï.

Meï qui a vu le feu dans ses yeux et qui, d'instinct, se tasse.

C'est parti.

– Noooooooonnnnnnnnnnnnnnnnnnn! crie Prudence – un vrai cri de détresse long et déchirant, un hurlement de chien, seul sa première nuit.

Elle tape du poing sur le bureau qui frissonne.

– Merde ! Merde, putain, c'est dégueulasse !! Putain, fait chier ! Putain, je vais faire quoi ?!

Elle se prend la tête entre les mains. Elle sent bien qu'elle est théâtrale pour un œil extérieur, mais elle ne sait pas quoi faire d'autre, aucun geste ne lui paraît assez dramatique pour être approprié.

– C'est pas possible. C'est une erreur. Peut-être que je dois appeler. Ou peut-être qu'il y a une liste d'attente ?? Je suis peut-être sur liste d'attente et je ne le sais pas encore !!!

– Prudence… ça serait écrit si tu étais sur liste d'attente, chuchote Meï.

Et là, les larmes montent. Le besoin de faire n'importe quoi aussi. Prudence va se coller dans un coin de l'appartement comme un animal blessé, se laisse glisser le long du mur. L'échec lui vrille les oreilles. Elle n'est plus que chair et sensations, rougeurs et battements de cœur.

Elle y croyait si fort ! Elle la voulait tellement, cette école. Elle voulait Paris, s'enfuir un peu, aussi, elle attendait beaucoup de ce résultat. Elle s'était projetée, à fond, sans frein. C'est souvent le problème, avec elle, elle se maltraite d'attentes immenses.

Meï ne dit rien.

C'est elle qui va ouvrir la porte à Jeannelle. Combien de temps a passé, pour qu'elle ait eu le temps de l'appeler ? Dans son recoin de honte, Prudence n'a rien vu.

Jeannelle, très grande et musclée, entre comme une furie dans l'appartement.

– Prudence ! Ma Prudence ! C'est dégueulasse !!! Tu méritais ! Ce sont des cons ! De très très gros cons qui sont passés à côté de toi et de ton talent. Je suis trop dégoûtée !!!

Prudence ne bouge pas quand elle pose ses sacs au sol et vient l'entourer de ses bras.

– C'est dégueulasse ! répète Jeannelle.

– Oui, putain, chiale Prudence.

Elle postillonne mais elle s'en fout. Jeannelle l'encourage :

– Des crevards !! Tu veux que je les appelle ? Que je les pourrisse anonymement au téléphone ? Parce que je peux, tu me connais, je peux !

Prudence rit à travers ses larmes, échange un regard complice avec Meï. Elles savent bien que Jeannelle peut. Elles ont rencontré Jeannelle en quatrième. Prudence avait perdu sa mère dans un accident quelques mois auparavant. Après le décès, elle n'avait pas pu retourner au collège, il lui semblait impossible pour elle d'affronter les autres, leurs regards, leur pitié empathique gouvernée par la crainte. Son père, Henri, avait dit que ce n'était pas grave et, toute la fin d'année de sa cinquième, Meï passait le soir compléter de ses connaissances les cours du CNED. Henri leur préparait un immuable chocolat chaud, les filles révisaient peu et murmuraient beaucoup, épaule contre épaule, en regardant avec un dégoût fasciné la peau du lait se former dans les tasses qu'elles versaient dans l'évier dès que le père de Prudence avait le dos tourné. Sans la présence de Meï, Prudence ne sait pas si elle aurait eu le courage de passer de nouveau la grille verte, à la rentrée de sa quatrième. Elle n'avait cependant pas su retenir la montée de larmes devant les yeux fuyants et la distance polie de ses camarades. Un imbécile avait lancé :

– C'est qu'elle veut sa maman peut-être !

C'est là que la silhouette dégingandée de Jeannelle s'était interposée. Facilement bagarreuse, elle avait attrapé le col de l'ignorant :

– T'es con ou quoi, toi ? Tu sais qui c'est ? C'est la fille de la femme écrasée par le camion. Tu crois que ça lui fait plaisir, ce que tu dis ? Tu crois pas que ça la gonfle pas, déjà, tous les autres qui n'osent pas l'approcher comme si elle avait la peste ? Comme si c'était contagieux ?

Puis elle s'était tournée vers Prudence :

– Méfie-toi de ce genre de tronche de cul, sinon t'as pas fini de te faire chier, avec ce qu'il t'est arrivé. Et si tu veux que je lui redessine les contours, je peux.

– Ça ira. Mais merci de la proposition.

D'un vigoureux coup de tête, Jeanne avait repoussé la mèche de cheveux bouclés qui lui tombait sur le visage.

– Moi, c'est Jeannelle. Et oui, j'ai un œil vert et un œil marron. Et non, c'est pas une lentille. C'est comme ça, c'est tout, ça arrive, comme d'avoir une mère morte.

Prudence et Meï l'avaient immédiatement adoptée.

Jeannelle tourne dans la pièce, se met à ranger frénétiquement (un peu n'importe comment) tout ce qui dépasse. Exemple : elle débarrasse la table basse en bazardant tout dans le tiroir du dessous, en vrac. Elle installe ensuite les sushis et les makis qu'elle a apportés pendant que Meï fait bouillir de l'eau pour un thé.

Tandis qu'elle sert, son téléphone sonne, et un visage s'affiche en visio. Un visage angélique aux cheveux courts en bataille et aux multiples piercings.

Laura. Arrivée dans le groupe en seconde A, elle lui avait insufflé la sérénité qui lui manquait. Fille d'une femme marin et d'un père steward ; elle leur prouvait que s'adapter était possible, voire plaisant. Avec elle, les trois amies avaient déniché leur d'Artagnan aventureuse, le groupe Messenger « Les Mousquetaires » était né et elles l'alimentaient quotidiennement depuis quatre ans.

– Salut, Laura, dit Meï d'un air grave. On est toutes là. Les Quatre Mousquetaires. C'est pas jojo.

Elle colle le téléphone sous les yeux de Prudence, qui émet un sanglot proche du glapissement. Elle renifle et son nez bulle.

À l'autre bout du fil, Laura pousse un soupir à fendre l'âme.

– Ma belle, je suis trop désolée. Et j'ai bien les boules que tu ne viennes pas habiter avec moi, du coup.

Ah, oui, il y a ça encore. Prudence avait presque oublié, dans le magma de son chagrin.

Refusés aussi, ces beaux projets de colocation dans la capitale avec Laura,

leur appart trop étroit sous les toits, tapissé des photos de Prudence et de la collection de cartes postales de Laura,

leurs terrasses parisiennes en été, leurs tournées des bouquinistes en hiver,

leurs boîtes du samedi soir, leurs brunchs du dimanche pour éponger la cuite,

leurs nocturnes aux musées,

leurs courses dans le dernier métro,

leurs débuts pro, leurs veillées studieuses des semaines d'avant exams,

leurs petites et grandes gloires,

leur vie toute neuve de jeunes adultes ambitieuses, de jeunes femmes libres,

refusé aussi, ce rêve-là.

Prudence se mouche bruyamment. Écarlate ; la sueur perle à ses tempes.

Elle recommence à s'éventer de ses mains, beaucoup trop rapidement.

– Cool ! intervient Jeannelle. Pfff... expire..., la guide-t-elle. Voilà, tranquille...

Meï reprend le téléphone et s'éloigne en baissant la voix :

– Laura, t'es malade de lui dire ça comme ça ! C'est reparti pour un tour, on en a pour des heures !

– Roh oui, pardon, j'oublie un peu parfois...

– T'inquiète, le jour où tu vivras avec elle, tu ne risqueras pas d'oublier ! Bon, je te laisse, on va tenter d'apaiser un peu le bordel. Ça commence à faire beaucoup, avec hier soir. Bisous !

– Bisous, tenez-moi au courant !

Prudence retrouve un rythme de respiration quasi normal, mais reste enroulée dans son angle de mur.

Meï et Jeannelle s'agenouillent devant la table basse, autour du thé fumant.

– Allez, viens là, murmure Meï à Prudence. Tu continueras de pleurer après. Mais viens pleurer le ventre plein.

Prudence n'a plus la force de se lever. Ou peut-être tout simplement plus envie. Elle veut ramper, alors c'est ce qu'elle fait. Elle traverse la pièce en rampant.

Passé le moment de stupeur, Jeannelle ne peut pas s'empêcher d'éclater de rire. Et d'entraîner Meï à sa suite.

– Pardon... pardon, mais vraiment tu ne crois pas que tu en fais un peu trop là ? Ramper ? Vraiment ?

Prudence se renverse sur le dos. Ses coudes la brûlent, dans cette sensation oubliée depuis l'enfance. L'hilarité inarrêtable de ses amies finit par lui arracher un sourire.

Lentement, elle s'approche de la table et commence à dîner. Cachée derrière les mèches rousses qui lui retombent sur la figure, elle croise le regard temps d'orage de Meï dans lequel elle lit comme dans un livre ouvert. Oui, il va bien falloir qu'elle prévienne son père.

– Je lui dirai demain. Je lui annoncerai en même temps que j'arrête la fac.

– Mais oui ! s'emballe Jeannelle. C'est bien, ça, Prudence, prends des décisions ! Arrête la fac pour te consacrer pleinement à la préparation du concours, tu vas y arriver, tu l'avais lu, beaucoup de jeunes le passent plusieurs fois, tu as vingt et un ans, c'est un petit contretemps de rien du tout !

Meï ajoute :

– C'est normal, cette année, ça faisait trop avec la fac, les allées et venues à gauche, à droite pour ton projet ! Consacre-toi à ce concours, et prépare un super portfolio ici ! Qui sait, un projet hyper perso qui fera parler de toi, une expo !! Tout est possible ! Opte pour la simplicité cette fois, je n'ai jamais trop compris pourquoi tu t'étais lancée dans ce truc de photos de croisées d'ogives des routes des ducs de je ne sais quoi, c'est pas du tout toi. Choisis un truc qui te ressemble, nous, on croit en toi !

Prudence croise les bras, consternée.

– Non, mais, une expo ? La blague. Mes photos sont nulles. Vous ne comprenez pas. J'arrête tout. La fac qui ne me plaît pas, et le concours. Je suis nulle, je ne l'aurai jamais. À quoi bon. Ça vaut pas le coup. Je suis bonne à rien, et puis c'est tout. Hier, c'était un signe déjà, pour me dire à quel point j'étais nulle.

Meï fait claquer sa langue, soudain agacée :

– Putain, Prudence, arrête avec tes signes tout le temps !

Prudence ignore la remarque. Elle est trop occupée à s'en vouloir.

– Non, mais c'est comme ça. Il en faut bien, aussi, des gens nuls. Des gens bof. Des gens rien. Des derniers.

Elle se lève et va s'enfermer dans sa chambre pour sangloter. En boule sur son lit, ça la secoue bruyamment, elle étouffe des « pourquoiiiiii » déchirants, mouille sa taie d'oreiller, se mouche dedans. Elle en fait trop mais elle aime ça, les gros chagrins lui font aussi du bien, le drame absolu en couverture, elle peut se repaître de sa nullité, s'enfoncer dans le trou, avoir le droit d'y crever si ça lui chante, elle a toutes les meilleures excuses du monde, qu'on ne vienne pas lui prendre la tête avec la mesure et la relativité.

Prudence passe le reste de sa journée dans cet état, à se traîner entre la chambre et le canapé. Elle se plaint et elle voit bien que ça saoule ses amies, qui aimeraient la soutenir à cent pour cent, mais ne peuvent pas le faire à sa place, ne supportent pas qu'elle se dévalorise. Elle s'en veut, et se dévalorise d'autant plus. C'est sans fin.

Elle entend les mots de Meï et Jeannelle, bien sûr,

tu es super douée
les choses ne marchent pas forcément du premier coup
c'est normal, tu feras encore mieux l'an prochain
t'es géniale
tu peux tout faire
l'année qui s'annonce est celle de tous les possibles
fais-toi un peu confiance
donne-toi du temps

mais elle ne comprend pas comment elles peuvent être aussi aveugles. Elle est nulle, sa vie est une succession d'échecs, c'est évident. Comment peuvent-elles ne pas avoir envie de pleurer avec elle devant la débandade de sa vie ?

DIMANCHE 4 JUIN

Un bon moment déjà que Prudence s'absorbe dans la contemplation des fleurs aux couleurs surannées de son assiette à dessert. Le glaçage de l'éternel éclair au café dominical lui donne la nausée. Son père lui demande :

– Ben, ma grande, tu manges pas ton éclair ?

– Je n'ai pas très faim.

Les sourcils grisonnants et broussailleux se rapprochent.

– D'accord. Comme tu veux. Ça viendra peut-être tout à l'heure. Tu as peut-être déjeuner trop tard.

Prudence ferme les yeux quelques secondes. Non, ça ne reviendra pas tout à l'heure et elle n'a plus trois ans. Elle attend que son père lui demande comment elle va, et si elle a eu les résultats du concours. Il sait que c'était hier et pourtant il n'a toujours rien demandé.

Ça la rend folle, car il la connaît : si elle n'a pas envoyé un message samedi, c'est qu'elle n'a pas été retenue, il le sait. Malgré ça, Prudence aimerait bien qu'il demande, elle aimerait qu'il y ait crise, confrontation, petite ou, encore mieux, énorme, que ça arrive *enfin*, pour qu'elle puisse pleurer un coup, être réconfortée, et, et, et… Mais Henri ne veut jamais voir quand ses filles vont mal, alors il fait semblant de rien. Prudence va devoir annoncer la nouvelle elle-même.

– J'ai pas très faim aujourd'hui…, commence-t-elle. J'ai une mauvaise nouvelle à t'annoncer.

– Ah.

Il se lève et s'affaire autour de la cafetière, qui va très bien et n'a pas besoin de lui.

– Oui… Tu t'en doutes, continue Prudence dans un soupir chevrotant, je n'ai pas été prise à Louis Lumière.

– C'est pas grave, tu vas trouver ta voie, répond Henri s'assurant que la verseuse soit bien placée. C'est pas grave du tout. Je ne suis pas inquiet.

Prudence se passe un instant la main sur le visage. C'est plus fort qu'elle ; quand son père joue les aveugles, elle a envie de le provoquer.

– Si, c'est grave, papa. C'est un échec. J'ai raté le concours de mes rêves, j'ai raté Nouvel Éclair. Je suis nulle en photos, nulle dans ma passion, c'est tout.

– Mais non, mais non, faut pas dire ça, ma fille, dit-il, s'adressant maintenant au robinet. Tu es douée ! affirme-t-il à la tasse à café qu'il vient de rincer. Rappelle-toi combien tu es douée, conclut-il, solennel, les yeux plantés dans la toile cirée.

– Ben si, papa, il faut le dire ! Je suis nulle, nulle, nulle !!! Les pros le disent, ils ne veulent pas de moi !

– Mais non, c'est rien du tout. Tu recommenceras.

– Je pense pas retenter le coup. Subir un pareil rejet deux fois, ce serait vraiment trop dur. Et je ne suis pas sûre de continuer la fac d'histoire, je m'y ennuie comme un rat mort.

– Comme tu veux, Prudence. Prends le temps qu'il te faut. Profite des vacances, tu es jeune, tu vas vite rebondir.

Prudence agite son pied sous la table. Elle voudrait qu'il la voie, juste une fois, aller mal et être déçue. Qu'il lui dise qu'il comprend, qu'elle a le droit d'être triste et que ça le touche, lui aussi.

– Que fait donc ta sœur ? chantonne-t-il en regardant par la fenêtre.

– C'est clair, elle fabrique quoi ? Un goûter à dix-huit heures, c'est plus vraiment un g…

– Ouais, ben désolée, raille la voix de Constance depuis le couloir, vraiment *désolée*, petite sœur jeune, célibataire et sans enfant, mais tu vois, Bertille et Vadim, clairement, l'heure, ils s'en tapent, et il est hors de question qu'on les réveille de la sieste quand ils la font en même temps.

Elle débarque dans la cuisine, un bébé sur le dos et un dans les bras. Prudence se dit encore une fois qu'elle lui ressemble beaucoup – les mêmes cheveux roux en cascade, la même petite silhouette, le même menton fier – si l'on excepte le teint livide de cinq cents nuits sans sommeil.

– Vous fâchez pas, les filles. Entre, entre, glisse leur père en embrassant ses petits-enfants, c'est pas grave pour l'heure !

Oleg arrive à son tour, rouge et essoufflé, un cosy double dans une main et deux sacs à langer dans l'autre.

Pendant que Prudence extirpe sa nièce de l'écharpe de Constance, celle-ci demande :

– Papa, tu voudrais bien garder les petits, une heure, lundi soir, le temps que j'aille chez le coiffeur ? Oleg a repris le travail hier, je suis seule avec les jumeaux ! Oh allez ! Dis oui, j'en peux plus de cette tête. Regarde-moi, avec mes cheveux gras et mes cernes, je suis une allégorie de la charge mentale.

– Lundi soir ? Euh, oui, oui, bien sûr, avec plaisir…

Prudence tique.

– Le lundi soir, c'est pas là où tu as ton cours de salsa que tu adores, p'pa ?

Constance lui jette un regard noir.

– J'ai eu une épisio avec des points qui tirent... Et je porte encore des couches... et j'ai des crevasses... Tu veux que je te montre ?

Prudence lève la main en signe de refus. Leur père s'agite un peu :

– Non, non, mais c'est pas grave, compte sur moi Constance, bien sûr.

Pendant qu'il est occupé à parler météo avec Oleg, Prudence chuchote à sa sœur :

– T'exagères, c'est le seul moment de la semaine où il sort et fait des trucs qu'il aime, merde !

– Fous-moi la paix, tu comprendras quand tu auras des mômes ! Et puis t'insinues quoi ? Qu'il préfère la salsa à ses petits-enfants ?

Leur père dispose alors deux éclairs au café supplémentaires.

– J'espère que vous aimez toujours ça ?

Les deux sœurs ne peuvent s'empêcher d'échanger un regard rieur. Leur père prononce la même phrase tous les dimanches, depuis la nuit des temps.

Ce moment de complicité redonne du courage à Prudence.

– En fait, papa, je crois que j'ai besoin d'une pause, là. Une année pour réfléchir. Je suis jeune, comme tu dis, et je ne sais pas bien ce que je veux faire. Peut-être que... je pourrais prendre cette année pour partir, voyager, être un peu seule ? Et, je sais pas, me lancer plus sérieusement dans la photo... Meï pense que c'est une bonne idée, en tout cas... Peut-être voir si j'ai toujours envie de ne faire que ça... Ou une année pour faire mes adieux à cette passion... Je sais pas...

Son père sourit de son air gentil et encourageant, mais pas éclairant. C'est Oleg qui rompt le silence, épais comme un glaçage écœurant.

– C'est bien, Prudence ! Tu as raison de prendre le temps de…

– Non, mais, coupe Constance, tu vas quand même pas partir toute seule sans projet ni rien ! C'est du délire. Papa, dis-lui, toi !

Tous les yeux se braquent sur Henri. Même Bertille et Vadim semblent attendre la suite de leurs petits regards brouillés de nourrissons.

Il triture une miette de gâteau sur la toile cirée, puis lui répond à elle, d'un ton doux.

– Euh… Constance, ta sœur a le droit de prendre du temps pour choisir son avenir si elle en a besoin. Prudence, en même temps, écoute ta sœur, peut-être qu'il faut juste que tu digères… tout ça… Parfois tu peux être un peu, euh…

– Un peu quoi ?! demande Prudence.

– Ben… Entre ses doigts, la miette passe un sale quart d'heure.

– Excessive. Gamine. Susceptible. Hystérique. Tout feu tout flamme, termine Constance.

Prudence fulmine. Pour une fois que son père s'apprêtait à dire un truc lui-même, à montrer une petite envie d'aller visiter les sentiments, il a encore fallu que Constance la ramène.

– Ce n'est pas parce que, toi, tu as ta petite vie bien rangée, bien tracée, que c'est ce qui est le mieux ! Je suis enthousiaste et passionnée, c'est mieux que lisse et glacée, chacun son truc.

À ces mots, Oleg sourit, s'installe plus confortablement.

– Lisse et glacée ? répète Constance. (Elle tourne la formule dans sa bouche comme on monte une chantilly.)

Lisse et glacée ?! Parce que j'ai un job, un mari, et maintenant des enfants, je suis lisse et glacée ?!?

– Oh non, absolument rien à voir ! Tu as TOUJOURS été lisse et glacée. Pas pleurer. Pas montrer. J'ai même eu le droit à un « Tiens-toi droite, Prudence » à l'enterrement de maman.

Constance la fusille du regard.

– Tu oublies que c'était à l'instant où on fermait le cercueil, pile le moment qui est censé être noble et digne, et toi, tu en as fait un gâchis grotesque avec ta crise de spasmophilie à la con ! Fallait bien que l'artiste de la famille fasse son show !

Prudence a chaud soudain. Elle tire sur le col de son t-shirt, jusqu'au craquement des fibres. Lovée contre sa poitrine, sa nièce l'étouffe.

– Tu es sérieuse ? J'avais 13 ans, j'étais traumatisée par la mort de maman ; comment tu peux me reprocher ça ?

L'air furibard, Constance ne répond pas. Dans le silence qui suit, Oleg slurpe son café et Henri essuie avec vigueur une goutte invisible sur la table.

– Oh, faites-moi penser à vous donner des cerises. J'en ai ramassé un plein panier, elles sont belles cette année.

Prudence baisse les yeux. Dans l'assiette à fleurs orange, le glaçage commence à couler. Elle ne touchera pas à son éclair ce dimanche, elle ne parviendra pas à se forcer.

Elle cherche un instant le regard de Constance. C'est souvent comme ça qu'elles se pardonnent. Et puis, elle sait bien, au fond, que leurs disputes sont surtout destinées à leur père, que c'est le seul moyen qu'elles ont trouvé, depuis la mort de leur mère, pour communiquer avec cette savonnette fuyante.

Mais Constance cette fois-ci, par culpabilité ou par fierté, lui tourne le dos et embrasse la calvitie hasardeuse d'être tout neuf de Vadim dans les bras d'Oleg, avant de soulever son lardon.

– On va y aller, nous. Oleg, tu récupères Bertille ? Salut, p'pa.

Elle se lève et sort de la maison très vite. Oleg, avec une moue d'excuses, attrape sa fille et suit sa femme. La porte claque.

– Zut ! Elle a oublié ses cerises ! Je lui donnerai la prochaine fois. C'est pas grave.

LUNDI 5 JUIN

Prudence sonne puis entre sans attendre. Dans l'appartement de sa sœur, Bertille et Vadim ont beau faire moins d'un mètre et huit kilos à eux deux, ils occupent tout l'espace, visuel, sonore et olfactif. De la layette s'entasse sur la table de cuisine, la poubelle déborde de couches, le tire-lait a élu domicile sur le canapé, le plan de travail est un laboratoire pharmaceutique. Un peu partout sèchent de minuscules grenouillères et une colonne de cartons de couches empêche l'ouverture de la porte-fenêtre donnant sur le balcon.

Constance sursaute en la voyant.

– Salut ! Désolée, je ne t'avais pas entendue !

– Salut. Tu m'étonnes, Vadim sonorise tout le quartier. Tiens, les cerises de papa.

– Oh, merci. Tu peux le prendre ? Tu poses son ventre sur ton avant-bras, il a des coliques, il a besoin d'être soulagé. Et tu marches. Sinon, ça ne fonctionne pas. À moins que tu préfères changer Bertille ?

Dans les bras de sa mère, Bertille affiche un de ses sourires involontaires de nourrissons repus, les yeux mi-clos, le menton dégoulinant jusqu'au ventre d'un liquide épais et blanchâtre.

– Non, je t'en prie. Je vais prendre Vadou.

Elle déambule dans la pièce, son neveu allongé sur son bras, la peau toute douce de sa joue au creux de la paume. Ses pleurs se sont calmés et, lorsque Constance revient, elle sent son regard l'observer quelques instants depuis le seuil.

– Vue ! Tu as souri ! Avoue, tu craques et tu es en train de changer d'avis !

Prudence sourit plus grand en contemplant Vadim, mais secoue ses cheveux roux.

– Bien sûr que je craque, il est magnifique, doux, chaud, et ses petits orteils au bout de ses cuisses de grenouille sont des merveilles. Mais non, je ne changerai pas d'avis. Je n'ai aucune envie d'avoir des enfants. Ce qui ne m'empêche pas d'aimer très très fort les enfants de ma grande sœur pénible.

Constance hausse les épaules.

– On verra. Tu es encore jeune et tu n'as pas encore rencontré la bonne personne, c'est tout.

Prudence soupire mais ne dit rien. Elle sait que c'est peine perdue avec Constance. Elles ont toujours été extrêmement différentes sur ce point aussi. Jamais Prudence n'a joué aux poupons de sa sœur, jamais elle n'a eu la moindre attirance pour la maternité, elle n'a jamais senti le besoin de se justifier, c'est un simple fait. Ce n'est pour elle ni un tabou ni une revendication, c'est comme ça. Même Maneck est au courant, même son père ! Seule Constance a du mal avec l'idée.

– Bon, sinon, dis-moi ce que je dois faire.

– Je viens de les nourrir donc, normalement, ils devraient tenir sans problème jusqu'à mon retour. Bertille est couchée, quand tu vois que Vadim somnole, tu peux essayer de le mettre dans son lit aussi, mais…

– Mais ?

– Mais il ne voudra pas. Vadim est démoniaque. Il s'endort sur toi, le visage angélique, tu le couches sans problème, tu as même le temps d'y croire. Puis il commence à gémir... Et là, tu as dix-sept secondes pour le récupérer avant qu'il ne réveille sa sœur.

– OK, ben alors je vais même pas essayer de le coucher. Je vais le garder sur moi, j'ai pris un bouquin.

– Ah non, faut qu'il apprenne à dormir seul.

– Hum... Je vais gérer, t'inquiète.

– Merci, petite sœur, d'accorder une heure à ton aînée préférée. Et de laisser ton père danser la salsa. Mon périnée et moi, on va tâcher de se rendre sans encombres jusqu'au salon de coiffure.

– De rien. Allez, file, tu vas être en retard.

Prudence sent un petit vent de panique s'emparer d'elle lorsqu'elle se retrouve seule avec les jumeaux. Mais s'ils dorment tous les deux pendant cette heure et demie, tout se passera bien, pas vrai ? Délicatement, elle pose Vadim sur l'énorme coussin prévu à cet effet. Mais le bébé ouvre ses yeux instantanément.

Gardant un œil sur lui, Prudence sort (tout doucement, comme on cherche à ne pas effrayer un animal surpris) son téléphone.

Prudence
Toi qui as eu plein de frères et sœurs,
il faut faire quoi quand ils font ça ?

(Photographie de Vadim)

Jeannelle
Oh !! Elle est trop chou !!!

Prudence
C'est Vadim.

Jeannelle
Oh !! Il est trop chou !!

Prudence
Mais on fait quoi quand ils font ça ??

Jeannelle
Quand ils font quoi ?

Prudence
Rien. Il fait rien. C'est terrifiant.

Jeannelle
Tu fais ce que tu veux. Tu lui parles.

Prudence pose le téléphone. Elle considère Vadim qui tente d'attraper sa main en ouvrant la bouche sans y parvenir. Ne pas toujours être raccord entre sa tête et son corps, c'est quelque chose qu'elle peut comprendre. Elle commence à lui parler de Maneck.

– Je sais que je devrais attendre. Enfin, il paraît. Mais franchement, moi, j'ai besoin de lui dire pour Louis Lumière, c'est quand même mon mec, non ? Oui, je sais… C'est pathétique que je ne sache pas répondre à cette question.

Vadim émet un minuscule gazouillis.

– Tu as raison. Je lui envoie un message. Je lui dis qu'on devrait se voir demain soir.

Elle s'exécute aussitôt, puis soupire. Il ne s'est écoulé que six minutes depuis le départ de Constance.

Elle se lève pour se préparer un thé, mais Vadim se met à chouiner dès qu'elle sort de son champ de vision. Prudence revient illico le prendre dans ses bras.

– OK, OK, je t'emmène mais, punaise, ça va être long. Mets-y un peu du tien. T'es complètement dépendant, comme mec ! Remarque, ça me change.

***

Constance passe la tête par la porte entrouverte.

– Alors ? Tout le monde est en un seul morceau ?

Vadim endormi profondément sur son ventre, Prudence répond du salon.

– Oui, impec ! chuchote-t-elle. Ah, tu as une meilleure tête avec cette coupe !

– Prudence, le shampooing de la coiffeuse, c'était… presque orgasmique, quoi. Et ça a duré plus longtemps que la somme de toutes mes douches depuis deux semaines.

Constance la libère délicatement de Vadim et cale la petite boule d'enfant contre son épaule. Sans même le remarquer, elle respire profondément le haut de son crâne, comme un animal. Prudence se dit que ça tient carrément de l'addiction. Flippant.

– Ravie pour toi. Je vais te laisser, moi.

– Attends… Avec Oleg, on s'est dit un truc, depuis hier.

Tout en caressant le dos de Vadim, elle sort de sa poche un lange pour essuyer un filet de bave qui lui a coulé sur le menton. Un lange *vert céladon*. Aussitôt, les sens de Prudence se mettent en alerte.

– Tu ne sais toujours pas quoi faire de ton année ? demande Constance.

– Non, pas trop. Faut que je réfléchisse, que je pèse le pour et le contre, que…

– On a une idée pour toi. On te propose d'être notre nounou !

– De… Pardon ?

– Oui !! Tu sais que je reprends le travail en octobre. Tu pourrais t'occuper des jumeaux pendant qu'on bosse. Ça te laisserait du temps pour retenter ton concours de photo, car on sait toutes les deux que tu veux le retenter, et tu ne perdrais pas ton année puisque tu serais occupée – et rémunérée, bien sûr ! Et nous, ça nous rassurerait tellement que ce soit toi qui les gardes ! Et puis, je me dis que ce serait plus constructif que ton idée de voyage, tu sais même pas où, franchement ça ressemble à une fuite en avant.

Prudence ouvre la bouche, atterrée.

Comment fait sa sœur, avec qui elle a *grandi*, pour si peu la connaître ? Comment dit-on aux gens qui vous aiment qu'ils ne vous connaissent pas ? Cette manière de nier ce qu'elle a toujours été, ce qu'elle a toujours dit, la stupéfait.

– Mais enfin, Constance…

Elle rit un peu, mal à l'aise.

– C'est le pire boulot que tu me proposes… Tu sais à quel point je déteste m'occuper des bébés… J'aime Bertille et Vadim, et pas de problème pour te dépanner de temps en temps, mais là déjà, je t'avoue que j'ai très envie de rentrer chez moi. Une heure, ça me va. Et puis, juste, ça ne m'intéresse pas, enfin, tu le sais. Les couches et les bodys me gonflent, je ne sais jamais quoi faire quand ils sont réveillés et me regardent. J'aime me préparer un thé avec les deux mains. J'aime prendre des douches de plus d'une minute sans personne qui m'observe, allongé dans un coussin. Je les aime et tout, mais ce n'est pas un job pour moi.

La main de Constance s'est crispée sur le lange. Prudence a la désagréable impression que toute la pièce a pris une teinte vert céladon.

– Bertille et Vadim ? Un *job* ? Ce n'est pas « un job », ce sont mes enfants ! Tes neveux ! C'est pas pareil ! Tu aurais droit à leurs premiers sourires, leurs premiers jeux, leurs premiers gazouillis ! Tu te rends compte !

– Mais… Constance… tu t'écoutes ? C'est toi qui as envie de tout ça… Moi, les bébés, je ne suis pas hyper fan. Je ne comprends pas que tu ne veuilles pas l'entendre.

Constance secoue la tête, les yeux levés vers le plafond.

– Elle n'est pas hyper fan !

– Je suis toujours là. Bon. Désolée. Merci pour la proposition ! Je sais que ça vient d'une bonne intention. Mais je me suis ennuyée à mourir cet après-midi, si tu veux tout savoir.

Constance serre un peu plus son fils contre elle. Elle est pâle et raide.

– Alors je ne te retiens pas, si mes enfants t'ennuient.

Prudence lève les yeux au ciel à son tour. Elle n'a pas envie de s'excuser. Elle trouve hallucinant que sa sœur lui fasse une scène pareille alors qu'elle vient de baby-sitter gratos ses deux moutards, sachant qu'elle a horreur de ça.

– Salut, Constance, je vais vraiment essayer de partir, ça me fera du bien.

– Mais je t'en prie.

– Parfait !

– Parfait.

MARDI 6 JUIN

Enfin !

At last !

Après des ribambelles de prières accrochées aux étoiles, après une dizaine de messages de plus en plus ridicules, après des jours à traquer la réconfortante couleur bleue annonciatrice de bonnes nouvelles, terminant chaque journée par un arrêt de sept minutes face à l'océan, après de nombreuses séries de sept (sept bandes blanches de passage piéton, les carreaux de chocolat avalés par sept, compter sept mouettes sur le port, puis fermer les yeux pour oublier les autres), après, surtout, de longues semaines sans lui…

Prudence s'apprête à revoir Maneck.

Maneck, son amour fou et tout n'importe comment.

Elle l'a rencontré cet hiver, un jour de février, un matin humide de givre qui se dépose silencieusement sur le paysage. En voyant ça si tôt par la fenêtre de sa chambre, elle avait décidé de sécher les premières heures de cours pour sortir faire des photos.

Le givre donne une idée de la préciosité des choses en habillant tous les détails.

Engourdie de froid, elle s'était tenue de longues minutes devant le même rosier flétri aux pendeloques étincelantes.

Elle n'avait pas vu l'homme assis sur le muret, juste là.

Alors que, satisfaite de sa cueillette photographique, elle allait rempocher l'appareil…

– Oh non, ne bouge pas, je n'avais pas tout à fait terminé !

Elle avait sursauté.

L'homme avait refermé un carnet et s'était levé en souriant :

– Maneck.

Prudence s'était dit que le sourire de Maneck aurait dû être interdit par les autorités compétentes.

On ne devrait pas pouvoir laisser en liberté un type qui sourit comme ça, avec une fossette d'enfant et des petites dents bien rangées. Parce qu'à ce moment-là, elle avait juste envie de passer sa langue sur chacune de ses dents, pour voir ce que ça faisait, et c'était n'importe quoi de penser ça, ici et maintenant, alors qu'elle n'avait toujours pas ouvert la bouche.

– Euh, salut. Bonjour. Prudence.

– Tu veux bien rester immobile encore un peu comme tout à l'heure, s'il te plaît, Prudence ?

En temps normal, elle aurait rougi beaucoup (ce qu'elle avait fait, bien sûr), mais elle aurait dit, aussi, qu'elle était pressée. Elle se serait dit que les gros lourds vraiment, rien ne les arrête.

Mais, tandis qu'il rouvrait son carnet, nonchalamment, elle avait vu le dessin de Maneck. Quelque chose d'unique, un trait qu'elle n'avait vu nulle part, tout en étant cependant capable d'en nommer les inspirations. Elle avait su d'instinct qu'ils admiraient les mêmes artistes, et c'était très intime de le découvrir de cette manière. Elle s'était reconnue sur le papier, cet inconnu l'avait vue.

Relevant les yeux de la page, elle était tombée dans ceux de Maneck, d'un bleu smalt à renverser l'univers.

Ça l'avait énervée immédiatement, l'éclat rieur qu'elle y décelait.

Elle s'était laissée dessiner. En trois minutes, elle avait parcouru toute sa palette personnelle d'émotions. Tout la brûlait, en plaques écarlates, des épaules à la racine des cheveux.

– Merci, Prudence. Je peux t'offrir un café ?

– Euh, je, alors…

Elle avait rangé son appareil pour gagner du temps, pour que le tumulte de ses sens s'apaise, que sa lucidité reprenne le dessus. Elle devait retourner à la fac, être raisonnable, ne pas louper toute sa journée !

– D'accord.

Voilà.

Tout avait foutu le camp.

Elle l'avait aimé sans rien pouvoir y faire et elle avait adoré ça. Ils avaient bu des cafés dans ce même bar, encore et encore, et pendant des heures, puis Maneck l'avait emmenée dans son atelier, où ils avaient peint et photographié ensemble son petit monde. Ensuite, crépitant de cette proximité toute neuve, ils étaient sortis marcher et déjeuner, elle avait adoré le voir et l'écouter, rire avec lui, et listait déjà les détails qu'elle rapporterait à Meï : la couleur étrange de ses yeux, ce bleu smalt qui la renversait, les effleurements de genoux sous la table, la façon mignonne qu'il avait de prononcer les « an », la beauté de ses doigts abîmés et tachés d'encre…

… ses doigts qu'elle attendait sur sa peau et imaginait parcourir ses lignes.

Il y avait aussi ce qu'elle ne dirait pas, ce qui était indicible : le jeu des corps qui savent qu'ils se veulent, le plaisir que l'on prend à faire semblant de ne pas savoir, les mains qui se frôlent parce qu'on se trouve toujours trop près, les bras qui se touchent, l'émotion des peaux à travers les couches de vêtements, cette mauvaise foi du corps, ces voix plus basses, cette attention des yeux et la disparition du cadre.

Et elle avait effectivement, évidemment, raconté tout cela à Meï – jusqu'à l'odeur de lessive du pull de Maneck, jusqu'à la parfaite description du contact de sa barbe de trois jours contre ses taches de rousseur lors de leurs bises d'au revoir, leurs bises si douces, glissantes et pleines de promesses.

Durant cette période de flirt, elle rentrait chez elle comme on dégringole, sur des rues entières, le corps bouillant, la tête en flammes et, chaque soir, alors, elle finissait étalée sur son lit, épuisée, incandescente, rêveuse, liquide, enivrée par les échos intérieurs de ces rendez-vous rejoués jusqu'au sommeil. Tout lui semblait si beau, si parfait et si désirable…

Tout lui semblait si bleu.

C'était si fort : leur entente, leurs partages, leurs rires et leurs regards… Il y avait tout entre eux : le jeu, la séduction et la tendresse, les débats et les accords ; il était si *tout*, Maneck, que ça la déglinguait fabuleusement.

Il y avait eu cet après-midi de premier baiser.

Celui qui commence au coin de la bouche, comme on fait semblant de commettre une erreur, et qui se termine corps enchevêtrés, pénétrés, parcourus, mis à nu, ruisselants et gémissants. Elle s'était dit *pas le premier soir du premier baiser, pas tout en même temps* – mais Prudence avait décrété qu'ils avaient eu dix-sept rendez-vous à s'effleurer le genou et le pouce, qu'elle était brûlée vive à force de frottements, et elle s'était fondue dans ses bras, se laissant joyeusement consumer de flammes lumineuses, sensation attendue et entamée à l'instant même où Maneck avait caressé sa nuque sur le trottoir, ce premier jour.

Et puis, plus rien.

Quinze jours de fuite.

Comme un grand seau d'eau jeté sur les flammes de Prudence.

Il était débordé, il était absent, il avait des vernissages à l'autre bout du pays et peu de temps pour l'appeler. Si, si, il voulait la revoir, mais simplement c'était compliqué, tu comprends, je t'embrasse et belle nuit, Prudence.

Prudence décortiquait tout, chaque réponse aux messages qu'elle était toujours la première à envoyer. Un point d'exclamation lui faisait sursauter le cœur.

Et cette espace de trop dans son texto, qu'avait-il donc effacé, l'avait-il déjà fait sur d'autres messages, dans d'autres circonstances ? Il fallait qu'elle vérifie, qu'elle soit sûre, qu'elle compte le nombre de fois où il avait écrit son prénom, il fallait qu'elle trouve des signes qui lui auraient tout dit, tout expliqué.

L'angoisse l'avait dévorée, elle ne voyait plus que du quatre, du vert, comme si les mauvais présages la poursuivaient.

Et, oh bouleversement ! Il avait reparu ! Bonheur, extase bleu smalt à nouveau, peaux consumées.

Puis il avait redisparu.

Maneck alternait les périodes totalement silencieuses, les nouvelles sporadiques qui lui arrachaient le cœur, et les périodes douces et chaudes où il était là pour elle, entièrement là pour elle, tendre et brûlant. C'était à la fois douloureux et merveilleux. C'était passionnel, intense, plein de questions et de surprises qui la bousculaient avec délice. C'était tout ce que Prudence adorait.

Et cela durait depuis presque deux mois maintenant. Ça la consumait sans flammes, dans la cendre de la peine et de l'interprétation hasardeuse. Elle n'avait plus de plaques, elle était pâle sous le feu de ses cheveux roux.

Là, elle sortait de (combien ?) quatorze jours de silence. Un nombre hanté du chiffre « quatre », misère. Prudence ne supporte pas la vision du **4**, avec son dos droit et sa matraque levée, elle a l'impression qu'il va lui péter les genoux, la faucher en plein élan.

Elle parcourt tout le chemin avec des œillères pour éviter d'en croiser un, manque de se faire renverser.

Tous les quatre du monde n'ont qu'à aller se faire voir. Ce soir, elle va le serrer de nouveau dans ses bras, enfin. Son amour fou et tout n'importe comment.

***

L'idée était de rester naturelle quand elle le verrait. Elle s'était promis d'arriver en retard (Meï lui avait donné ses conseils : paraître détachée, distante et presque froide). Il avait des excuses à lui faire, elle devait lui signifier qu'elle les attendait sans plainte et sans pression.

Mais, partie sur un sept pour se porter chance, elle est arrivée en avance.

– *La lune trop blême, pose un diadème sur tes cheveux roux… La lune trop pâle caresse l'opale de tes yeux blasés…*

Maneck chantonne dans son oreille en arrivant derrière elle. Elle le guettait de l'autre côté de la rue en consultant les petites annonces de boulots étudiants sur son téléphone. Elle pensait l'apercevoir en premier, ça déstabilise tous ses plans.

La voix grave de Maneck qui chante pour elle, muette depuis trop de temps, les lèvres de son amoureux contre son oreille, ce contact adoré.

Plaques.

Prudence se retourne, leurs visages se frôlent, et leurs langues aussitôt se retrouvent. Pendue à son cou, le corps guimauve, elle murmure dans sa barbe naissante :

– Ce que tu m'as manqué, Maneck. J'ai cru crever sans toi. Pourquoi tu m'as fait ça ?

Maneck la repousse délicatement, lui sourit.

– On mange indien, ça te dit ?

– Oui, si tu veux.

Prudence glisse sa main dans la sienne. Elle a envie de lui redemander des explications, mais elle a aussi envie de lui confier son échec qui lui tord les entrailles, pour qu'il la serre fort, qu'il la console, qu'il lui assure que ça ira, qu'il soit son sauveur, celui qui aura la solution miracle. Qu'il lui dise « Abandonne la fac, viens vivre avec moi, suis-moi dans mes expos, représente le concours l'an prochain, je vais t'aider, on fera les photos entre Paris, New York et Bombay, sois ma muse, mon indispensable, je t'aime si fort, Prudence ! »

– J'ai besoin de te dire quelque chose. Ce n'est pas une bonne nouvelle. Ça m'a fichue par terre.

– Ah oui ?

Quelques secondes, le regard senois de Prudence s'assombrit. C'est si étrange de répondre « ah oui ? ». Qui répond « ah oui ? ». Il est vraiment différent des autres. Elle l'aime comme une dingue. (Mais dans un petit sursaut d'instinct de personne normale, elle se persuade de ne pas le lui dire, là maintenant tout de suite.)

– Tu sais, l'entrée à Louis Lumière, j'ai échoué… Je suis refusée.

Il ne dit rien, mais grimace pour elle et serre sa main, vivement. Cette petite pression lui brise le cœur en même temps qu'elle lui redonne du courage.

– Le truc, c'est que je ne veux pas continuer la fac d'histoire. Mais maintenant, je ne sais pas quoi décider. Il faut que je me trouve un boulot. Je ne suis pas sûre de retenter le concours, c'était si difficile, je ne m'en suis pas remise, et puis, je ne suis pas sûre d'avoir du talent, en fait… Qu'est-ce que je vais bien pouvoir faire, Maneck ?

Prudence se tourne vers lui et le dévisage avec ce qu'elle espère être de grands yeux de chat.

Mais il continue de marcher, et dit sans la regarder :

– Je suis désolé pour toi, Prudence. C'est dur. Mais tu as raison de ne pas continuer dans quelque chose qui ne te plaît pas, on n'a pas assez de temps dans la vie pour passer des années dans une voie sans issue… Ça fait mal sur le moment, mais, tu verras, tu en sortiras plus forte et libérée.

– Oui !

Prudence brûle un peu. *Oui, oui*, lui, il la comprend. Mieux que personne.

– Et tu sais, les concours…, dit-il. Moi j'ai toujours trouvé que c'était du vent. Tu peux faire ton trou autrement. Tu as du talent. Tu y arriveras par les chemins de traverse. Tu es douée pour ça.

Il sourit doucement. Tout est simple avec lui.

Quand il est là.

Elle attend quand même encore un peu, car il ne lui a pas répondu à ce qu'elle pourrait bien faire, il ne lui a pas proposé de s'installer avec lui, de partir en tournée, d'être sa muse, etc. Mais ils arrivent au restaurant et Maneck, en guise de mise en bouche, lui vole un baiser au coin des cils. Ça la déconcentre.

Ils passent un moment doux et piquant, un moment qui rappelle leurs flirts du début.

Les mots volent, allusifs et suspendus, les regards s'embrassent, leur complicité est comme une évidence.

Prudence est aux anges. Sur le chemin du retour, elle se colle à Maneck pour lui prouver son affection.

Il demande avec un sourire :

– Tu as froid ?

Aussitôt, il enlève son sweat pour le placer sur les épaules de Prudence. Elle trouve ce geste, d'un romantisme dépassé, absolument adorable et, de toute façon, son féminisme combatif s'est barré d'écœurement quand elle a embrassé Maneck au moment de la chanson désuète.

– Tu crois que je devrais retenter le concours ?

– Je ne sais pas. Comme tu le sens.

Ça ne peut pas être la fin de son avis, comme une politesse, comme une conversation de boulangerie, comme si elle en avait parlé à un parfait inconnu. Pourtant Maneck n'ajoute rien.

– Mais tu en penses quoi, toi ? Tu ferais quoi à ma place ?

Il grimace avec un sourire gêné.

– Je n'en sais rien, Prudence, je ne suis pas toi.

Elle comprend : il n'ose pas lui dire ce qu'elle devrait faire, il a peur de s'imposer parce qu'il l'aime éperdument. Elle lui pardonne, il est touchant.

Prudence prend une grande inspiration et s'enflamme :

– Moi je me disais qu'on pourrait peut-être vivre plus ou moins ensemble. Tu pourrais m'aider, tu sais, pour préparer le concours d'entrée... J'aime ta vision sur le monde, ça m'aiderait pour mes photos ! Et tu as plus d'expérience que moi. On choisirait un thème qui me convienne. Je pourrais te suivre de temps en temps pour tes vernissages, ça me ferait du bien de changer d'air. Je serai libre, on ira où tu voudras, moi je peux travailler le concours d'où tu veux et je serai contente de m'éloigner de la fac, de mon père, de ma sœur et de ses bébés, il n'y a qu'eux qui comptent, et tu sais à quel point je ne tolère les gosses qu'à toutes petites doses…

Maneck s'arrête. Il regarde Prudence dans les yeux.

Il la regarde comme si elle était *folle*.

Le bleu smalt de ses yeux, dont elle comprenait chaque nuance il y a quelques minutes encore, se teinte dans le soir d'un voile sombre qu'elle ne sait pas interpréter.

– Ce n'est pas possible, Prudence. Je suis désolé.

Il pose ses mains sur ses épaules, son regard se fait intense.

– C'est une bonne chose que tu te consacres à ce concours auquel tu crois, tu vas y arriver – j'en suis sûr – tu as du talent, vraiment, du talent à revendre, tu manques juste un peu de confiance en toi. Mais tu ne peux pas vivre avec moi.

Le bruit tonitruant, à l'intérieur, du cœur qui se brise. Un bruit mat et lourd, si sourd. Prudence baisse la tête pour cacher son expression qu'elle imagine désespérée.

– Tu ne veux pas, Maneck. Ce n'est pas la même chose.

Maneck a un instant le souffle coupé. Cela dure une fraction de seconde. Un minuscule instant que Prudence entend, pourtant. Cette imbécile de seconde qui fera qu'elle ne croira jamais tout à fait ses mots ensuite.

– Non, mais Prudence, enfin… Ça fait seulement deux mois qu'on se voit. Je ne peux pas. Ce n'est pas possible. Et puis, il est trop tôt, et… je ne peux pas, je suis désolé.

– Très bien. OK. Désolée. Eh ben, adieu alors.

– Qu… quoi ? Mais enfin Prudence, avec toi j'ai l'impression que c'est tout ou rien ! Je ne t'ai pas dit adieu, je t'ai juste dit que je ne pouvais pas vivre avec toi, là, comme ça, tout de suite !

Le mal que ça fait, ces petits rebonds du cœur agonisant.

– Mais quoi, alors ?

– On prend le temps, on se laisse… on se laisse l'été, quelques mois… je ne sais pas. Là, je ne peux pas, et en plus je vais être bien occupé, trop occupé pour t'offrir tout ce temps que tu me demandes. Mais on s'appelle, on se voit…

« On s'appelle ? On se voit ? » a-t-elle envie de répéter comme sa sœur en pleine crise de nerfs. Elle voudrait lui mettre dans la face le fait qu'il la ghoste la moitié du temps, interminablement, cruellement. Elle n'y arrive pas. Sa gorge est verrouillée. Il y a autre chose.

Le problème, c'est que Prudence n'est pas du genre à lâcher l'affaire quand un truc la tracasse. Surtout quand ce qui la tracasse est un grand type au regard bleu smalt qui la fait fondre et que, pour une fois, elle a sous les yeux.

– Tu vas être occupé ? dit-elle d'un ton qu'elle espère le plus neutre possible. Occupé à quoi ?

– Euh, ben… si, par exemple, c'était convenu avec Lucille, tu sais la lauréate du concours de jeune talent photographe, oh désolé pour toi d'ailleurs, ma Prudence, quand Lucille m'a dit son nom hier au tel, j'ai bien vu que c'était pas toi et…

Prudence s'empourpre.

– J'avais remarqué aussi, et donc ?

– Et Lucille va me présenter la lauréate et le deal, c'était de préparer une sorte de portfolio de mes sculptures photographiées par la gagnante pour mettre en avant mon travail, et le sien du coup, à laisser à la galerie. Il va falloir que je m'accorde avec elle, qu'on se cale des moments pour le choix des sculptures, voir ce qui l'intéresse, où, comment… Bref un peu de taf à venir avec cette fille, quoi.

C'est tellement le maelström dans la tête de Prudence qui trouve que tout est injuste et dégueulasse, qu'elle part en vrille et s'entend dire n'importe quoi, d'une voix aiguë :

– Ah oui, super, formidable. De toute façon, je n'y pensais plus, mais je vais être bien occupée, moi aussi, j'avais dit que je voulais voyager, voir du pays, et j'ai lu cette annonce pour un job étudiant, là, un truc qui a l'air super cool en plus, décor de rêve, super salaire...

Maneck s'illumine, hoche la tête, presque soulagé. Comme il ne demande rien, Prudence sort son téléphone, doigts tremblants, et scrolle pour retrouver l'annonce.

– Nan, mais ça tombe nickel, t'as raison, prenons le temps, de toute façon, c'est tout moi, je m'emballe, je m'emballe, tu me connais, regarde, attends, je vais retrouver l'annonce, c'est un type, genre surfeur pro, qui cherche un ou une photographe pour le suivre dans son van sur une tournée de compétitions de juin à septembre ; c'est pile ce que je cherchais, ça me fera bosser mon portfolio moi aussi, prendre un peu le large, j'ai besoin de vacances.

– Eh ben, oui... Ça te fera du bien. Tu le mérites ! C'était une année intense, avec la fac et tous les défis que tu t'étais lancés en parallèle. Tu ne te rends pas compte à quel point tu es forte, Prudence, moi je crois en toi. Ça va être chouette, j'en suis sûr.

Elle n'entend rien, les oreilles bourdonnantes, tout son corps résistant aux larmes depuis cinq minutes. Les yeux sur l'annonce, qu'elle avait vaguement lue en attendant Maneck, elle se remémore qu'elle avait pensé *Quelle horreur, trois mois de camping dans un camion à photographier un surfeur à la con, non mais l'enfer sur terre ; en plus son van est vert glauque.* Elle espérait pousser Maneck dans ses derniers retranchements, qu'il s'insurge, qu'il se montre jaloux, ému, qu'il lui dise qu'elle lui manquerait trop, trois mois sans elle, et accessoirement qu'il n'en avait rien à foutre de cette fille qui allait venir photographier son travail. Ça n'aurait eu aucun sens qu'il précise cela à ce moment-là, d'autant plus qu'il n'avait jamais vu ni parlé à Louisa, mais Prudence aurait vraiment aimé qu'il le dise tout de même.

Mais Maneck ne dit que des trucs comme (et elle a dû en rater des bouts) :

– ... bien mieux que de ramasser les melons... trois mois payés à faire de la photo... avant-goût de ton avenir... bel été...

Est-ce qu'il est ironique ? Est-ce qu'il est triste ? Est-ce qu'il est soulagé ?

Il sourit, de son sourire illégal. Prudence ne sait pas lire sur le visage de Maneck tant il lui plaît. Elle ne le voit toujours que derrière l'écran flou de ses attentes.

Résultat, elle ne sait même plus quoi dire. Elle respire vite et sent monter cette angoisse acide bien connue. Ils sont devant chez elle et, avant qu'elle sache si elle a envie de lui proposer de monter, Maneck l'embrasse, range une mèche rousse de ses cheveux, lui caresse la joue, lui dit qu'ils s'appellent, la serre rapidement contre lui, et s'en va.

Hagarde, pâle et tremblante, Prudence monte et se précipite dans la chambre de Meï. Elle s'assied au bord du lit.

– Meï, je suis désolée de vous déranger.

Meï émerge du drap, voit la tête de son amie :

– Non ma belle, faut pas !

Une seconde tête émerge, deux yeux noirs et brillants fixent ceux de Prudence :

– Mais noooon, tiens, bien sûr, Prudence, tu ne déranges jamais !

– Salut, Clara, excuse-moi. Faut vraiment que je parle à Meï.

– Siiiii ! Claro ! Je comprends, on ne faisait rien de spécial de toute façon.

Meï fait signe à Clara d'arrêter un peu. Sa petite amie souffle, se lève, s'habille :

– Je vous laisse, vous me gonflez. À domani, Meï.

– Tu restes pas ?

– Non merci ! Baci ! Te amo !

– Moi aussi ! crie Meï de son lit.

La porte claque. Prudence se glisse sous la couette et raconte sa soirée.

***

– Mais qu'est-ce que je vais faire de moi, Meï ? Un truc m'en veut, t'as vu. Et alors Louisa et Maneck… alors là… J'ai même pas de mots, quoi…

Pour une fois, Meï admet.

– Et comment j'évite pendant trois mois de le, ou pire, de LES croiser à La Rochelle ? T'es sûre que tu ne veux pas annuler ton été en Italie avec Clara ?

Les yeux de Meï se mettent à scintiller dans l'obscurité. Elle se redresse sur le lit.

– J'ai une bien meilleure idée : pars. Réponds à l'annonce du surfeur. Lance-toi, Prudence, ça te fera du bien, un peu de changement, le bleu d'un autre Atlantique, de nouvelles têtes. Vas-y, appelle !

Prudence fronce les sourcils. Elle a toujours suivi les conseils de Meï. Elle pourrait au moins appeler, pour voir. Peut-être que le poste est déjà pris, sans doute même, puisque c'est pour jeudi. Dans deux jours, donc. Pourtant le type a mis l'annonce il y a peu de temps. Est-ce très raisonnable ?

– Bon OK, j'essaie. Mais à mon avis, ça marchera pas, ça non plus. Tu vois bien que tout foire. Qu'on me dit non et…

– Appelle !
– Mais il est 23 h 30…
– Laisse un message ! Il rappellera peut-être demain !
Du fond du lit de son amie, Prudence recherche la petite annonce, tape le numéro.

Le type répond à la première sonnerie. Il est bien content, il l'engage de toute façon parce qu'elle est la première à l'avoir appelé, il rit, il ajoute que ça l'arrange, que la vie est bien faite parce qu'il commence l'entraînement jeudi prochain, il lui explique qu'ils se déplaceront tranquillou bilou (sic) tout le long de la côte landaise pour les quelques compétitions prévues entre juin et août, qu'elle n'a qu'à s'occuper de bidouiller des photos pour son compte Insta qu'il alimente de dreams quotidiennement (re-sic), il envoie un contrat dans sa boîte mail dès ce soir, dès cette nuit plutôt, il rit, il l'attend mercredi soir, enfin demain quoi, il rit, avec un sac à dos pas trop gros s'il te plaît, on se tutoie évidemment, ils iront dès mercredi s'installer au premier spot pour être prêts-taquet (re-re-sic) pour les aurores le jeudi, elle ne doit pas s'inquiéter parce qu'elle aura sa chambre rien qu'à elle sur le toit du van, le meilleur spot, il rit, parce que tranquille Émile, ce n'est pas un pervers, zoubiz !

Prudence dit oui, OK, oui, d'accord. À tout, elle dit oui, un peu étonnée que le type lui ait répondu, un peu surprise qu'il parle si vite et rie autant, un peu abasourdie par sa propre décision. Elle a l'impression qu'une autre qu'elle-même est en train de parler.

En raccrochant, elle réalise.

– Meï ! Tu vois ce que tu viens de me faire faire ! Je suis obligée de préparer un sac à dos pour partir en CAMPING dans un VAN avec un inconnu ! Un sac à dos, Meï ! Faut que je fasse un SAC À DOS ! Comment on fait un SAC À DOS !

Meï se marre.

– Ça va être bien ! Tu vois bien que la vie te sourit de toutes ses opportunités magnifiques !

MERCREDI 7 JUIN

Prudence attend avec son gros sac à dos posé à ses pieds sur le lieu de rendez-vous, au bord de la nationale. Elle tente de se donner une contenance, mais c'est difficile parce qu'elle ne comprend pas ce qu'elle fait là. Des voitures klaxonnent en ralentissant et elle commence à sentir monter en elle la petite frayeur de proie que connaissent bien les filles lorsqu'elles sont seules et que la nuit tombe. Elle jette des coups d'œil angoissés autour d'elle, compte sept hirondelles pour s'apaiser, met les mains dans ses poches, attrape ses clés, tente de se rassurer : c'est l'heure bleue, il ne peut rien lui arriver.

Le coup part tout seul. Quand elle entend « hello miss » derrière elle, Prudence, déjà sur le qui-vive, lance son genou en même temps qu'elle se retourne. Le type se plie en deux en poussant un petit couinement.

– Je te préviens, j'ai un couteau dans ma poche et j'attends quelqu'un qui va débarquer d'une minute à l'autre, tu ferais bien de te tirer.

Se tenant l'entrejambe, l'homme se déplie douloureusement.

– Oui, je crois que c'est moi que tu attends…

– Oh !

L'homme en question est un peu plus grand que Prudence, la quarantaine vitaminée ; il a des épaules larges et une tête de surfeur de film de midinette : mèches blondes savamment rejetées en arrière dans une ondulation floue, des yeux clairs sous des sourcils bien dessinés, une mâchoire carrée, des dents si blanches qu'elles luisent dans la pénombre du jour. Il porte une chemise aux motifs olive et tournesol, trop cintrée, un short en jean aux revers trop serrés sur des cuisses trop musclées. Il a une belle carrure mais, pourtant, il ne fait pas peur du tout.

Prudence, en fait, le trouve plutôt ridicule.

– Denis ! Oh la la, pardon ! Je suis confuse, j'ai cru que… Je guettais un van !

– Je suis arrivé par la route de derrière, je me suis stationné juste à côté du bâtiment, je t'ai aperçue, je suis sorti… J'aurais dû t'envoyer un texto, apparemment !

– Vraiment désolée. Ça va, Denis ?

– T'inquiète. Oui, ça va, heureusement que j'ai de bons réflexes de squats, fesses en arrière, paf ! Et, Denis, c'est sur les papiers tout ça ; appelle-moi Dylan, je préfère.

Pose *Alerte à Malibu*, il a l'air de trouver que c'est le summum du cool. Prudence se retient de sourire, lève des sourcils étonnés.

– Dylan ? Ah mais, OK. D'acc-d'acc, si tu veux. Dylan, nickel, c'est cool.

– Allez viens, Cendrillon, je te montre ton carrosse !

Denis-Dylan lui lance un clin d'œil et Prudence le suit, mi-fascinée mi-sidérée par ce drôle de personnage, qui semble tout droit sorti d'une série pour ados des années quatre-vingt-dix. Sa démarche est un peu chaloupée, ses gestes mesurés. Prudence rougit malgré elle. Finalement, heureusement que le lieu de rendez-vous était désert, elle n'aurait pas voulu que des connaissances la voient suivre ce mec.

Denis-Dylan tourne vers elle son sourire de pub :

– Et voilà la bête ! Tu dormiras en haut, j'ai une chambre de toile sur le toit, tu seras au paradis.

Prudence ne bouge pas. Elle ne dit rien. Elle observe le vieux van Volkswagen jaune fade. La bonne nouvelle, c'est que les filtres Insta étaient tellement pétés qu'il n'est pas vert du tout, ce van ! La mauvaise, c'est que… c'est si minuscule, un van ? Elle va vraiment dormir là-dedans, avec un inconnu de deux fois son âge pendant des semaines ?

Une fois installée, elle fait semblant d'avoir sommeil pour ne pas avoir à écouter le babillage incessant du surfeur, intarissable sur l'aventure qui les attend, la typologie des *waves*, les meilleurs spots, et surtout, son van si bien agencé, le prix de *killer* auquel il l'a obtenu, les *roads* qu'il a parcourues avec, les règles d'hygiène et de rangement, le tout c'est de nettoyer juste après avoir fait un truc, c'est la base des petits espaces, et c'est sûr que point de vue conso c'est pas le panard, mais on ne compte pas quand il s'agit de réaliser un rêve de gosse, et puis franchement c'est l'idéal pour stationner, la bonne taille, pas de restriction, c'est sûr qu'il manque peut-être une chiotte mais on s'arrange toujours, et il est trop mignon avec ses petits phares ronds comme des yeux, de toute façon il a une âme, il l'a su direct en le voyant, c'est pas qu'il soit du genre à croire à ces esbroufes, n'empêche on dirait qu'il lui porte chance, elle verra ça très vite, elle sera obligée de *kiffer* cette vie nomade, et il a hâte de lui présenter ses potes, une bande de *joyeux drilles* comme on dit, qui…

Elle se tourne légèrement vers la fenêtre et ferme les yeux jusqu'à l'arrivée à Biscarrosse au milieu de la nuit, dans un endroit qu'elle ne discerne pas.

Elle monte sur le toit du van. L'espace est exigu, la toile d'un beige sans saveur bouge sous le vent. Elle se roule en boule tout habillée dans son duvet avec une forte envie de pleurer.

JEUDI 8 JUIN

Tout la brûle.

La soyeuse et oppressante chaleur de son duvet, la nuit d'été, la toile trop proche de son visage, cette décision absurde prise par quelqu'un d'autre, la frénésie des dernières quarante-huit heures. Elle a bouclé son sac comme si elle partait pour ne jamais revenir, fait des adieux déchirants à Meï et Jeannelle, embrassé son père qui avait une poussière dans l'œil, mais ce n'était pas grave ça lui arrive tout le temps, boudé sa sœur avec panache, envoyé un trop long mail grave et pathétique à Maneck.

Elle s'est bien coincée, impossible de revenir en arrière. Rentrer au bout de douze heures, ce serait le summum du ridicule.

Prudence soupire, cramée, ruisselante. Non, mais elle est dingue. En quelques heures seulement, elle a réussi à se monter une super production hollywoodienne de ce départ de plusieurs mois avec un inconnu, *Little Miss Sunshine* sur les côtes françaises ; couleurs saturées, aventure de rêve, un été à vivre à fond, un fantasme de blog voyages. Rien de tout ça ne lui ressemble. Mais elle n'a jamais su faire avec la tempérance, le temps à prendre, le recul. Elle n'a d'ailleurs jamais compris le concept :

le recul… Comme si on pouvait sortir de soi pour se voir de loin avec les pensées de quelqu'un d'autre. Hérésie. On ne peut se voir que de l'intérieur, avec ce que cela sous-entend de méandres complexes, de battements de cœur, de craquements d'idées.

Elle descend la fermeture Éclair. Dans la nuit pâle, elle aperçoit la cime de quelques pins. Elle voudrait voir plus loin. Elle se relève sur un coude, se cogne dans le plafond de tôle, jure, soupire, renonce. Se rallongeant, elle essaie de se convaincre que tout ce délire était une bonne idée pour reprendre sa vie en mains : suivre un surfeur à la manque dans sa grande tournée pour le photographier sous toutes les coutures, il y a sûrement quelque chose à en tirer ? Évidemment…

Elle a dû finir par s'endormir puisqu'un bruit strident la réveille. Elle sursaute, grogne et se bouche les oreilles. Une voix d'homme s'excuse :

– Oups, pardon, miss, décidément, cette porte, il faut vraiment que je lui mette de l'huile !

Le type l'appelle « miss ». Bonjour l'angoisse.

Elle s'extirpe de son duvet, se sentant intégralement répugnante. Joie oubliée du camping. Elle enfile son jean, le sweat à capuche qu'elle renifle d'abord comme un limier, et sort de sa coquille de toile. Le soleil lui fait plisser les yeux, à moins que ce ne soit la vision de Denis, alias Dylan, en maillot de corps fluo et cycliste moule-bite à mi-cuisse.

Ne pas regarder, ne pas regarder, ne pas regarder.

– Hello, la miss ! Je te bise pas, je reviens d'un petit quinze kilomètres ! Mais pour ton premier matin, je t'ai apporté les croissants !

– Salut, De… Dylan. Merci.

Prudence va pour attraper la chaise pliante mais Denis-Dylan l'arrête.

– Euh… par contre, miss, faudrait pas oublier pourquoi je te paie, hein !

Suivi d'un gros clin d'œil appuyé.

– Ah, euh, oui, d'accord, mais… tu veux que je photographie quoi ? Les croissants ?

– Ben non, moi ! Avant que je file prendre une douche ! C'est bien le deal : tu me suis dans ma tournée de la vague de l'ouest, tu prends ma vie en photos, tu vends du rêve pour mes followers, et moi, en échange, je te paie le gîte, le couvert et 1 000 balles le mois.

– OK d'acc, bouge pas…

Elle se relève pour aller chercher son Canon dans le van.

– Non, non ! Avec mon tel ! J'ai acheté le dernier cri question objectif tout ça, c'est pas pour des prunes ! Vas-y, tu prends en rafale et moi, après, je m'occupe de choisir pour mettre sur mes posts.

Sidérée, Prudence ouvre et referme la bouche plusieurs fois avant d'enfin sortir :

– Mais je… De toute la tournée, je ne te photographierai qu'avec ton tel ? Jamais avec mon appareil ? Je suis quand même engagée en statut de « photographe », non ? Tu sais, le matos, c'est important pour la qualité et, après les prises, je retravaille sur ordi… l'étalonnage, tout ça… Avec ton tel, tu auras plutôt un rendu type « groupie du surfeur »…

Denis-Dylan rit de toutes ses dents refaites, se déhanche dans son cycliste.

Oh, mazette. Prudence a regardé.

– C'est bon ça ! « La groupie du surfeur » ! *Elles l'aiiimmmmment, elles l'adorrrent, c'est fouuu comme elles l'aiment, lalalalala !* Ça me va ! C'est l'idée ! Des photos de moi qui ne me prennent qu'à mon avantage, vie de rêve, surfeur de rêve, corps de rêve, tout quoi ! Mais pas avec ton appareil parce que ça va prendre des plombes pour les mettre sur ordi, me les envoyer… Faut savoir que je poste presque une dizaine de photos par jour, et je veux le faire le jour même, je compte pas tromper mon public en leur balançant de la photo de la veille, tu vois, y a des trucs, faut être vrai. Allez la miss, prends-moi, j'ai la sueur qui sèche.

Prudence attrape le tel.

– Attends, prends l'autre profil, j'ai une goutte qui perle, elle va glisser dans mon cou… Crée un jeu de lumière… Enfin, je sais pas, c'est toi la pro !

Après une vingtaine de prises, Prudence lui rend son téléphone.

Il fait défiler les photos, le visage fermé. Elle devine qu'elle joue sa place à ce moment précis. Son cœur bat plus fort. Se faire renvoyer de ce boulot serait l'échec le plus absurde de sa vie.

Denis-Dylan lève les yeux vers elle, sourire en coin.

– Hé, c'est pas mal, hein… Tu es douée, t'as le bon angle… Je vais mettre la septième, celle avec la goutte dans le cou, on voit mieux mes trapèzes et l'horizon juste derrière. Un petit filtre aube ; luminosité 27 pour cent et c'est parti !

Dylan_cowboy de la wave

Petit running pour le first day de la tournée de la vague de l'ouest. À nous deux ma belle !

#running #18km #dylancowboydelawave #surf #freedom #horizon #sueur #tourneedelavaguedelouest #croireensesreves

Denis-Dylan mord dans un croissant.

– Je file à la douche… Enfin, je suis pas loin, c'est de l'autre côté du van, je fixe le pommeau contre la vitre et voilà ! Y a de la Ricoré et des mazagrans, fais comme chez toi !

Des « mazagrans » ?... C'est quoi, ce truc ? Et de la Ricoré, vraiment ?

Elle déjeune, maussade, capuche sur la tête, en position fœtale, les deux pieds sur la chaise, les genoux sous le menton. Pas très pratique pour manger mais bonne position pour se lamenter. Elle n'est pas du tout disposée au moindre effort pour paraître mignonne, sociable et agréable. Faudra bien qu'elle fasse des efforts à un moment donné, mais là, non.

Elle pense à son téléphone resté dans la cage de toile suspendue au-dessus du camion. Elle doit avoir mille messages, mais elle n'a pas encore le courage de les affronter. Ni son père ni sa sœur. Elle ne veut pas non plus entendre Meï, Jeannelle et Laura. Si elle écoute ses copines, elle va sangloter à gros bouillons en pensant à elles et elle n'est plus très sûre d'avoir des mouchoirs dans son sac.

Et surtout, elle n'a aucune envie d'allumer ce téléphone parce qu'il va vrombir de cent demandes de nouvelles, mais aucune de Maneck. Sûr qu'il n'aura pas répondu à son mail. Ce silence prévisible sera la pire des agressions dans le vacarme des notifications et Prudence a peur de ne pas s'en remettre.

D'un autre côté, elle a très envie de savoir. De vérifier si, effectivement, certaines choses lui font bien un mal de chien. Pour être sûre.

Contournant le van pour grimper dans sa chambre, elle se retrouve nez à nez, ou plutôt nez à pénis avec Denis-Dylan.

L'as-tu vu, l'as-tu vu ? Ce petit bonhomme, ce petit bonhomme.
L'as-tu vu, l'as-tu vu ? Ce petit bonhomme au capuchon pointu !

Elle se plaque les mains sur les yeux.

– Désolée… désolée, désolée, je voulais juste remonter. Je croyais que tu avais une sorte de cabine… ou un maillot.

– T'inquiète, la petite bête va pas manger la grosse ! Hu hu ! Quoiqu'elle est pas si petite, mais l'eau est encore un peu froide et…

– OK, OK, OK !!! Euh… s'il te plaît…

– Rhôôô, ça vaaaaa, t'en as vu d'autres, non ? J'ai pas mis la cabine, la toile se colle contre ma peau et j'aime pas trop la sensation. Mais si toi ça te dérange, je peux te la mettre.

– Super, merci.

– No souçaï, miss !

– Je… je vais te laisser te rhabiller.

Elle fait demi-tour, décide de profiter de ces deux minutes d'attente pour se brosser les dents avec un gobelet, face à la forêt et ses pins verts, presque bleu paon. Elle glousse un peu toute seule, fissurant sans le vouloir le costume de veuve sicilienne qu'elle avait endossé jusque-là.

En remontant dans sa tanière, elle comprend que cet espace réduit sera son antre pour les semaines à venir. Après un long soupir et quelques exercices de respiration, elle allume son téléphone et le jette sur le duvet comme s'il pouvait exploser entre ses mains. L'appareil clignote, vibre et glinguelingue sans savoir par où commencer.

– Il m'a écrit, il m'a écrit, il m'a écrit…

Prudence attend de voir un sept sur l'heure qui s'affiche, puis elle ouvre le clapet et consulte les notifications.

Aucune de Maneck.

Vérification du cœur : oui, en effet, ça fait un mal de dingue. Une vraie sensation physique, comme si un petit malin à l'intérieur de son être prenait un morceau de son cœur et le pinçait fort, entre les ongles de son pouce et de son index, très exactement. Prudence gémit malgré elle. Quand le pincement se dissipe un peu, elle fait ce qu'elle sait qu'elle ne devrait pas faire, mais elle le fait tout de même, pour vérifier comment la douleur, etc. Elle va sur le compte Instagram de Maneck.

Il a posté la photo d'une sculpture.

Le petit malin descend le long de son œsophage et lui grignote les entrailles comme un Pac-Man avide. Maneck a donc utilisé son téléphone, répondu à des gens, pris du temps numérique.

Scrontch, scrontch, scrontch…

Pas une seconde pour répondre à son mail, la rassurer, et surtout lui demander comment elle va. Il pourrait faire l'innocent, dire « Hé salut, j'espère que ton road-trip démarre bien ! », mais même ça, rien.

Elle préférerait qu'il soit fâché, ou triste, ou en colère, mais enfin quelque chose de mieux que cette indifférence méprisante.

Enfin non, elle n'a pas non plus envie qu'il la déteste.

Ce qu'elle voudrait, c'est qu'il lui dise qu'elle lui manque, ce n'est quand même pas si compliqué.

Même qu'il lui dise précisément : « Écoute ça m'a un peu fait stresser quand tu m'as demandé qu'on vive ensemble, je pense que j'ai pas été cool sur le moment, mais tu comptes vraiment pour moi, j'ai hâte de te revoir, et à la rentrée, promis… »

Comment fait-il pour se foutre d'une fille avec qui il a pourtant partagé des moments doux ? Juste après une scène aussi intense que celle qu'ils ont vécue, il devrait penser à elle, s'inquiéter, vouloir dénouer les choses… Ça la blesse tant que Prudence se dit qu'elle va probablement mourir de chagrin. Comme ces chiens qui attendent le retour de leur maître disparu, assis derrière une porte à gémir, sans pouvoir rien avaler. Voilà : elle a vingt et un ans et elle est un chien de maître décédé.

La crise d'angoisse commence à pointer le bout de son nez.

Miraculeusement, c'est la voix de Denis-Dylan qui coupe le processus :

– Hé, la miss, tu...

Prudence fulmine. Même pas moyen d'avoir de la peine peinarde ! Elle sort sa tête de sa caverne, et hurle, à bout de souffle :

– Prudence ! Mon nom, c'est pas la miss, c'est Prudence !

– Oui, mais ? T'aimes bien ? C'est chelou comme prénom, non ?

– Non, c'est original ! Ça change ! Et surtout, c'est mon prénom !

– OK... Tu sais, si tu préfères que je t'appelle autrement, tu me dis, moi, ça me dérange pas...

– OK, Denis !

– Dylan. Moi, je préfère Dylan, par exemple. Ça colle plus à ma personnalité.

La curiosité prend le dessus, un peu. De toute façon le surfeur ne semble même pas avoir remarqué son énervement.

– Et c'est quoi la personnalité d'un Dylan ?

– Ben, cool, surfeur, jeune. *Beverly Hills,* quoi, Luke Perry et tout.

Prudence lève les sourcils de surprise. Elle est assez stupéfaite de trouver ce type aussi bête, prétentieux et ridicule. Elle aimerait bien expliquer à Denis-Dylan que *Beverly Hills*, c'est carrément une autre ère, et Luke Perry, la génération à laquelle il voudrait ressembler ne sait même pas qui c'est. Mais elle se ravise, elle ne veut pas lui faire de peine, elle en a trop elle-même, et puis ça ne sert à rien de discuter quand on est un chien de maître décédé.

– D'accord, Dylan, comme tu veux.

– Dans 15 minutes, on file à la baille, tu seras prête ?

– Je le suis. Je me suis brossé les dents.

Denis-Dylan la scrute quelques secondes.

– OK.

Prudence descend et ose un coup d'œil dans le rétroviseur. Sous la capuche, on devine le feu roux de son carré décoiffé. Ses yeux portent chacun leur valise et un reste d'eye-liner mal démaquillé. L'air marin a déjà gercé ses lèvres. Il est clair que, contrairement à Denis-Dylan, elle ne vend pas du rêve. Ça tombe bien, elle n'est pas sur Insta. Elle a tout viré la veille pour ne plus qu'on la suive, ni sa famille ni ses amis ni ceux qui la font souffrir.

(Bon, d'accord. Elle l'a fait pour que Maneck s'inquiète, sauf qu'il ne s'est probablement même pas rendu compte de sa disparition numérique. Chien de maître décédé à la loose intersidérale.)

Elle n'a plus qu'un compte vide sous un faux nom, juste pour suivre Maneck.

Elle se débarbouillera plus tard. Elle attrape ses lunettes de soleil et son Canon, passe la bandoulière par-dessus son épaule gauche, ajuste le sac sur sa hanche.

– Je te suis.

– Tiens, mon tel. Fais-toi plaiz.

En combinaison néoprène, planche flashy sous le bras, cheveux délavés par le soleil (et le jus de citron appliqué avec minutie après chaque douche du matin mais ça, Prudence l'apprendra plus tard), Denis-Dylan s'élance vers le sentier menant à la plage.

Elle mitraille avec son téléphone dernier cri, elle a bien compris le message quand elle l'a vu passer devant en roulant des épaules.

Sur la plage, l'océan la frappe en plein visage. Du bleu plein la figure.

L'océan a mille bleus différents et celui de ce matin est bleu cobalt habillé de rayures grises au fil des nuages.

Elle le connaît bien, l'Atlantique, elle a grandi à son port, à La Rochelle. Ici, il est différent, plus lâche, plus sauvage et moins à l'étroit. Il étend ses écumes sur un sable qui n'en finit pas, se déplie, gronde sourdement. Pour la première fois depuis son départ, Prudence se sent un petit peu mieux. C'est beau, ici, ça n'attend rien ni personne. Tout paraît immense et sans fin. Sous le soleil éclatant, l'eau scintille en éclats tantôt bleu cobalt, tantôt bleu turquin. Toutes ces nuances ont toujours rassuré Prudence. Elle les a vues défiler depuis l'enfance à mesure des saisons.

Elle se rappelle soudain que, quand elle était petite, elle était souvent perdue dans le temps et, pour l'aider à se repérer, sa mère avait affiché dans sa chambre une frise des jours de la semaine, tout en couleurs. Son jour préféré, le mercredi, était le jour bleu – d'un bleu d'imprimante de mauvaise qualité, le même cyan que son tube de gouache d'écolière pour lequel elle a gardé une tendresse particulière. Sa mère ne travaillait pas ce jour-là et, dès les premiers soleils, elle emmenait ses filles passer des après-midi entiers sur la plage. Pour Prudence, le bleu a un goût de tartine pain-beurre-cacao, de sable qui craque sous les dents de lait, et l'odeur entêtante de crème solaire sur les bras de sa mère.

Quand elle rentrait le soir, enivrée de sel et de vent, elle regardait la frise et couvait déjà des yeux son prochain mercredi cyan. Dans quelques-uns de ses mouvements, l'océan, ce matin, lui rappelle ce bleu mercredi.

À cette heure matinale, la plage est presque déserte, mis à part quelques surfs et kitesurfs au loin.

Denis-Dylan est moins bavard. Comme Prudence, il observe l'océan qui s'agite. Elle s'étonne. Est-ce qu'il a peur ? Elle frôle l'écœurement : typique du blaireau ! Il ne sait pas réellement surfer !

Cette fois, elle ne peut pas empêcher une pointe d'ironie.

– Bah alors, Dylan, tu ne fonces pas ?

Il ne bronche pas, il fronce un peu les sourcils, laissant apparaître une petite ridule qui trahit sa quarantaine. Ses lèvres sont scellées et presque tombantes.

Prudence frissonne. C'est plus fort qu'elle. Comme à chaque fois, ça l'envahit dans une urgence, lorsque quelque chose l'étonne, l'émeut, la bouleverse ou la dégoûte. Il faut qu'elle fixe l'instant, qu'elle le mette en boîte pour ne pas se laisser déborder. Dans un geste délicat, elle sort son Canon de son berceau de mousse. Elle se cale, un pied bien enfoncé dans le sable, enfin stable, ancrée, et le photographie ainsi. Deux, trois fois. Denis-Dylan tourne enfin son visage vers elle, surpris.

– Tu fais quoi, là ? Je suis pas prêt. Et avec mon tel, on a dit.

– Oui, oui, t'inquiète, c'est pas pour tes abonnés. C'est pour moi, pour garder la main. Je peux utiliser mon appareil, non ?

Denis-Dylan hausse les épaules.

– Si tu veux. Mais là, tu vas pouvoir utiliser mon tel.

Il s'avance dans l'eau jusqu'aux mollets, se penche et se mouille la nuque avec des gestes de petit garçon.

Prudence s'assied dans le sable encore frais, sourit un peu. Elle est vraiment curieuse de le voir à l'œuvre. Elle lui reconnaît une chose, il réussit sans le vouloir à lui changer les idées, ce qui est relativement exceptionnel.

À quelques mètres de lui, une surfeuse prend une belle vague bien ronde, les bras à l'horizontale, sur sa planche que l'on distingue à peine ; on dirait qu'elle vole. Lorsque la jeune femme finit par plonger, Denis-Dylan applaudit. Oh la la, mais quel lourd. Prudence rougit à sa place. Il s'installe à califourchon sur sa planche, et il attend. Une vague passe. Puis une autre.

Prudence souffle. Elle perd son temps ici, avec ce type.

Mais soudain, Denis-Dylan se penche en avant. Au large, on voit la vague se former. Sa ligne d'écume est nette et fine ; Prudence sait déjà que ce sera une belle vague, pleine et creusée. Elle se lève, s'approche, portable prêt à faire feu.

Denis-Dylan se met à nager, allongé sur sa planche, en direction de la vague qui enfle. Une fraction de seconde, elle n'aperçoit que la pointe de sa planche, puis de nouveau Denis-Dylan, debout, glissant le long du rouleau, laissant derrière lui une ligne brouillonne, qui s'efface à mesure que la vague s'enroule. Il s'amuse, danse presque sur l'océan, puis plonge enfin.

– Merde !

Elle a complètement oublié de prendre des photos, absorbée par le spectacle. Pendant ces quelques minutes, elle était avec lui, sur le surf.

Elle tente de se rattraper en le prenant sous tous les angles, lorsqu'il sort de l'eau, souriant et ruisselant, presque sympathique.

– Alors, la miss ? Ça t'a plu ?

(Presque.)

– Mais, wow, mais enfin, oui, carrément… En fait… je dois t'avouer que j'ai été surprise. Tellement que j'en ai oublié de te photographier quand tu étais sur la vague ! J'étais scotchée. Ça ne m'arrive pas souvent ! Moi, je suis plutôt du genre hyper pro, à…

Denis-Dylan la coupe.

– Surprise ?

– Euh, ben… je me sens bête, mais je ne pensais pas que tu surfais pour de vrai, quoi. Enfin comme ça, je veux dire.

Il fronce les sourcils.

– Tu croyais quoi ? Que je ne suis pas là pour participer à la compète ? Que mon trip, c'était seulement d'être photographié en train de simuler ?

Prudence aurait bien envie de lui demander comment il appelait le fait de ne poster sur Instagram que des photos de lui prises sous le bon angle, la bonne lumière et avec douze filtres, mais elle se rend compte qu'elle l'a un peu vexé et ne préfère pas en rajouter.

– Non, non, mais je pensais pas que tu étais à ce niveau et… Bref, excuse-moi. C'était super, bravo.

Le visage de Denis-Dylan s'adoucit.

– Content que tu aies pris ton pied quand même, la miss. Tu fais voir ?

Elle lui tend le téléphone et il fait défiler sous son doigt les photos de retour de vague.

– Ouais, y a du bon matos. Je mettrai ça tout à l'heure. J'y retourne une bonne heure avant l'arrivée des petits baigneurs. Tu essaies de me choper sur la vague ? Et dès que t'as ce qu'il te faut, les clés du van sont dans la poche de mon sac à dos, si tu veux rentrer.

– D'acc, merci.

De retour au camion, elle explore, observe. Elle n'a pas encore ses marques. Elle photographie quelques objets ici et là, les traces de la vie, de la personnalité de Denis-Dylan ; chercher les détails, c'est sa manière d'apprivoiser les lieux et les gens.

Dans le van, l'installation est sommaire et fonctionnelle, mais… chaleureuse, grâce aux touches vintage et douces. Tout est bien ordonné ; pas un mug qui traîne, pas un slip. Rien à voir avec la coloc. Assise sur la banquette, elle doit reconnaître que Denis-Dylan lui a dit la vérité : le meilleur spot, c'est la chambre sur le toit. Ici, le matelas est fatigué et il doit être obligé de se mettre en diagonale pour dormir à peu près à l'aise. Elle se demande ce qu'il y a dans la grosse caisse de bois sous la banquette mais elle n'ose pas fouiller.

Du moins pas le premier jour.

Lorsque Denis-Dylan revient, mouillé, des grains de sable incrustés dans la peau du visage et collés dans ses cheveux, il se laisse tomber sur une chaise pliante et attrape sa cheville droite en grimaçant. En face de lui, Prudence saisit son appareil encore autour de son cou.

– Arrête ! Je me suis mal réceptionné après une vague. C'était la dernière, j'étais naze, je savais que je ne devais pas la prendre. Mais il faut toujours que j'essaie ! Je dois faire gaffe si je veux tenir sur les trois courses avant la finale. La première, c'est dans huit jours, je ne dois pas me rater sur celle-là.

Il a les yeux baissés. Des gouttes perlent au bout de ses mèches, qu'il ne pense pas à repousser. Il affiche une petite moue de gosse contrarié, les traits tirés. Ses doigts glissent sur son pied endolori et abîmé par les frottements de la planche.

Prudence retrouve avec satisfaction les sensations de coulisses de spectacle qu'elle aime tant photographier. Elle appuie une dernière fois sur son appareil photo. Le cliché est superbe. Elle range son appareil.

– Ça ira ? demande-t-elle.

– Oui, je pense. Un peu d'huile de gaulthérie et ça devrait aller.

– OK. Au fait, sinon… euh, les toilettes, c'est où ?

– Ah ben là, miss, on est en pleine forêt. C'est pas un camping, ici. Donc il n'y en a pas. Mais j'ai une pelle.

– Une pelle ?

– Oui. Pour le trou. Là, dans le coffre, à côté du PQ biodégradable.

– Ah, d'accord.

– Ben… tu n'y vas pas ?

– Non, non, c'était comme ça, au cas où, pour savoir.

– Je vois.

Denis-Dylan se marre franchement.

Prudence se hâte de monter dans son antre. Elle qui était à un cheveu de trouver ce type moins vulgaire. Tout occupée à taper « comment retenir ses selles pendant un mois » sur Google, elle ne l'entend pas immédiatement parler à quelqu'un à l'extérieur, et sursaute lorsqu'une tête minuscule apparaît dans l'ouverture de tissu.

– T'es qui ? demande la tête.

Le gosse a dans les 9 ou 10 ans, une canine en moins, une coupe afro, la peau caramel, des cils immenses, des yeux d'ambre.

– Prudence. Et toi ?

– Jo.

Elle referme son ordinateur.

– Salut, Jo. Qu'est-ce que tu fais là ?

– Ben *toi*, qu'est-ce que tu fais là ?! Moi je m'installe toujours ici d'habitude, quand on vient voir Denis. Enfin, Dylan. Enfin le pote de ma mère.

Prudence sourit. Sympathie immédiate pour cette petite tête.

– Ah. Je suis un peu chez toi alors. Désolée, mais il va falloir me prêter ta chambre parce que moi, je suis là pour plusieurs longues semaines. Je fais un… euh… reportage… sur Denis. Enfin Dylan. Enfin le pote de ta mère.

– OK, mais quand je suis là, on partage, affirme Jo.

La fermeture Éclair descend et, sous la tête, un petit corps en short et t-shirt dinosaure apparaît, qui se glisse à l'intérieur. Malheureusement, Prudence aperçoit aussi les pieds nus, humides et pleins de sable qui piétinent son duvet. Les enfants sont si sales.

Sans plus lui prêter attention, le gamin sort un manga de sous son t-shirt et se met à lire.

Prudence descend de son perchoir et trouve Denis-Dylan attablé en face d'une femme. Cette dernière a un corps plein, rond, présent, les mêmes yeux de miel que son fils et des petites tâches couleur crème sur ses pommettes et son nez, qui lui donnent des airs mutins. Elle parle d'une voix basse, légèrement éraillée sur certaines consonnes, qui plaît tout de suite à Prudence.

– Il t'a virée, pardon !

– Non, non, t'inquiète, j'allais descendre. Salut, dit-elle en lui tendant la main : Prudence.

– Oui, je sais, la photographe que Dylan a réussi à embarquer dans sa galère. Jamais je n'aurais cru possible que quelqu'un accepte ce job, en si peu de temps en plus ! Enchantée, moi, c'est Ava.

Ava est lumineuse. Prudence a envie de la photographier dans tous ses détails ; quelque chose se dégage de cette femme, dans sa manière de bouger, d'être assise sur cette chaise, Ava est là, solaire, vivante.

– Euh… j'ai un truc de travers ?

Prudence rougit et sort de sa contemplation.

– Oh non, pardon ! Je ne voulais pas te mettre mal à l'aise. Mais… j'ai très envie de te photographier, il y a une belle lumière là, sur toi. Je peux ?

Ava part dans un grand rire.

– Ha ha ha ! C'est la plus belle déclaration qu'on m'ait faite ! Avec plaisir !

Prudence va chercher son appareil. C'est au tour d'Ava de la mettre mal à l'aise avec son regard qui se plante dans le sien. Mais, derrière l'objectif, elle peut se cacher, voir sans être vue.

– Et il faut que je fasse quoi ?

– Rien du tout.

Le rire d'Ava reprend, Prudence mitraille.

– Rien de pire que quelqu'un qui te dit de ne rien faire !

– C'est bon, j'ai ce qu'il me faut.

Elle sent que Denis-Dylan commence à s'impatienter de se sentir transparent. Typique des m'as-tu-vu dans son genre. Elle le voit, du coin de l'œil, qui, pour compenser, en profite pour poster une photo sur Insta où on le voit revenir de l'eau, haut de combinaison baissé, jambes en mouvement, menton conquérant, lèvres entrouvertes, sa main libre glissant dans ses cheveux :

Dylan_cowboy de la wave

Premier entraînement. Ça décrasse.

#cetaitbon #çavaenvoyerdupate #J-3 #dylancowboydelawave #surf #vague #blond #desojavaischaud #tourneedelavaguedelouest #leaulavie

Jo les rejoint pour le déjeuner. À table, Denis-Dylan questionne Prudence, la bouche pleine :

– Sinon tu fais quoi dans la vie ? À part me suivre, je veux dire ?

– Eh bien… je suis en fac d'histoire. Et puis… Elle se racle la gorge. Je prépare, enfin je préparais, le concours d'entrée dans une école de photo. Mais je l'ai raté, alors maintenant… je sais pas. Je sais plus trop. Peut-être un master d'histoire…

Denis-Dylan attend la suite avec un air éberlué. Elle se rappelle qu'elle discute avec un homme de quarante ans qui vit dans un van dès qu'il le peut et ne semble s'intéresser qu'au surf. Elle ne sait même pas comment il occupe le reste de son temps, elle l'imagine vendeur d'articles de surf ou quelque chose dans ce goût-là.

– Enfin laisse tomber.

Ava est curieuse :

– Tu ne peux pas retenter ta chance une deuxième fois ?

– Si, enfin non, enfin, c'est-à-dire que c'est compliqué.

– Ah bon.

Les deux amis n'insistent pas devant la mine fermée de Prudence.

Ava change de sujet :

– On y va ensemble, ce soir ?

– Yep, évidemment ! Prudence, tu viens avec nous ? Il y a la première fête de la saison à la caravane, chez Tom et Claire, des potes surfeurs.

– Oh, euh… je ne sais pas trop…

Prudence hésite. Elle a un peu la trouille des amis de Denis-Dylan, mais elle se dit qu'avec Ava, elle devrait pouvoir tenir une soirée.

– Allez, viens ! l'encourage Ava. Tu ne vas pas rester toute seule ici alors qu'on fait la fête à quelques centaines de mètres !

Prudence jette un coup d'œil à sa montre : 13 h 17. Bon.

– Haha. Bon, d'accord.

Denis-Dylan se lève d'un coup et commence à débarrasser.

– Allez, hop, je nettoie ça et je vais mettre la viande dans le torchon ! Ce soir, faut être en forme pour la fiesta ! Et puis, je voudrais surfer un peu avant de partir. Salut, les filles, je vous laisse faire causette.

– Il a couru ce matin, il est allé surfer ensuite, il y a une fête prévue ce soir... Il va vraiment vouloir retourner dans l'eau, là, après sa sieste ?

Ava sourit.

– Oh oui ! C'est Dylan. C'est un type surprenant.

– Hyperactif, surtout.

– Tu verras.

– J'ai encore trois bons mois pour le découvrir...

– Ça n'a pas l'air de t'enchanter ?

– Si, si, haha... Je suis juste un peu... perturbée pour des raisons perso, je me suis embarquée là-dedans sur un coup de tête, je cherche encore mes repères, et je n'ai pas très bien dormi. Je peux te laisser ? Je vais aller marcher un peu.

– Bien sûr ! À tout à l'heure !

Appareil en bandoulière, Prudence file vers les dunes. Elle a envie de marcher, de faire des photos, d'appeler Meï. Ce moment de solitude lui fait instantanément du bien. Le vent sur sa peau, les embruns salés sur ses lèvres, les dunes en pentes bosselées comme des petits tas de sucre en poudre, les couleurs qui s'harmonisent naturellement, tout la réconforte.

Le terrain où se trouve le van est tout proche d'une aire de camping-cars et à quelques dizaines de mètres de la plage principale. Elle arpente un peu la plage, prend des photos et décide de rejoindre le centre-ville de Biscarrosse-Plage. Sur le trajet, elle appelle Meï et, pour être tout à la conversation, elle s'arrête dans un espace de jeux d'enfants, vide à cette heure de sieste.

– Meï, je ne sais pas si c'est une si bonne idée que tu as eue, partir comme ça, trois mois dans un van avec un inconnu.

– Euh, Prudence, je ne t'ai pas mis un couteau sous la gorge non plus, je te signale… Ça se passe mal ?

– C'est un délire… Je n'ai même pas le droit de le photographier avec un vrai appareil, il veut que je ne le prenne qu'avec son smartphone, et après il ajoute des filtres cramés et des hashtags à s'arracher les yeux. #cowboydelawave, s'il te plaît. #desojavaischaud, putain ! #ausecours, oui !

– J'ai vu, je me suis abonnée. Je suis dead à chaque post. J'hésite entre un état hypnotique et une envie de fuir par gêne.

– #bienvenuedansmavie, ça me fait cet effet depuis vingt-quatre heures, j'ai presque envie de le toucher pour vérifier que c'est pas un fake. Et parfois, Meï, il parle, il parle, il parle… tellement que j'ai déjà eu envie de me boucher les oreilles et de chanter très fort. En plus, je ne comprends pas tous les mots. Il dit des trucs comme « joyeux drilles », « mazagrans », il utilise son « T9 », je sais même pas ce que c'est. Et… il m'appelle « miss » !

Meï est morte de rire.

– Perso, je plussoie. Il a quel âge ?

– Je sais pas du tout. Trente-cinq ? Quarante-cinq ? Il s'entretient de ouf, si ça se trouve il a soixante ans. Ou vingt-huit. Franchement, aucune idée.

– Bon, mais il est sympa ?

– Je viens de te dire qu'il m'appelle « miss » !! Et j'ai déjà vu son pénis !

– Déjà ?? #nymphodesjoyeuxdrilles…

– Oui, c'est tout moi, #passionpubisdesurfeur ! Enfin non, pas comme ça, quand il prenait sa douche. Bref, je ne sais pas trop…

– Laisse-toi le temps, tu es partie hier ! Tu es incroyable, Prudence !

Prudence va et vient sur le revêtement en mousse rouge de l'aire de jeux. Elle a l'impression qu'à mesure où grimpe son angoisse, son pas s'alourdit, son talon s'enfonce. Elle se sent épaisse de toutes ces décisions qu'elle a prises trop soudainement, déjà fatiguée. Physiquement fatiguée. Étrangement fatiguée…

Elle baisse les yeux sur ses pieds si lourds.

– Meï !!!! J'ai bousillé le sol !!

Autour du toboggan, elle voit ses empreintes de pas, enfoncées dans la fausse mousse sableuse, d'où des gravillons colorés s'échappent comme de gerbes de lave brutalement figées, partout où elle a piétiné en racontant ses déboires.

– Comment ça, t'as bousillé le sol ?

– J'ai dégommé le machin de mousse de l'aire de jeu ! Le faux béton mou, là !!

Elle remarque la petite pancarte :

« *Revêtement en cours de séchage, ne pas franchir la barrière* ».

– J'en ai partout !!

Meï est hilare à l'autre bout du fil.

Du goudron rouge plein les baskets, les chaussettes, le bas du jean. Prudence tente de rattraper les renfoncements de ses empreintes, mais c'est une catastrophe.

À quatre pattes, les genoux dégueulasses, le téléphone coincé contre l'épaule, elle panique :

– Mais je n'arrête pas, mais ça colle aux doigts ! Évidemment que ça se voit ! On dirait un sabotage !

Si elle était seule, elle serait au bord de la crise de nerfs, mais le rire incontrôlable de Meï finit par l'emporter. C'est là que son regard tombe sur une tong violette. Elle reconnaît les pieds pleins de sable et se relève précipitamment.

– Je te rappelle Meï. Salut, Jo.

Le gamin la fixe, sans rire.

– T'as pas le droit d'être là, normalement. En plus t'as tout abîmé, t'as pas le droit non plus. Je crois que ça coûte une blinde, ces trucs.

– Oui, je sais. J'ai pas fait exprès.

– T'inquiète, je dirai rien, j'ai l'habitude avec ma mère. C'est souvent que je suis dans des endroits où je ne devrais pas. Denis te cherche, il veut aller surfer et il est en transe parce que t'es pas là pour le prendre en photo alors qu'il aime bien ses cheveux.

Ils rentrent ensemble, quittant la zone de délit. Elle suit le petit garçon, quelques pas derrière lui, et se rend compte qu'il joue, sans en avoir l'air. Il marche, il suit le trottoir, mais, de temps en temps, il sautille, un pas de côté, ou il appuie plus fort sur la plante de son pied. Parfois, il manque presque de vaciller. Elle comprend qu'il évite les fissures, les accidents de terrain, les trous. Les mains collantes et rouges, Prudence n'hésite cependant pas une seconde pour saisir son appareil, pressée de capter un peu de ce reste d'enfance.

Près du van, Denis-Dylan l'attend de pied ferme.

– Dis donc, la miss, j'aimerais bien que tu me préviennes quand tu t'échappes comme ça, tu as un job, je te rappelle !

– Tu faisais une sieste ! Et j'ai pas de pause syndicale ?
– Bon, dépêche, j'ai les cheveux parfaits, on va faire des photos sur la dune avant que j'aille à l'eau.
Prudence le suit, et le photographie sur la dune, cheveux au vent, enlaçant son surf, tourné vers l'océan. Elle a un peu honte de ce genre de prises, c'est tellement cliché… Des passants les regardent et elle se cache dans la capuche de son sweat. (Finalement, ce n'est peut-être pas plus mal que ces images ne soient pas dans son Canon adoré.)
Satisfait, Denis-Dylan pianote sur son tel, puis lui confie l'appareil avant de courir vers les vagues.

Dylan_cowboy de la wave
Ma planche, mon double, my friend, ma vie.
#mercilalife #whatelse #carpediem #noshampoo #dylancowboydelawave #surf #tourneedelavaguedelouest

Prudence s'assied sur le sable et le regarde surfer un petit moment. Elle s'étonne encore du contraste entre l'homme qu'elle doit photographier et celui qui essaie, tombe, glisse, recommence, s'envole sur l'océan.

Installée en plein soleil, elle se rend compte qu'elle a très chaud dans son gilet.

Mais il est hors de question qu'elle le quitte. C'est celui de Maneck, prêté lors de leur dernière soirée ensemble. Celle du presque-râteau. Celle du « Je ne peux pas vivre avec toi ». Celle des rêves écrasés à terre, chute libre sans parachute. Parfois, par surprise, l'espace d'une micro-seconde, son odeur lui revient, coincée quelque part dans les mailles du vêtement, elle s'échappe en bouffées infimes et discrètes, et Prudence ne veut pas en laisser une seule passer sans l'avoir avalée.

***

Après sa troisième douche de la journée (qui rappelle à Prudence qu'elle n'en a toujours pris aucune), Denis-Dylan sort du van, habillé pour la fête. Il est tout apprêté. Prudence n'a pas d'autre mot qui lui vienne à l'esprit lorsqu'elle le voit. Il porte un pantalon en lin blanc, un t-shirt cintré miel de la même couleur que ses cheveux coiffés en arrière à l'aide de sa cire « retour de plage » et Prudence jurerait qu'il s'est maquillé. Ses sourcils sont comme sculptés, son teint hâlé est impeccable.

Entre lui et Ava dans sa longue robe colorée, Prudence se dit qu'elle aurait peut-être dû tenter un petit effort. Elle hésite une seconde mais c'est trop tard, les deux amis et Jo, mangas plein le sac à dos et duvet glissé sous les lanières, sont déjà en route. Elle les rattrape et enlève sa capuche.

La caravane est à une centaine de mètres, en pleine forêt, sur un terrain occupé par quelques campeurs. En questionnant Denis-Dylan sur le trajet, Prudence comprend que ces terrains, comme celui où se trouve le van de Denis-Dylan, sont loués par des propriétaires cousins, copains, cousins de copains, amateurs ou pratiquants de sports de glisse, qui laissent les surfeurs aller et venir tout l'été en leur évitant le camping sauvage, de plus en plus encadré et limité. Elle a conscience d'entrer dans une communauté, aux règles tacites, aux codes spécifiques.

– C'est la grande famille du surf, miss. Quand on aime, on se débrouille.

Claire, une surfeuse comme on en voit dans les magazines de fitness, les accueille et vient les serrer contre elle en les touchant à peine, à l'américaine.

– Hé, les copains ! Ça fait du bien de vous revoir ! Salut, Jo, tu as grandi, beau gosse ! Et bonjour…

– Prudence, dit Prudence avec un chat dans la gorge.

– Soyez les bienvenus ! Y a des bières et des jus au frais et le barbeuc est en train de chauffer !

Alors que Jo file à l'intérieur de la caravane sans demander l'avis de personne et qu'Ava et Denis-Dylan vont embrasser leurs amis, Prudence observe autour d'elle. Ils sont une quinzaine et tous lui font penser à ces personnages de papier glacé qu'elle découpait dans les magazines pour jouer. Elle a presque envie de demander l'autorisation pour toucher des poitrines, faire l'expérience de tâter du silicone, mais elle aurait peur d'être encore plus déprimée si ces poitrines s'avèrent naturelles. Les surfeurs et les surfeuses rient, les dents blanches et parfaites, les abdos sculptés. Elle a l'impression d'un tournage de teen-movie. Elle se demande comment ils font. Peut-être suivent-ils les bonnes règles ? Le jus de citron au réveil, les grimaces au miroir pour éviter les pattes d'oie, les cinq fruits et légumes par jour (sans la banane), les deux litres d'eau, le footing quotidien, les abdos, les fessiers, les obliques, les intercostaux, les dix heures de sommeil, les gommages aux noyaux d'abricot qui vous arrachent les cuisses, l'huile de ricin sur les cils, le lait d'ânesse sur les seins, les masques, les douches écossaises, le repoussage des cuticules, les poils traqués, le vert anti-rougeurs, le beige anti-cernes, les détartrages semestriels, les graines de chia, les graines de lin, les graines de courge, les graines de tout, la méditation pleine conscience, le développement personnel, le déo maison, la lessive maison, le shampooing maison.

Prudence n'aura jamais le temps de se presser un jus de citron tous les matins.

Assise sur un fauteuil en palette, elle les écoute vaguement mais s'ennuie ferme. Ils sont tous si loin d'elle – par leur âge, leur univers, leurs préoccupations. Elle ne comprend rien à la discussion entre Denis-Dylan et Claire, qui parlent surf à sa gauche, et s'extasient de nouvelles planches françaises écoresponsables. Les blagues graveleuses et lourdes de Tom et de deux autres surfeurs plus jeunes à sa droite ne lui donnent pas plus envie de participer à la conversation. Elle cherche Ava des yeux.

Ava est adossée contre le tronc d'un pin, face à un homme qui lui passe la main sur la joue, puis lui caresse l'épaule, s'approche, l'embrasse sur la bouche.

Ça lui rappelle la façon qu'a Maneck de glisser ses doigts dans son cou. *Qu'avait* Maneck ? Peut-être est-ce l'éloignement, mais, d'un coup, elle se demande s'il l'embrassera à nouveau de cette façon. S'il l'embrassera à nouveau tout court. Quel cafard.

Elle cherche dans la petite foule. Son regard rebondit enfin sur un short de bain bleu, les yeux bleus d'une surfeuse, une bouteille de 1664 d'un bleu glacé – et la porte de la caravane, bleu délavé.

Elle se lève et entre dans la caravane, à la recherche de Jo.

Allongé sur une banquette, un manga sur le ventre, les mains derrière la nuque.

– Salut, Jo.

– Salut, Prudence. Tu fais quoi ?

– Je te cherchais. J'avais envie de parler à quelqu'un qui ne m'ennuie pas.

– Tu t'ennuies ?

– Oui, un peu. Pas toi ?

– Si. Des fois, Steve et Anita emmènent leurs filles. Mais pas tout le temps, souvent ils les laissent chez leurs parents et moi je suis tout seul.

– Tu viens souvent ?

– Ben, je suis ma mère. Mes grands-parents, moi, ils sont en Normandie. Alors je vais partout avec ma mère. On retrouve ses amis qui surfent, elle aime bien aller dans toutes les fêtes, dès que c'est la saison du surf. Des fois c'est un peu fatigant parce que, moi, j'ai école jusqu'en juillet, mais le week-end, ça va.

– Mais, euh… tu ne peux pas lui dire que tu es fatigué ?

Jo sourit dans la pénombre. L'espace béant laissé par sa canine en moins occupe soudain toute la caravane. Prudence pense à son enfance si différente, ses couchers obligatoires à vingt heures les soirs d'école (jusqu'au collège !), le refus catégorique de son père de dépasser la permission de minuit les soirs de fête (jusqu'au lycée !), les cigarettes menthol crapotées en cachette trois fois dans l'année en terminale, comme des crimes impardonnables. Elle se souvient aussi de ces gamins comme Jo, objets de fascination, aussi attirants qu'effrayants, plus dégourdis et moins naïfs qu'elle, à tout point de vue.

Il finit par lui répondre :

– Ben, tu sais, c'est pas très grave, et puis ma mère, déjà faut que je la trouve, elle est souvent avec un gars…, elle aime bien jouer, maman, et parler, et rire, et puis elle dit « On y va, mon poussin », sauf qu'on y va mon poussin une bonne heure après.

Jo doit lire sur son visage. Il poursuit :

– Nan, mais attends, appelle pas les services sociaux, hein, elle est super, ma mère, et elle ne me crie jamais dessus. Elle aime voir ses amis et faire la fête l'été, c'est pas interdit, j'aime bien en plus. Fais pas cette tête.

Prudence sourit à son tour.

– T'as raison. Mais si tu es fatigué, on peut rentrer. Je vais demander à ta mère si je peux te raccompagner chez toi et rester un peu en attendant qu'elle rentre. On ne doit pas être loin, vous êtes venus à pied.

– Oui, ça va, on est rue des Écureuils, vers le centre, mais elle voudra jamais.

Comme lorsqu'il n'a plus envie de discuter, Jo reprend son manga et se plonge dans la lecture. Prudence ne comprend pas très bien pourquoi Ava ne voudrait pas d'un service nocturne de baby-sitting gratos.

Elle retourne près du pin en faisant volontairement craquer des morceaux d'écorces sous ses semelles.

Ava et son ami se décollent. L'ami s'éloigne dans un dernier sourire.

– Prudence ?

– Oui, Ava, euh, pardon, mais je suis naze et je crois que Jo aussi. Il m'a dit qu'il avait école demain. Si tu veux, je le raccompagne et j'attends chez toi que tu rentres, pas de souci !

Les traits d'Ava se durcissent, elle le remarque malgré l'obscurité.

– C'est gentil, mais hors de question. Mon fils est là où je suis quand il n'est pas à l'école, point barre. Je ne laisse aucun étranger s'en occuper seul.

– Étranger ?

Prudence est sonnée un instant.

– Euh, Ava, je sais qu'on ne se connaît pas bien mais…

– Prudence, je te parle comme à une copine, je t'aime bien déjà, mais on ne se connaît pas. Pas assez pour que tu gères seule mon fils. Je ne le laisse qu'à Dylan dans de très rares moments où je n'ai pas d'autre choix. C'est tout.

Ça énerve Prudence tout à coup. Comment se peut-il qu'Ava ne lui fasse pas confiance et préfère faire patienter son fils dans une caravane à pas d'heure pendant qu'elle caresse un corps contre un grand pin dans le noir, tranquille ?

– OK, OK, moi je disais ça pour Jo, hein. Je ne sais pas si c'est très sain pour lui tout ça, mais bon.

Ava part au quart de tour.

– Pas très sain ?? Je te demande pardon ?! Qu'est-ce que tu insinues, là, Prudence ? T'es une mère parfaite, toi ? Tu sais de quoi tu parles ? Qu'est-ce que tu sais de ma vie, au juste ? De mon quotidien avec Jo ? De ce qui est bon pour MON fil ? De la relation que l'on a ? Je t'écoute !

Wow. Reculant, Prudence envoie valser ses mèches rousses, un peu déboussolée.

– Euh, je..., commence-t-elle en rougissant. Ben, c'est que... enfin, il est tard et... je... c'est juste que...

Elle tente de se raccrocher à ce qu'elle connaît, à ses expériences personnelles qui lui apparaissent soudain comme les seules valables alors qu'elle passe son temps habituellement à les questionner et les remettre en cause. L'inconnu la fragilise ; la colère d'Ava la remet d'aplomb. Elle aime bien cette fille, qui s'enflamme direct de manière très exagérée, c'est le genre de réaction qu'elle peut parfaitement comprendre.

– Non, mais en fait, t'as raison, Ava. Vraiment, vraiment raison. Excuse-moi. C'est moi qui suis complètement vieille réac sur ce coup-là ! Je n'ai pas d'enfant et j'en veux même pas. Je ne sais pas pourquoi je te dis ça, je suis un peu paumée et fatiguée. En fait, il a sacrément de la chance, Jo.

Ava doit sentir que Prudence est sincère. Elle laisse un court silence.

– Pardon. T'inquiète. Je démarre un poil vite, quand il s'agit de mon gamin. J'ai envie de rentrer de toute façon. Je vais chercher Jo, dis à Dylan qu'on y va.

Prudence cherche Denis-Dylan du regard. Il discute toujours surf. C'est étrange parce qu'elle aurait pensé qu'il allait passer sa soirée à se pavaner devant les jolies filles, dont certaines le dévorent des yeux avec gourmandise, pourtant, il ne semble pas même les remarquer.

Elle tend l'oreille, entend toujours des mots qu'elle ne comprend pas. Elle voit une fille mimer une position, une autre rectifier son bras. Au départ, elle trouve que c'est vaguement ridicule et puis elle se rappelle ses cours de photos, les conversations à bâtons rompus sur un objectif, les heures penchées sur un cliché. Elle sourit. Bien sûr qu'elle sait comment ils font pour parler surf pendant des heures, ils sont passionnés.

– Oh, mais c'est qu'elle sourit, la mystérieuse photographe !

Claire s'approche et lui sourit aussi.

– Oui, excuse-moi, je ne suis pas très bavarde et un peu fatiguée ce soir, mais merci de m'avoir accueillie.

– Je t'en prie, et je comprends, tu sais, on n'a pas été super polis, on est tous focus sur la prochaine compète de samedi, on est contents de se retrouver.

– Ne t'en fais pas, être à fond dans quelque chose, je sais ce que c'est.

Ava, Jo et Denis-Dylan les rejoignent.

– Merci, Claire, à samedi !

Prudence rentre seule dans le van pendant que Denis-Dylan raccompagne Ava et Jo. Elle monte dans son antre de toile et, en se déshabillant, vérifie…

Horreur ! Le sweat de Maneck n'a plus la moindre petite parcelle de son odeur. Il sent sa sueur, le barbecue, l'oignon, le tabac froid, mais plus Maneck. En plus, ce goujat ne lui a toujours pas écrit et, à chaque vérification de téléphone, le cœur de Prudence se fendille davantage.

Elle jette un œil à la nuit et soupire.

Foutue pour foutue…

Prudence profite de la solitude pour s'éloigner dans la forêt avec une lampe torche et cette fichue pelle, en essayant de ne pas penser à ce qu'elle s'apprête à faire, le plus vite possible et la trouille au ventre sous les pins terrifiants. Elle revient en courant et se dépêche de prendre une douche glacée sous la lune avant que Denis-Dylan ne revienne. Elle termine recroquevillée de froid dans son duvet. Après avoir longuement raconté sa soirée à Meï par SMS, après lui avoir décortiqué ses sentiments, tout décrit jusqu'à l'épisode de la forêt, elle rit finalement dans son lit de la réponse de son amie, qui tient en peu de lignes :

Meï

Et tu comptes t'y prendre comment,
les dix prochaines semaines,au juste ?
Va falloir apprivoiser cette pelle, ma vieille.
Donne-lui un petit nom. Vous serez des intimes. #tropdelachance

SAMEDI 10 JUIN

Prudence émerge péniblement d'une nuit de lutte contre les moustiques. Lorsqu'elle descend avaler une Ricoré jamais assez noire, Denis-Dylan revient d'un footing. Encore essoufflé, il lui tend son téléphone et Prudence s'exécute.

Hop, dans la boîte la photo d'un Denis-Dylan dégoulinant mais le profil fier, le sourire en coin et la mèche en balayage lumineux sur le côté gauche.

Dylan_cowboy de la wave
À la fraîche. Le petit run qui va bien.
#JourJ #ycroiresanscesse #dylancowboydelawave #surf #fruitssecs #tourneedelavaguedelouest #corpssainespritserein #joiedesuer

Ce mec n'est pas croyable.

Avant de filer sous sa première douche du jour, il se penche vers Prudence :

– Tu devrais mettre de la crème, ça boursoufle.

– Merci, mais j'en ai pas… Comment tu fais, toi ? Ils ne t'attaquent pas ?

– Citronnelle, ma vieille, à l'ancienne. Et puis ils sentent la peur.

Sans déc'.

– Ah oui, je comprends. Je sens la looseuse, ça les attire.

– Ouais, un peu.

Denis-Dylan s'échappe sans rien ajouter.

Cette manière qu'il a de ne pas rebondir sur son ironie la laisse totalement désarmée. Comme s'il pensait vraiment ce qu'il disait. C'est hallucinant d'impolitesse – ou d'une candeur pas possible ? Pour se changer les idées, elle allume son téléphone.

Papa
Bonjour Prudence, j'espère que tout va bien pour toi.
Appelle-moi quand tu peux, mais si tu n'as pas le
temps parce que tu t'amuses, c'est pas grave !

Constance
Regarde, Vadim a souri ! Oui, je sais, on ne voit
pas sur la photo, mais on n'a pas eu le temps
de le photographier quand il l'a fait alors je
t'envoie celle-ci à la place. Bisous.

Constance
Prudence, faut qu'on se parle. Faut qu'on
s'engueule et qu'on se réconcilie.

Jeannelle
T'as vu la vidéo de la mouette qui en transporte
une autre en plein vol ? Trop ouf !

Meï
Dis donc, c'est le grand jour de ton surfeur, j'ai vu :
#joiedesuer #fabulous.
Bon courage et ne piétine pas les jeux des enfants
aujourd'hui, par pitié ! Bisous.

Prudence va sur le contact « Maneck », pour vérifier, au cas où son téléphone aurait oublié de la prévenir d'un nouveau message.

Mais non.

Les mains fébriles, elle ouvre son compte Insta.

Elle recule comme si elle avait reçu un uppercut en plein dans les dents.

Une nouvelle photo, postée hier soir. Il s'agit d'une sculpture lumineuse d'une femme qui danse, la main en l'air. La photo est prise de manière qu'un rayon de soleil passe exactement sur la paume de la danseuse.

Début du travail avec la jeune et talentueuse @Louisa_Louvier, lauréate du concours #NouvelEclair. Ça promet.

Le feu commence dans la poitrine. Prudence respire plus vite, sa tête bourdonne déjà. Elle pianote à Meï :

T'as vu la photo de Maneck ? Il n'a même pas répondu à mon mail de mercredi !!! Je suis dégoûtée. Et cette petite conne et ses photos pourries !! Elle est avec lui et moi je suis dans un van jaune, boursouflée de moustiques !! Suis au bout de ma vie.

Meï
Arrête de te faire du mal en allant sur son compte !!!!!!!!!!!! Fais autre chose, bordel !!!!!!!!!!!

Prudence souffle bruyamment et jette son téléphone sur la table. Ce n'était pas la réponse qu'elle espérait.

Elle sait bien que Meï n'apprécie pas beaucoup Maneck. Elle se méfie de lui, de son arrogance, de ses manières de charmeur, de ses détours sibyllins trop suspects. Elle n'aime pas son Instagram truffé de jolies filles trop jeunes, elle n'aime pas ses fans, les réponses évasives qu'il leur offre, au compte-gouttes, comme des miettes jetées aux moineaux. Meï répète qu'il maîtrise l'attente, qu'il cultive le mystère, tout ce dont Prudence est incapable, et qui forcément l'attire. Elle a déjà fait part à son amie de sa peur, elle a l'impression de savoir quel genre de types il est, le genre qui ne lui plaît pas, qui se nourrit des smileys cœurs, qui la jette dans une colère sourde et muette, le genre qui se dit ami des femmes alors qu'il suinte le triomphe du patriarcat par tous les pores de sa peau, dans un mode pernicieux qui s'ignore. Prudence s'emporte lorsque Meï lui dit ça, elle ne peut pas le croire de son Maneck ; elle rappelle à Meï la façon qu'il a d'être doux, de lui caresser la nuque, de la regarder…

Mais ce silence… Et si Meï avait raison ?

Elle secoue sa tignasse rousse des deux mains. En plus, il est 9 h 44, autant dire que la journée est foutue. Elle a envie de se rouler en boule dans son duvet, mais Denis-Dylan la sort de sa torpeur.

– Bon, la miss, va falloir que tu te tiennes prête. La bête est chargée, héhé ! Je compte sur toi pour des photos qui claquent, c'est la première compète.

Il aperçoit les yeux brouillés de Prudence, ses cheveux en vrac, les sourcils froncés.

– Ça va ?

Un peu sonnée, Prudence hésite une seconde puis se reprend en croisant le regard délavé de Denis-Dylan. Elle ne va tout de même pas s'épancher auprès de ce type qui se frappe la poitrine en s'appelant « la bête ».

Elle se lève.

– Oui, oui, ça va. Je vais m'habiller.

Elle remonte dans son antre, ôte le sweat de Maneck, le jette le plus loin possible. Au bout de trois jours, enfin, elle daigne enfiler autre chose.

Deux heures avant la compétition, Denis-Dylan arpente l'espace entre son van et le chemin qui mène à la plage. Prudence ne l'a jamais vu aussi tendu, il le reconnaît lui-même.

– Je suis tendu comme un string !

– Je vois ça.

– C'est la première de la saison, je dois assurer, pour me donner la confiance.

Elle le photographie dans sa préparation, ses étirements.

Il prend tout de même le temps de poster un souvenir de sa séance de pompes au sol, torse nu, une main dans le dos.

Dylan_cowboy de la wave

Prép' à la gagne : 1 tiers dans le corps, 2 tiers dans la tête.

#JourJ #dylancowboydelawave #surf #torse #tourneedelavaguedelouest #dosdeherosoubien

Juste avant d'aller se mettre en tenue, Prudence voit Denis-Dylan s'isoler sous les pins. Il s'assoit dos à un tronc et sort de sa poche un carnet et un crayon. Il passe quelques instants ainsi, à écrire. Elle est si curieuse qu'elle sort son Canon pour le photographier à son insu. Elle tente de zoomer au maximum, mais elle ne voit pas ce que Denis-Dylan est en train d'écrire. Lorsqu'il range son carnet, elle se hâte de remonter dans sa caverne de toile beige. Elle entend Denis-Dylan en dessous :

– Je vais m'habiller, ça va être l'heure ! Tu mitrailles, hein ? T'as mon sac et mon goûter ?

Prudence descend et répond, la tête penchée sur une épaule, les mains jointes :

– Oui, mister. Dobby prêt. Dobby content de porter le goûter.

– Quoi ?

– Ben, je suis l'elfe de maison, Dobby.

Les yeux de Denis-Dylan ne disent rien. Rien ne se passe sur son visage. Feuille vierge.

Prudence se redresse.

– *Harry Potter*, ça te dit quelque chose ?

– Ah ouais, OK. Mais non, j'ai pas lu.

– Je me doute, mais tu aurais pu voir les films.

Denis-Dylan prend un air amusé.

– Tu veux dire quoi, Prudence ? Que je ne sais pas lire ?

– Mais non, haha, juste que ça doit pas être ton truc.

Denis-Dylan sourit. Un sourire bizarre qu'elle ne sait pas interpréter. Elle a l'impression qu'il la prend pour une idiote.

Il tourne les talons et va enfiler sa combinaison.

Elle soupire et attrape le téléphone. Zéro motivation. L'été va être long.

***

Elle devrait être entrée facilement dans l'effervescence qui bouillonne sur la plage. Elle devrait photographier ce qu'elle aime tant, l'agitation d'avant événement, la tension des sportifs. Dans un autre cas de figure, elle saurait frémir à tous ces yeux fermés sur une course qui s'exécute aussi dans la tête, photographier avec passion, avec beauté, les corps tendus qui s'échauffent, l'adrénaline qui monte…

Prudence, dans d'autres circonstances, apprécierait ce moment de tissage entre la passion et le travail, la peur et la joie.

Et bien sûr, elle photographie. Elle alterne entre son Canon et le portable de Denis-Dylan, qu'elle immortalise sous toutes les coutures.

Mais elle n'y est pas.

Parce qu'elle est dans sa poche. Dans son dossier SMS, pour être exacte. Prudence est carrément un SMS. Elle est 76 mots appris par cœur malgré elle, depuis qu'elle a reçu ce message lorsqu'ils étaient en chemin, trois minutes avant d'arriver sur la plage.

Maneck
Hello, ma Prudence. J'ai bien eu ton mail,
déso, j'ai voulu te répondre correctement
mais je n'ai pas eu le temps sur le coup,
et puis le temps a passé, et puis… tu vois.
Mais je vais venir te voir demain, si tu es
OK. Je sais qu'après, tu seras encore plus
au sud, ce sera difficile pour moi de me
déplacer si loin pour quelques heures.
À demain alors ? 12 h ?
Je t'embrasse.

Alors Prudence photographie, dit des choses, marche, salue des gens, embrasse Jo, mais elle n'est plus en mesure de penser. Dans sa tête, seulement ces 76 mots, dont DEMAIN en relief et en animé sous ses paupières. Et puis deux ou trois autres bricoles :

Que vont-ils se dire ? Où est-ce qu'ils vont manger ? Que va-t-elle mettre ? Pourquoi il vient ? Il va être obligé de voir Denis-Dylan ! Il faut qu'elle appelle Meï, sans mentionner le

« déso », Meï va trouver ça léger. « Je t'embrasse. » Prudence adore ses « je t'embrasse », ça la perd à chaque fois.

Elle parle haut et seule.

– Je vais répondre « OK ». Ou « OK, avec plaisir ». Ou « OK, à demain ». Un truc un peu sobre.

Prudence
Ça me fait trop méga plaisir d'avoir de tes nouvelles ! Avec joie pour demain, trop hâte !! Je t'embrasse fort fort, mon Maneck d'amour !!!

Elle sourit devant un Denis-Dylan heureux de sa compète. Qualifié pour la suite, troisième au classement. Emballé par cette belle vague qu'il a su prendre pendant de longues minutes.

Dylan_cowboy de la wave
GO GO GO ! La vie, c'est y croire, c'est donner, c'est souffrir, c'est se relever.
#JourJ #dylancowboydelawave #surf #tourneedelavaguedelouest #lemieuxcestmaintenant #adrenaline #chaudcommelabraise

Dylan_cowboy de la wave
Take-off de malade, linking de ouf.
#JourJ #dylancowboydelawave #surf #tourneedelavaguedelouest #rouleauparfait #meschersparentsjevolejevousaimemaisjevole #famillebelier

Dylan_cowboy de la wave
Quand la vague te choisit… Tu lui dis merci !
#JourJ #dylancowboydelawave #surf #ecumedesjours #tourneedelavaguedelouest #saisirsachance #mavaguealame

Prudence admet que c'était beau (sans doute). Mais moins que la vague sur laquelle elle surfe toute l'après-midi. Elle suit tout le monde jusqu'au van, aide à servir des boissons, entend le brouhaha joyeux, rit beaucoup trop fort à un trait d'humour, court chercher quelque chose, oublie ce que c'était, s'en fout, revient, s'assoit, se lève. Elle est à peine là, elle est demain.

Lorsque tous les amis de Denis-Dylan s'en vont, par grappes, le surfeur lui lance d'un drôle d'air :

– Tu m'expliques cette tête béate depuis tout à l'heure ? J'ai l'impression que ce n'est pas dû à une passion soudaine pour le surf !

Prudence, en train de ranger des verres, se retourne, dans un mouvement trop immense.

– Ben je… comment ça ? Je suis normale !

– Alors s'il te plaît, arrête de ranger les verres sales dans le placard, je préfère les laver d'abord.

Le rouge, jamais loin, monte aux joues de la jeune photographe.

– Ha oui… oups ! Pardon ! Hihi ! Je lave tout ça !

Prudence tait que les petites cuillères ont subi le même sort. Enfin, celles qu'elle n'a pas mises à la poubelle.

Un torchon entre les mains, Denis-Dylan s'approche d'elle.

– Tu laves et j'essuie, comme les vieux couples. Allez, vas-y, raconte.

– Ben euh… en fait demain, il y a mon… mon copain qui vient me rendre visite. Il y a des dimanches dans le contrat ?

– Non, mais bon, je ferai une exception…

Denis-Dylan donne un coup d'épaule à Prudence pour bien lui montrer qu'il est amusant.

– Trop sympa. Tu as un bon resto à me conseiller dans le coin ?

– Bah, vous voulez pas manger au van ? Mais comme tu veux ! Tu as « Thérèse à la plage » qui est pas loin, près de l'océan, tranquillou. Tu longes le chemin romantique là, enfin, si tu préfères, tu peux faire un détour dans la forêt pour trouver de jolis petits coins sous les pins sur votre route, si tu vois ce que je veux dire, hihihi !

Prudence évite de justesse un second vigoureux coup d'épaule.

– Super. Merci !

– En tout cas, il a l'air chouette, ce type, tu pétilles depuis des heures.

Prudence se décale de quelques centimètres en prévision d'un coup d'épaule… mais Denis-Dylan a dit cette dernière phrase avec sincérité. Et il a dans le regard une simplicité et une gentillesse qui la touchent. À ce moment-là, Denis-Dylan n'a rien du surfeur surfait qu'il aime montrer sur la plage ou sur Insta, il est fatigué mais heureux de sa journée, apaisé, serein.

– Merci De… Dylan.

Une fois seule dans sa petite chambre perchée, elle ne peut pas s'en empêcher :

Prudence
Je suis vraiment contente de te voir demain.

La réponse, pour une fois, est immédiate.

Maneck
Moi aussi.

Et alors qu'elle allait éteindre, ravie et comblée, un nouveau message :

Maneck
Ta peau me manque aussi.

L'explosion que ça crée, à l'intérieur. À peu près l'équivalent d'un car de danseurs et danseuses du Brésil qui s'agiteraient autour du feu de son cœur – et pas seulement. D'autres zones du corps de Prudence s'enflamment, suffisamment pour perdre toute capacité de raisonnement dans la juste mesure.

– OK, OK, OK. Hiiiiiiiii. Ah, tu veux jouer, mi amor. Très bien. Moi, tu sais, il ne faut pas me lancer...

Prudence
Ta peau me manque aussi. Tes mains, tes baisers, ton corps, ta voix sur moi.

Maneck
Mes mains, je les poserais bien juste ici.
Pour remonter le long de ta cuisse...

Prudence
Oh d'accord. Oups, j'ai oublié de mettre une culotte...

Maneck
Ah oui ?

S'ensuit une longue conversation de sextos bouillonnants, osés, drôles, mystérieux, de ceux qui s'écrivent les mains fébriles, qui s'accompagnent de photos lancées en fermant les yeux – je ne vais jamais oser et envoyer quand même – de cœurs qui battent, de corps qui disent, d'épidermes cramoisis, inventifs et vivants.

C'est fou, les mots.

Seule ombre à cette explosion des sens, Prudence a peur de ne pas assez dormir et de se réveiller les traits tirés et la mine défaite.

– Je vais avoir une sacrée tête de cul, demain ! pouffe-t-elle sous la toile.

Elle s'endort avec un sourire bienheureux, qui lui tire les joues délicieusement.

DIMANCHE 11 JUIN

La mine défaite et les traits tirés, Prudence sort de son duvet.

Ça ne fait que cinq jours qu'elle est là, mais elle regrette déjà la douceur et le confort d'une vraie couette et d'un vrai lit dans une vraie chambre aux vrais murs.

Puis le souvenir de la visite de Maneck lui éblouit le visage de joie et elle s'éveille complètement. Comment va-t-elle pouvoir s'habiller, hésiter, changer de haut ? Ces instants de préparation pour les autres nécessitent un espace conséquent, un endroit où se mouvoir, s'étudier de la tête aux pieds, bénéficier d'une vue d'ensemble, or, dans cette petite tente en triangle au-dessus du van, c'est parfaitement impossible ; d'ailleurs, pas de miroir nulle part. Prudence tente bien de s'observer dans son petit miroir de maquillage, qu'elle penche en avant ou en arrière, mais elle ne parvient qu'à se voir, au mieux, à genoux, la tête inclinée sous la toile beige orangée qui donne une lumière surnaturelle. Qui se présente au monde ainsi ?

Elle jette le miroir sur son lit. Ce sera cette robe et puis c'est tout !

Denis-Dylan revient de son footing matinal sans demander à Prudence de le prendre en photo. Il doit voir ses gestes rapides, les marques écarlates dans son cou, les mouvements en trop qui l'agitent, combien se servir un verre paraît compliqué. Elle est ailleurs ; elle relit, pour la troisième fois depuis son réveil, son échange avec Maneck, rougit encore avec délice aux photos partagées, pouffe et glousse aux jeux de mots particulièrement osés.

– Salut, la miss !

Elle sursaute et range précipitamment son téléphone. Denis-Dylan reste un instant immobile et silencieux, Prudence remarque son regard qui s'arrête sur sa robe toute simple, ses pieds nus. Elle se demande avec angoisse si elle a quelque chose qui cloche, si le bleu saphir de sa robe ne fait pas un peu trop ressortir le roux de ses cheveux, si son choix était bon, mais Denis-Dylan a un petit sourire timide qui n'a rien de menaçant. Ça doit aller.

***

Maneck sort de sa voiture. Avec ses cheveux noirs mal peignés, sa petite taille, ses lunettes rondes cerclées d'écailles sombres, sa besace d'un autre âge en bandoulière, et son t-shirt élimé, c'est l'antithèse de Denis-Dylan. Prudence trouve qu'il est beau, elle avait presque oublié à quel point. Elle espère que ça ne se voit pas trop, ce qu'elle pense de lui à ce moment-là.

Les yeux de Maneck, fatigués par la route, s'éclairent cependant avec malice.

– Ça, c'est un beau sourire d'accueil, dis donc !

Prudence rit et se love dans ses bras.

L'odeur des gens que l'on aime est une maison douillette.

– Oui, je sais, c'est un sourire d'imbécile trop contente de te voir !

Maneck l'embrasse. Il la regarde et glisse sa main sur sa nuque.

Chaque parcelle de la peau de Prudence se fait brasier.

– Suis-moi, murmure-t-elle, on a un peu de chemin à pied jusqu'au resto.

Denis-Dylan sort soudain du Van, en maillot de bain, une serviette autour des épaules :

– Bah alors ? On attend pas Patrick ?

Il rit fort.

Maneck, qui n'a pas la référence, ouvre de grands yeux étonnés.

Prudence rougit.

– Euh, Maneck, je te présente Dylan.

Les deux hommes se serrent la main et Denis-Dylan ajoute :

– Je déconnais, hein. Je vous laisse entre amoureux. Moi je vais me baigner un peu. Tu sais où me trouver la miss, si tu as besoin. À tout' !

– « La miss » ? chuchote Maneck, un sourire au coin de la bouche.

Pivoine, Prudence fait un vague signe de la main.

– M'en parle pas. J'ai lâché l'affaire.

– Mais… pourquoi Dylan, s'il s'appelle Patrick ?

– En vrai, il s'appelle Denis. Mais on s'en fout. Viens.

Après le déjeuner, ils vont s'asseoir sur la plage. L'instant est parfait même si Prudence tente d'étouffer en elle la petite voix de Meï qui lui murmure que, pas gêné quand même, le gars, de venir comme ça, tout doux et tout tendre, après des jours sans nouvelles, comme toujours présent par intermittence et ayant l'air de trouver ça normal.

Elle le prend en photo avec son Canon, son Maneck à l'air troublé, aux cheveux ébouriffés par l'air marin, dans cette belle lumière de début d'été. Elle a presque envie de faire un selfie d'eux deux, mais c'est indigne de la photographe qu'elle veut devenir.

Dans les volutes de l'océan, elle cherche la meilleure phrase (qui ne fasse ni nymphomane vulgaire ni circonvolution timorée) pour revenir aux souvenirs de la nuit précédente. Mais Maneck la prend de vitesse.

– Prudence, je voudrais te dire quelque chose.

Elle se tourne.

Et est prise d'un hoquet.

– Attends, Man-hic. Je sens que tu vas être sérieux et moi, j'ai le hoquet.

Il a un instant le regard perdu.

– Ça va, hic, passer.

Ils observent l'eau, les planches à voile, les gens sur le sable. Prudence hoquette de temps en temps, paniquant de plus en plus. Est-ce que ce n'est pas rédhibitoire dans un moment critique ? Elle a l'impression grandissante que c'est un moment critique. Ce petit tressautement involontaire, là, à côté de celui qui la bouleverse, c'est insupportable. Va-t', hic, en ! Va-t'en !

Après des minutes qui paraissent une éternité, dans un presque, hic, silence pesant, le phénomène semble avoir disparu.

Fière, Prudence lance un dernier coup d'œil vers l'océan (bleu smalt, aujourd'hui) pour se donner du courage, puis se tourne vers Maneck.

– Tu voulais me dire quelque chose ?

– Oui. Je... Prudence, j'ai réfléchi, et... je crois qu'on va s'arrêter là. On ne peut pas avoir une relation plus durable, toi et moi, tels qu'on est maintenant, avec nos vies, nos caractères, nos trajectoires... Je suis désolé.

Ces mots mettent du temps à s'installer dans le corps de Prudence. Ils ne vont pas avec la voix tendre de

Maneck, sa manière d'éviter son regard, ses mains qui jouent nerveusement dans le sable. Quelque chose n'est pas cohérent.

Et puis, surtout, ils ne vont pas du tout avec ce qu'elle a envie qu'il lui dise.

– Qu… quoi ? Tu m'envoies ces messages hier, tu me demandes des photos, euh… tu te déplaces, on s'embrasse, on s'enlace, on se parle, on partage un resto, et d'un coup tu me dis « merci, mais c'est terminé, tu ne me plais pas, salut » ?

– Je n'ai pas dit que tu ne me plaisais pas, dit-il d'une voix si douce qu'elle l'entend à peine. J'ai dit qu'on ne pouvait pas continuer.

Prudence a bien saisi qu'il y avait une nuance. Mais désolée, vraiment désolée, elle ne veut pas se contenter d'un flou mystérieux. Sérieusement ?! Les mains crispées sur son Canon pour s'accrocher à quelque chose, elle sent son cerveau tourner à vide. Elle déteste l'implicite, le doute au bout d'une phrase, tous les vides à combler. Ce qu'elle aime, ce sont les cadres, tout discerner, premier plan, second plan, arrière-plan, que ça se tienne et que ça ne bouge plus.

– C'est exactement la même chose, non ?

– Pas vraiment. Vraiment pas.

Il a l'air triste, maintenant. Il a l'air triste *lui*, alors que c'est lui qui la… qui la… Elle ne veut même pas penser le mot. Elle ne veut pas se le dire, elle ne veut pas qu'il existe.

– J'espère que tu ne m'en veux pas. Tu comprends ? demande-t-il alors d'une petite voix.

Et, oui, d'un coup, elle comprend ce qu'il attend d'elle. Il ne veut pas d'esclandre ; il veut qu'elle sourie, silencieuse et vaincue, il espère quelque chose de chevaleresque, une acceptation digne, pleine d'abnégation.

Mais elle se fout de la dignité. Elle a mal, elle a de la peine, elle ne voit pas en quoi rester droite et fière lui permettrait d'aller mieux, elle aurait mal quand même, ce serait juste plus supportable pour Maneck. C'est d'autant plus douloureux qu'elle ne comprend pas, qu'elle n'a jamais rien compris à cette relation. Pourquoi ? Pourquoi cette tendresse et cette fuite en même temps ?

Se rend-il compte de l'insupportable qu'il lui fait subir ? De la déflagration, dans la cage de ses os ?

– Pour moi, si. C'est exactement la même chose. Si je te plaisais, tu ne dirais pas qu'on ne peut pas continuer. Tu m'expliquerais ce qui se passe dans ta vie et pourquoi c'est si compliqué, ça s'appelle la confiance, le respect, putain Maneck ! Et on trouverait des solutions, ensemble. Ça se passe comme ça quand on aime les gens.

Elle retient sa voix qui allait se briser.

– Alors tu vas retourner tout seul à ta voiture, moi je n'approche plus d'un mec aussi dégueulasse, aussi abject, et je ne veux plus jamais entendre parler de toi. Tu me brises le cœur, tu n'as même pas idée. Tu t'en fous, de toute façon ! Ça fait des semaines que tu t'en fous, mais que tu es trop lâche pour m'appeler, tu es là en pointillés, tu me sonnes juste quand tu t'ennuies, tu reviens comme une fleur et je suis bien ridicule d'accepter. J'ai été trop faible et trop naïve, comme souvent. Dégage, maintenant.

Elle pensait qu'elle aurait plus de difficultés à le dire. Que l'émotion l'emporterait, elle craignait une voix chevrotante, mais il faut croire que la colère a charrié tout le reste, cette fois.

Elle est parvenue à lancer ces phrases debout, sans vaciller, droit dans les yeux smalt de Maneck, toujours assis.

À présent, elle tourne son visage vers l'océan et croise les bras sur sa poitrine, autant pour éviter les tremblements que pour se réconforter.

Maneck garde quelques secondes le silence. Immobile. Enfin il se lève.

– Je suis désolé. Ce n'est pas… Je n'ai pas joué avec toi, Prudence. Il faut que tu me croies.

– Je ne te crois pas.

– J'en suis bien désolé. Au revoir, Prudence. Je te souhaite plein de belles choses.

Les poils sur l'épiderme de Prudence se dressent comme des colonnes de soldats prêts à en découdre. Ce calme de Maneck la met hors d'elle. Cette manie d'utiliser des tournures élégantes et polies l'irrite, leurs froufrous qu'elle prenait pour de la dentelle coquine lui apparaissent soudain comme un tissu rêche. Elle a vraiment le sentiment qu'il se fiche d'elle, elle considère son calme comme une distance cinglante et violente. Elle n'a donc même pas le privilège intime du langage brouillon de ceux qui sont touchés. On ne peut pas rester maître de soi quand on aime quelqu'un. Elle comprend qu'il est déjà passé à autre chose dans sa tête, que c'est une décision réfléchie, et elle a la désagréable impression d'être trompée.

– Pas moi ! Je te souhaite la plus longue crise d'hémorroïdes de l'univers ! La gastro la plus fulgurante. Qu'on te colle dans les bras un trophée qui ne t'est pas destiné. Je te souhaite des poux à vie. Va-t'en.

Elle devine ses épaules qui s'affaissent, légèrement. Mais il fait demi-tour, sans un mot.

Prudence le regarde partir, bouleversée. Il ne s'est même pas énervé, à aucun moment il n'a cherché à se justifier, expliquer. Elle n'est à ce point rien pour lui que sa colère ne l'effleure pas !

Prudence respire vite. Debout sur la plage, du sable dans les plis de sa robe et des larmes dans les plis de son corps, elle regarde droit vers l'océan, mais elle ne voit rien. Elle se rend compte immédiatement qu'elle va avoir mal. Très mal. Elle est déjà fatiguée de tout ce que ça va lui demander d'énergie, d'efforts, de temps.

Dans sa grande impatience, elle voudrait déjà être dans l'après. Avoir oublié Maneck et son sourire, sa silhouette, son odeur. Pourquoi ne peut-on pas oublier les gens comme ça, d'un coup, juste parce qu'on le décide ?

Elle retombe assise et reste longtemps là, sur le sable, plusieurs heures. Elle ne pleure pas, pas encore. Mais elle est lasse de toute cette peine à endurer. Il va falloir passer la vague, accepter d'avoir la tête à l'envers le temps de passer la barre. #sevrage, comme mettrait Denis-Dylan.

Au bout de ces longues heures, elle se lève. Elle a pris une décision. Elle est venue ici pour rendre Maneck jaloux, ça ne sert plus à rien de rester. Elle écrit à Meï, Jeannelle et Laura, sur leur groupe Messenger :

Les Mousquetaires

Prudence
Maneck m'a larguée pour de bon. Il m'a jetée en gentleman, en me payant un resto au bord de l'océan. Et moi, tout ce que j'ai su faire, c'est avoir le hoquet. Je pense rentrer bientôt finalement. @Meï, comme ça, on se verra un peu avant ton départ. Ne m'appelez pas tout de suite, je ne vais pas être en état. Bisous.

Lorsqu'elle arrive au van de Denis-Dylan, elle croit rêver.

– Non, mais je rêve.

Denis-Dylan et Maneck sont installés à la petite table de camping, autour d'un Coca, comme deux vieux amis. Pour l'instant, ils ne la voient pas, lui tournant le dos, et Prudence ne sait pas quoi faire. Leur gestuelle, cette façon qu'a Maneck de tripoter l'étiquette de la bouteille en parlant à voix basse, la manière de Denis-Dylan d'écouter attentivement, bras croisés, les yeux fixés sur Maneck : tout indique qu'il s'agit d'une conversation sérieuse. *Intime.*

Ça coince fort dans le cœur de Prudence. Elle n'a jamais vu Maneck s'adresser à elle de cette façon.

Elle a soudain la nostalgie d'un bonheur qu'elle n'a pas vécu et ne vivra jamais avec cet homme. C'est plus tenace encore qu'un souvenir heureux. Le natsukashii des Japonais, hors d'atteinte pour toujours. Comment se remet-on d'une joie non commencée ? Ça vous colle à la peau sans la réalité qui vous rappelle à l'ordre parfois. Elle a envie de gémir.

Prudence est encore en train d'hésiter sur sa manière d'agir, se cacher pour tenter d'écouter la conversation, ou faire du bruit et les interrompre.

Denis-Dylan se lève d'un coup, invitant Maneck à rejoindre sa voiture.

– Je crois qu'il faut que tu rentres, maintenant.

Pas vraiment pressé, Maneck avale la dernière gorgée de sa bouteille.

Denis-Dylan aperçoit alors Prudence, plantée là dans le sable à quelques mètres. Immédiatement, il lui indique de se cacher derrière le van.

Elle s'exécute, plus par réflexe que par compréhension.

Après une longue poignée de main à Denis-Dylan, Maneck remonte dans sa voiture et s'éloigne du terrain.

Prudence sort de sa cachette, rouge de colère.

– Tu m'expliques ? Vous faisiez quoi, tous les deux, tranquilles à discuter pendant que je digérais mon chagrin sur la plage ? Il t'a raconté comment il m'a humiliée ? C'est quoi ce délire ?! Cœur-à-cœur entre couilles sur les nanas hystéros ? Ça va, ça te gêne pas, toi, de parler de moi dans mon dos avec mon ex ? T'aimerais que je te fasse ça ? Ça t'arrive, deux secondes, de réfléchir et de te mettre à la place des autres ?

Elle est hors d'elle, toute sa colère bouillonnante retombe sur Denis-Dylan. Parler, gesticuler, donner un coup de pied dans ce galet qui traîne lui permet de ne pas sombrer dans une peine immense, s'écrouler dans ce gouffre, dont elle a trop peur de ne plus sortir.

– Ça va, en plus, il a bien profité jusqu'au bout, ce connard ! Monsieur récupère des photos sexy avant de dire ciao, monsieur largue ses meufs au pied de l'océan, autant joindre l'utile à l'agréable ! Et monsieur se trouve un nouveau meilleur pote, tout bénef ! Non, mais j'hallucine !!!

Denis-Dylan attend, les mains dans les poches de son maillot de bain. Quand Prudence est à bout de souffle, il glisse :

– C'est bon ? Je sais qu'il est parti et qu'il t'a fait de la peine. Je crois que c'est un type hyper maladroit, en fait. Il n'a pas voulu jouer au salaud, mais c'est que, ben si, il l'a été.

Prudence reste bouche bée, puis range rageusement une mèche rousse.

– Et c'est tout ? C'est ta conclusion ?

Elle applaudit toute seule, les cheveux fous autour de sa tête qui dodeline.

– Mais bravo ! Bravo, quelle perspicacité !

Elle arrête son numéro et hurle :

– Mais Denis, tu le connais depuis cinq minutes !!! Il t'a raconté quoi pendant tout ce temps ??

– Des trucs… des trucs de mecs.

Prudence simule de se mettre le doigt au fond de la gorge pour se faire vomir.

– Des « trucs de mecs » ?! Tu déconnes ! C'est quoi ce cliché pourri ?!

Elle voit le visage de Denis-Dylan s'assombrir un instant. Il est vexé. C'est le comble. Elle n'en a rien à faire. Il n'est personne pour elle, il l'énerve, il est nul, il est bête, il se mêle de ses histoires d'amour ce qui est *insupportable* ; elle va tout flanquer dans son sac et partir.

– Je crois que je vais te laisser te calmer un peu. Je vais à la caravane de Tom et Claire. Je te laisse le van.

Il attrape un t-shirt, son sac et s'éloigne en laissant Prudence seule. « Je vais te laisser te calmer » !! Le culot du type ! De rage, elle monte dans sa chambre de toile et bourre à la va-vite les vêtements qui traînent dans son sac à dos. Elle roule son duvet, pleure à gros sanglots lorsqu'il lui résiste pour entrer dans son sac :

– Mais tu vas rentrer, oui !! Tu vas arrêter de jouer au con !! Quand est-ce que vous allez tous arrêter de me faire chier ! Rentre maintenant, putain de duvet à la con !

Elle le bourre de coups de poing désordonnés. Une fois le duvet dans son sac, Prudence le lance par-dessus bord ; son sac à dos suit le même chemin – mais elle descend délicatement la sacoche contenant son matériel photo.

Elle a envie de partir tout de suite. Une seule solution : papa. Il faut qu'il vienne la chercher.

Elle lui téléphone.

– Salut, papa, c'est moi.

– Salut, Prudence ! Je suis content de t'entendre. J'espère que tu profites bien !

Prudence a du mal à entendre son père dans le brouhaha des voix et de la musique tout autour de lui.

– Papa ? Tu es où ? Je t'entends mal.

– Oh, c'est que, comme tu n'es pas là le dimanche et que ta sœur – enfin tu sais, avec les petits, c'est compliqué d'avoir un rythme pour l'instant, eh bien, je me suis inscrit aux dimanches salsa tout l'été. On pique-nique et puis on danse. Bien sûr, si jamais Constance ou toi avez besoin, j'en louperai, hein, c'est pas grave !

Prudence ferme les yeux quelques instants. Elle ne peut pas faire ça à son père. Le priver de ce qu'il aime, lui qui a toujours fait passer ses filles avant tout, même lorsqu'elles ne demandaient rien. Il a le droit de profiter de sa vie d'homme, il en a eu, de la peine, lui aussi, plus que la dose préconisée, sans aucun doute. Elle ne peut pas réagir comme une petite fille qui appelle son papa dès qu'elle a une frustration, elle lui a toujours reproché de la considérer de la sorte. Elle respire calmement, en gonflant son ventre.

– Prudence, tu es là ?

Elle lève les yeux vers un coin de ciel bleu entre les branches des arbres.

– Oui… Tu as bien raison, papa.

– Tu voulais me dire quelque chose ?

En fond sonore, elle entend qu'on appelle son père.

– Non, juste prendre des nouvelles.

– Tu profites bien, ma fille, tu es contente ?

– Oui, papa. T'en fais pas, ça va. On t'attend, je crois ! Bisous.

– Bisous !

Elle raccroche et envoie aussitôt un message à sa sœur :

Prudence
Si tu déranges papa un dimanche,
je t'arrache les yeux.

Constance
Moi aussi je t'aime, ma sœur. Tu crois que
je ne sais pas, pour papa ? (De toute façon,
moi, je ne sais même plus quel jour on est.)

Prudence soupire et va récupérer son duvet plein de sable.

Elle remonte et s'allonge sur son lit.

Elle jette un coup d'œil à la pluie de cœurs et de câlins envoyée sur le groupe des Mousquetaires, puis elle éteint son téléphone.

Si elle le laisse allumé, elle sait bien qu'elle ne fera rien d'autre que d'attendre un message de Maneck.

Elle le rallume trois minutes après, pour vérifier.

Ferme les yeux, attend le *ting* salvateur. Mais rien.

Les larmes enfin viennent lui mouiller le cou.

VENDREDI 16 JUIN

Cinq jours que Prudence traîne son chagrin comme un gros boulet aux chevilles, et elle aimerait qu'il se voie, si possible. Meï n'est pas là pour la faire rire alors elle se complaît dans la souffrance, se plaint sans garde-fou.

Elle lit les messages de ses amies mais n'y répond presque pas. C'est trop difficile, elles sont trop loin, elles lui manquent trop, et elle fuit son téléphone ; elle ignorait qu'un tel objet pourrait un jour l'empêcher de respirer.

Lunettes noires sur le nez, elle erre autour du van tel un zombie. Le sept, le bleu, rien ne la soulage.

De temps à autre, elle tente auprès de Denis-Dylan :

– C'était l'amour de ma vie et il est parti.

– Va de l'avant, Prudence…

– Mais vous avez parlé de quoi, l'autre jour ?

– Je te l'ai dit cent fois : de trucs et d'autres. Je ne m'en souviens plus.

– Menteur. Tu sais quelque chose que tu ne veux pas me dire. Il est agent secret ?

– Non.

– Il a une très grave maladie et il va mourir dans les semaines à venir ?

– Non.

– C'est un très très très gros con, mais du genre bien bien gros, qui n'en a rien à faire des autres si ce n'est pour les blesser, qui s'amuse avec les filles, qui leur demande des photos de pas de culotte et qui se moque d'elles ?

– Des photos de pas de culotte ?

– C'est un exemple.

– Je ne crois pas. Non.

– Ben si, je ne vois pas d'autre raison.

– Comme tu veux. Bon, je te laisse, rester plus de dix minutes auprès de tes mauvaises vibes amollit mon karma.

Dylan_cowboy de la wave

Au bout du rouleau… hahaha… never !

#J-2 #ahahah #lavienevautrienmaisriennevautlavie #dylancowboydelawave #surf #deferlante #tourneedelavaguedelouest

Lorsque Denis-Dylan rentre de sa troisième session de baignade et trouve Prudence roulée en boule dans le sweat de Maneck (toujours le même, toujours pas lavé), les genoux pliés à l'intérieur, la capuche sur la tête, c'est trop.

– Ah non, la miss ! Là, clairement, faut arrêter ! Emballée dans un vieux sweat de ton ex, c'est trop. La capuche serrée sous le nez, là… On dirait une Knacki Ball. Tu vas sortir de cette chose, prendre une douche, par pitié, enfiler un jean, des baskets, et tu vas venir avec moi. Dans 20 minutes, t'es prête. T'as plus le choix, miss.

Prudence râle pour le principe mais décide de sortir de ce sweat. Le surfeur grimace comme une mijaurée.

– En plus, franchement, il pue.

Elle le renifle. C'est vrai qu'il pue la mort.

***

Douchée, habillée, elle rejoint Denis-Dylan, en traînant les pieds. Alors qu'il termine de remplir un sac de pique-nique, Prudence le voit attraper au passage sa guitare, ce qui l'effraie un peu.

– Prends un pull pour plus tard. Pas la serpillière de Maneck, un vrai pull à toi.

– Mais on va où ? dit-elle en trottant-geignant à sa suite. C'est loin ? Pour faire quoi ? Un pique-nique, ça va améliorer ma vie en quoi ?

À cela, il se retourne :

– Parce que faire la tortue qui pue dans la caravane d'un quasi-inconnu en chouinant continuellement, ça améliorait ta vie ?

Prudence tord le nez.

– Moyen, admet-elle.

– On est d'accord. Donc tu te tais, et tu me suis. On rejoint Ava et Jo.

Après une bonne heure de marche dans la forêt, il bifurque entre deux arbres, quittant le sentier. Prudence le suit tant bien que mal, à grands pas au-dessus des chardons, qui s'accrochent à son jean.

La pente s'accentue soudainement. Ne s'y attendant pas, elle glisse sur le tapis d'épines et de pommes de pin, perd l'équilibre, trébuche et roule comme une balle au bas de la pente.

Elle a mal au cul, des éraflures partout, des épines dans le jean ; elle ne s'est jamais autant sentie comme un toon en colère.

– Ah bravo ! Super idée le trail dans les bois, merci Dylan !

Mais c'est le rire de Jo qui lui répond.

– Magnifique entrée dans la clairière secrète !!

Denis-Dylan ajoute, les mains en porte-voix :

– Une entrée en roulade, messieurs dames, du jamais vu ! Tatatalatata la tatata, la tatata !

Ava, en gloussant, vient aider Prudence à se sortir du fossé. Elle se relève, endolorie. Autour d'elle, s'étend en effet une petite clairière sableuse au milieu de cette forêt dense.

– Ça va ? Pas trop de mal ?

– Ça va… C'était pas une si mauvaise idée cet arrêt du sport, j'ai pu amortir.

Ava lui sourit et Prudence, pour la première fois depuis cinq jours, sourit aussi.

– C'est beau ici !

– C'est la clairière secrète, chuchote Jo. Il faut que tu fasses le serment des « anciens présidents »…

Prudence jette un œil suspicieux à Denis-Dylan. Il sourit d'extase.

– J'avoue. J'adore *Point Break* !

– Tu dois promettre, reprend Jo, que jamais, jamais, *jamais*, tu ne divulgueras l'emplacement de cette clairière.

– Je promets.

– Bien, dit-il gravement. Alors tu peux t'approcher.

Sur les restes d'un ancien foyer, Jo et Denis-Dylan dressent un feu de camp au milieu de la clairière.

Prudence regarde autour d'elle comme si elle était suivie par le FBI.

– Mais… on a le droit de faire un feu ici ?

– Tu vas nous dénoncer ? demande Ava de sa belle voix rauque en fronçant les sourcils.

– Non, non, mais…

Ava se met à rire.

– Tu es tellement facile à déstabiliser que c'en est presque pas drôle.

Elle passe son bras autour de ses épaules.

– C'est un tout petit feu, juste des flammichettes pour un sachet de Chamallows. Avant de partir, on l'éteint comme il faut. Pas de panique, tu n'iras pas en prison cette nuit.

Denis-Dylan et Ava sortent de quoi boire et grignoter. Prudence écoute Jo raconter l'école, ses copains, et elle pense à ses neveux. Ça l'émeut d'un coup. Elle était tellement prise dans son chagrin d'amour qu'elle n'a pas répondu aux messages et aux photos de sa sœur. Ni de personne, d'ailleurs. Elle sort son téléphone et a envie de montrer Vadim et Bertille à tous. Denis-Dylan est surpris.

– Je ne savais pas que tu avais des neveux !

Prudence rougit. Elle a maintenu ce type à bonne distance, le considérant au début comme un boulet et, plus récemment, comme un traître. Le genre de mec qui s'allie aux mecs, par défaut, indépendamment de leurs torts. Il ne connaissait pas Maneck depuis cinq minutes qu'il prenait déjà son parti dans la rupture, gardien de ses confidences et secrets. Ça lui remue les entrailles, et en même temps… En même temps, elle se rend compte que Denis-Dylan ne s'est jamais comporté comme un salaud, avec elle. Elle a parfois été méprisante avec lui, moqueuse, piquante, hautaine. Lui, jamais.

Au contraire.

Et si elle passe ce joli moment dans cette clairière secrète en compagnie d'un gosse qu'elle trouve adorable (ce qui est assez rare) et de sa mère lumineuse, enfin détendue devant ce joyeux feu qui crépite et sent la guimauve grillée, c'est grâce à lui.

– Si, répond-elle avec douceur. C'est les bébés de ma sœur, Constance.

– Tu devrais leur dire de passer cet été !

– Oui, tu as raison, ça ferait du bien à Constance et Oleg… Le problème c'est que je serais obligée de m'occuper des petits. Pas l'énergie…

Il n'écoute plus :

– Ohhh ! Les Chamallows sont à point ! Qui n'en veut ???

Quand tout le paquet y est passé, laissant les quatre amis béats et vaguement nauséeux, les doigts collants et brûlés, des morceaux de guimauve aux commissures des lèvres, Denis-Dylan attrape sa guitare.

Prudence ne peut retenir un gloussement lorsqu'elle le voit accorder son instrument, la langue sortie entre les dents, ses cheveux blonds qui glissent en mèches folles sur sa peau bronzée, le long du lacet au bout duquel pend un coquillage laqué qu'il porte toujours autour du cou.

Décidant de s'accorder au cliché, elle lance :

– *C'est une maison bleue accrochée à la colline, on y vient à pied, ceux qui vivent là, ont jeté la clééééééé…*

Denis-Dylan s'interrompt, regard confus.

– Euh… non. J'ai pas en stock.

– Oh ? Alors, euh… *No womannnn no cryyyyy…*

– Non plus.

– Ah zut ?… Du coup, tu vas nous faire du Kendji ou un truc comme ça ?

– Je ne sais même pas qui c'est.

– Ben si, *Oh ma belllle andalouse…*

Ava s'agace :

– Bon, tu vas la fermer, oui, Prudence ? On peut écouter Dylan ?

– OK, OK, pardon…

Denis-Dylan se met alors à jouer les premiers accords d'un truc que Prudence ne reconnaît pas tout de suite… comme ça, à la guitare acoustique, et, chantant à pleins poumons, il leur offre une version personnelle et franchement belle de… mince, qu'est-ce que c'est ?

– *Toxicity*, de System of a Down, lui murmure Ava.

Prudence adore. Ça lui chatouille tout l'intérieur du ventre, la chaleur revient dans son corps. Denis-Dylan ferme les yeux, chante, gratte les cordes et frappe la caisse de bois, grimaçant sous l'effort, et elle devrait rire, ça devrait être le summum du kitsch, mais non, il ne cherche pas les regards, il se fait plaisir.

D'un coup, Prudence voit et comprend l'admiration de Jo pour le surfeur. Denis-Dylan ne triche pas, il est véritable, entier comme l'océan.

Dylan est bleu, cyan comme les mercredis de son enfance.

Il enchaîne les titres inattendus. Ava s'est levée et tourne sur elle-même, danse n'importe comment dans la nuit qui tombe. En la voyant bouger, Prudence a comme un choc. Elle a tout vécu de ce moment dans cette clairière sans avoir songé à photographier quoi que ce soit. Elle se sonde.

Est-ce que ça la rend triste ? Est-ce qu'elle perd son mojo ?

Non. Elle est juste bien.

Mais les ombres d'Ava en réveillent d'autres ; elle repense à Louisa. À Maneck.

Elle s'ébroue et se lève. Elle danse pour ne pas sombrer, chante faux et les yeux fermés. Ce corps en mouvements chaotiques, la sueur sur la peau, les oreilles pleines, la bouche qui hurle, les yeux aveugles, elle n'a trouvé que ça, elle s'échappe. Aller mal l'irrite soudain. L'énergie que ça demande, le temps que l'on perd. Les heures qu'elle gâche pour quelqu'un qui s'en fout. Les larmes qui purgent, au fond, c'est un mensonge, les larmes la noient. Depuis combien de nuits se fracasse-t-elle l'âme et les ongles contre les récifs de Maneck ? Beaucoup trop. Pas une fois il n'a essayé de la joindre, elle a tout pleuré et ça n'a servi à rien. Elle a cru aux signes, *Si je vois un sept dans moins de cinq secondes, alors, il m'appellera, si je fais trois tours sur moi-même et vois quelque chose de bleu qui n'est pas la mer, alors il m'appellera*, elle en était là, à faire des paris avec l'univers comme une gosse de six ans. Cinq jours qu'elle titube et ne se lève que lorsque sa montre indique un sept, ferme les yeux d'effroi si c'est un quatre, cinq jours qu'elle fait n'importe quoi, touche du bleu, évite le vert mais il n'a jamais appelé. Alors elle chante, virevolte dans la fumée qui s'élève. Elle conjure le sort, se libère.

Sur le chemin du retour, dans le silence des pins, Prudence murmure :

– Dylan… merci pour la soirée.

– Avec plaisir, Prudence.

– C'était chouette. Et tu es vraiment surprenant de talents cachés !

– Je suis content de te voir enfin sourire ! Ça me donnera des meilleures vibes pour demain.

– Tu nous en joues une dernière avant de dormir ?

– Avec plaisir ! Je peux même te faire *No Woman No Cry*, si tu veux.

– Haha !

Et il le fait. *No Woman No Cry*.

Prudence s'endort bercée par cette pensée, avec le sourire. Plus de pleurs, maintenant.

SAMEDI 17 JUIN

C'est la seconde compétition de Denis-Dylan. Prudence, en pleine renaissance depuis la soirée, redouble d'efforts pour le photographier à chaque instant et dans toutes les postures.

Il est ravi des photos, les flingue en ajoutant des filtres et de la luminosité. Ça ne la gêne même pas. Il poste frénétiquement.

Dylan_cowboy de la wave
En mode training douceur : abdos, tractions,
obliques. Jamais baisser la garde.
#JourJ #faismonterlecardio #sanslesmains #dylancowboydelawave #surf #fesseferme #tourneedelavaguedelouest

Dylan_cowboy de la wave
Bodysurf en reconnaissance : être la planche,
être la vague, être l'océan, être.
#JourJ #tulasenslagrossewave #noussommeslahoule #dylancowboyde-lawave #surf #tourneedelavaguedelouest

Dylan_cowboy de la wave
Eye of the tiger.
#amoidanscinqminutes #toutdechirer #onvoitmalmaisjailesyeuxbleus #dylancowboydelawave #surf #tourneedelavaguedelouest

Elle se prête au jeu, applaudit les compétiteurs avec Jo et Ava. Elle commence à saisir quelques mots de vocabulaire spécifique, demande des précisions sur le déroulement des sessions.

Ça y est, elle est dedans. Elle s'enflamme.

– Mais vas-y làààà ! Pourquoi il y va pas ?! T'as vu la vague ?? Pourquoi c'est l'autre, là, qui se lance !! Il aurait dû y aller !

Jo ne s'arrête pas de rire.

– Il pouvait pas, Prudence ! Il n'avait pas la priorité. Il y a le respect de la priorité dans le surf, ça fait partie de la compétition. Si tu ne respectes pas ces codes, t'es éliminé et t'es super mal vu, en plus !

– Ah ouais ? Fou.

Prudence trépigne : c'est enfin au tour de Denis-Dylan. Il nage, se met debout… puis chute quelques petites minutes plus tard.

Prudence acclame :

– Wouhouhou ! C'était canon !

Avant de se rendre compte qu'elle est toute seule. Oups.

Elle adresse un regard interrogatif à Ava, qui grimace.

– C'était pas super, Prudence. Pas un super temps et pas un super surf. Il a peut-être des chances de passer pour se qualifier pour la demi-finale, mais ça va être chaud.

Denis-Dylan sort de l'eau et revient lentement sur la plage. Prudence voudrait lui remonter le moral… Ne sachant que faire d'autre, elle le mitraille.

Elle ne lui connaissait pas cet air aussi lugubre, ce visage si fermé.

Sans la regarder, il s'assied sur le sable et concentre son attention sur les derniers participants. Il sait que sa qualification pour la suite dépend des dernières prestations. Les genoux repliés sous le menton, il observe, silencieux.

Elle s'installe tout près de lui et le photographie ainsi.

Il se retourne brusquement.

– T'as pas compris que c'était pas le moment, là ?

Clic. Secouée par sa réaction, elle a, sans le vouloir, immortalisé ce mouvement, ce visage, la rage dans ses traits.

– Oh… pardon, Dylan, je… je te laisse.

S'éloignant, elle retourne auprès d'Ava et lui montre le dernier cliché. Plus elle le regarde, plus elle trouve que c'est une photo dingue, l'une de ses meilleures. D'une voix trouble, elle s'extasie devant les parties un peu floues dues au mouvement brusque, le cadrage bancal… et ce visage plein de fatigue, le désespoir dans les yeux, la petite ride de colère au coin de la bouche…

– Regarde, Ava… Pris en flagrant délit de désespoir !

Ava sourit.

– C'est vrai qu'elle est belle, cette photo. Et c'est rare, de le voir comme ça. On dirait une tempête.

***

Une heure après, le verdict tombe : Denis-Dylan est qualifié, de justesse, pour la demi-finale. Il revient vers eux, rassuré.

– Purée !! J'ai eu chaud aux fesses ! Je peux remercier la houle qui a fait du mal à tout le monde ! C'est passé, mais il faut que je m'entraîne plus sérieusement sur les trois prochaines semaines, là, j'ai trop foiré !

– Tu veux une photo avec ta planche, là, pour fêter ta qualif ?

– Tu rigoles ? Ça ne se fête pas, une telle qualif, je ne mérite pas les petits cœurs qui vont bien. Allez, on file, j'ai une faim de loup.

Quand les amis de Dylan rassemblés autour du van se mettent à parler surf, Prudence se sent un peu seule. Elle va s'étendre à l'ombre d'un pin et traîne sur le compte Insta de son surfeur de l'été. Elle l'a déjà fait au début de son embauche mais elle ne connaissait pas Denis-Dylan, pas encore. Comme les fois précédentes, elle pouffe un peu toute seule des hashtags et des photos Colgate. On dirait Ken. Elle remarque qu'il a tout de même un peu plus de deux mille abonnés (elle ne pensait pas), que ces derniers et dernières commentent peu, finalement, à part en smiley surf et en cœurs dans les yeux, parce que Denis-Dylan ne like absolument aucun commentaire, ne répond à aucune question. Prudence le soupçonne même de ne pas les lire. C'est un peu gonflé de sa part, de ne pas s'intéresser à ceux qui le suivent. Il prend le love et ne donne rien en échange. Elle chasse cette mauvaise pensée. Et puis… elle trouve dommage que ses admirateurs n'aient pas droit au *vrai* Denis-Dylan, beaucoup plus beau, plus abrupt, plus profond que ces images glacées. Ça la désole un peu. Ils n'ont de lui que cette impression fake, superficielle, qu'elle avait au début. Gros gâchis.

Il mérite mieux que ça.

Oui, d'un coup, c'est ce qu'elle pense : ce type est entier, généreux, impétueux, mais aussi plus profond qu'il n'y paraît, et il mérite carrément mieux.

Elle demande le téléphone de Denis-Dylan, prétextant vouloir améliorer un cliché. Puis, rougissant, les doigts brûlants, elle sélectionne le portrait sans filtre de retour de course de Denis, cette photo un peu sale, imparfaite et superbe. *Tap, tap, confirmer*. La photo est postée sur le profil du surfeur.

Dylan_cowboy de la wave
La tempête

Elle détonne immédiatement au milieu des autres posts.

Prudence rend son téléphone à Denis-Dylan, émue. Le cliché est trop beau pour ne pas être salué, d'une part (elle en est vraiment contente) mais surtout… C'est beau ce qu'elle fait là, non ? Une marque d'attention presque intime. Elle est même un peu jalouse, elle aimerait qu'on lui fasse ce genre de surprise. Que *Maneck* ait pour elle ce genre de geste. Qu'il lui demande de poser, pour ensuite l'afficher dans sa chambre, ses réseaux, son portfolio, comme cette première fois où il s'était intéressé à elle.

Dans sa tête, elle entend la voix de Meï : ARRÊTE DE PENSER À MANECK !!

***

Les amis sont partis, la nuit est partout. Dans sa cabane perchée, Prudence s'autorise à aller voir le compte de Denis-Dylan. Elle se redresse dans son lit.

– Wahou !

En quelques heures, des centaines de petits cœurs sous la photo. Et beaucoup de commentaires.

Il y a ceux qui font plaisir à la photographe :

Magnifique photo – amazing pic – incroyable
cette photo – photo parfaite !

Ceux qu'elle pense qu'ils plairont à Denis-Dylan :

Je te préfère comme ça, vire les filtres, gars !
C'est tellement beau que tu montres aussi la
difficulté de ce sport, merci ! C'est ça le vrai surf
mec, thanks ! La qualif, tu l'as bien méritée !

Les peur-de-rien :

C'est quoi ton 06, mon biquet, je vais te remonter
le moral, laisse-moi te faire la tempête, so sexy.
Follow me please @VIDEhOt

Et les méchants gratos :

Hé mec, t'as pris cher ! Mais t'as quel âge du
coup en vrai ? WTF la déception ! T'es méga
vieux genre plus de 30 ! C'est toi, ça ????

Elle décide de ne pas trop focaliser sur ces trolls. Ils sont peu nombreux. Ce qui abonde, ce sont les cœurs et autres smileys impressionnés. Et ce nombre de cœurs qui grimpe, qui grimpe… La photo va péter tous les scores du compte de Denis-Dylan !

Elle est fière. Ultrafière d'avoir pu montrer au monde un autre « Dylan », plus vrai, plus beau…

Alors qu'elle s'apprête à s'endormir, pressée d'être à demain, elle entend un juron, des pas à l'échelle et, trois secondes plus tard, le *zip* brutal de sa fermeture Éclair.

Le visage de Denis apparaît, absolument furieux.

– Tu descends immédiatement, on va s'expliquer dehors.

Il saute sur le sol.

Prudence, instantanément glacée, le suit. Prudence jette un petit coup d'œil à son duvet bleu outremer. Quelle erreur a-t-elle commise ?

Dehors, Denis-Dylan est adossé contre son van, la tête baissée. Il n'attend pas que Prudence soit entièrement descendue.

– Qu'est-ce qui t'a pris ? De quel *droit* tu t'es autorisée à poster une photo sous MON identité avec MON téléphone ? Tu aimerais que je fasse pareil ?

Prudence ouvre la bouche comme une carpe.

– De… Dylan, c'était… pour te faire une surprise…

– Une surprise ?? Ah ça, pour une surprise, c'en est une !! La meuf que j'emploie s'est bien fichue de moi, c'est une vraie surprise !

– Mais non ! Dylan, tu as vu comme elle est belle, cette photo ?? C'est trop toi ! Vraiment toi ! Tu n'as pas besoin de tous ces artifices, ces filtres, tout ça, et t'as vu les commentaires ! Pas les quelques débiles, mais tous les autres ! (Prudence commence à s'emballer, ses gestes se font plus grands à mesure qu'elle se veut plus convaincante.) Les gens ont adoré ! Ils te remercient même ! Tu as vu tous les likes ! Je voulais te prouver que tu valais mieux que toutes les photos surfaites ! Tu es quelqu'un de bien et…

– Non, mais attends, Prudence, tu crois quoi ? Que j'avais besoin que tu me sauves ? Que j'étais un pauvre petit gars en manque d'estime de soi ?

Elle ouvre et ferme la bouche sans savoir quoi dire. Elle ne comprend vraiment pas qu'il ne soit pas content, transporté par cette vague d'amour.

– Est-ce que tu t'es demandé *une seule seconde* si j'avais envie qu'on me voie comme ça ? hurle maintenant Dylan. Est-ce que la pensée du respect de *ma vie privée* t'a effleurée ??

– Ben… euh, non, mais je, enfin, c'est qu'un compte Insta… Dylan… Vraiment, je suis désolée, je sais pas quoi dire… C'est pas non plus comme si je t'avais mis à poil, alors je ne comprends pas que tu le prennes aussi mal… Excuse-moi, je pensais vraiment te faire une bonne surprise…

Elle sent les larmes lui monter aux yeux. C'est insupportable d'avoir la larme si facile – à chaque émotion, c'est parti ! Elle baisse la tête, enragée contre elle-même.

En face, Denis-Dylan ne parvient pas à se calmer.

– J'ai plus envie de t'écouter, là, clairement, ni de te voir pleurnicher, dit-il en pianotant sur son tel. Je viens d'envoyer un message à Ava. Elle passe te chercher, tu vas rester chez elle cette nuit et demain, tu reviendras faire ton sac. Je te paierai ton mois de juin et je te libérerai, Prudence. Bonne nuit.

Il claque la porte du Van.

Prudence se retrouve seule dans la nuit. Abasourdie.

Ava arrive en scooter et, sans éteindre le moteur, tend un casque à Prudence.

– Magne-toi, j'ai laissé Jo tout seul.

– Mais j'ai rien pris…

– Je te prêterai ce qu'il te faut. Monte.

Quelques minutes plus tard, Prudence s'effondre sur le canapé d'Ava.

– Je vais voir si Jo dort.

Ava revient avec deux tasses fumantes.

– Une petite tisane, ça va te calmer.

– Merci !

– Toi, t'as fait une connerie. Et une belle, pour mettre Dylan dans cet état. C'est rare…

D'un coup, Prudence se met à sangloter franchement.

– Mais… mais… mais… moi je pensais… lui… lui faire plaisir !! Moi… je… je… je voulais qu'il ait une bonne… surpriiiise !

– Ouhla, calme-toi parce que, là, je ne comprends rien ! Une surprise de quoi ? Tu as fait quoi ?

– Sur… son… compte ! J'ai mis… une belle photo ! C'est toi qui m'as donné l'idée du tiiiiitre !!

Ava pose une main sur sa bouche :

– Oh non… me dis pas que… Prudence… t'as pas fait ça ? Dans son dos ?!?

Prudence s'essuie les yeux, les larmes se tarissent mais sa voix tremblote encore un peu.

– Mais qu'est-ce que vous avez tous ! Il met des photos de lui tout en muscles du cul et en bronzage de torse à longueur de temps, et moi je montre son visage et c'est une catastrophe ! T'as vu comme cette photo est belle ! Tu l'as dit toi-même !

– Oui, mais, Prudence ! Enfin ! C'est que… ça se fait pas !

Prudence se redresse un peu, se mouche bruyamment. Décidément, les codes des autres, c'est vraiment compliqué.

– OK, j'aurais dû lui demander son avis. D'accord. Mais pourquoi il le prend aussi violemment ? Les réactions étaient belles ! Et toi qui es son amie, tu vois bien que là, c'est le vrai Dylan ! Tu le préfères pas comme ça, naturel ?

– Si, Prudence, bien sûr, mais ce n'est pas la question ! Ce compte, pour lui, c'est comme une activité à part, c'est une sorte de roman, un compte pour son personnage d'été, tu comprends, là ce que tu as posté, c'est de l'intimité et ce n'est pas du tout ce que veut Dylan sur Instagram. Tu l'as fait sortir de son roman, sans lui demander la permission, c'est très violent, et potentiellement problématique pour des raisons pro. Il ne veut pas qu'on le reconnaisse. Dans son autre vie, je veux dire.

– Comment ça ? C'est quoi son job ? Il ne vend pas des articles de sport ou un truc comme ça ?

– Pas du tout ! Il ne t'a pas dit son métier ?

– Non. Je ne lui ai rien demandé non plus, faut dire...

– Il est psy.

Prudence manque de s'étouffer avec sa gorgée de tisane.

– Dylan est psy ?????

– Oui, pourquoi ?

– Ben... Dylan... Enfin, je sais pas. C'est possible ça, psy neuf mois de l'année et surfeur qui se tartine d'autobronzant dans un van les trois autres mois ?

– Manifestement, oui. J'imagine que c'est une sorte d'équilibre pour lui. Et ça lui réussit bien, je trouve.

Prudence reste quelques secondes la bouche ouverte. Elle n'en revient pas.

Denis-Dylan *psychologue*. Jamais elle n'aurait pu imaginer ça. Un psy peut dire « miss » ? Elle repense qu'elle a vu le pénis d'un psy. Elle ne sait pas s'il faut qu'elle consulte à cause de ça. Une chose est sûre, jamais il ne pourra être son thérapeute.

– T'es avec moi ? Ferme la bouche.

– Oui, pardon. C'est complètement dingue. Mais pourquoi il veut garder son profil secret ? C'est pas interdit, d'être psy et d'aimer le surf, j'imagine.

Les posts Instagram de Denis-Dylan défilent sous ses doigts. Ses photos en maillots ou combi près du corps, ses hashtags. Prudence peine à y croire... Denis-Dylan, psy...

Ava hausse les épaules.

– J'en sais rien moi, pourquoi. Ça le regarde. Faut toujours que tu saches tout de tout le monde ?

– Je suis curieuse. Et j'aime comprendre. C'est pas interdit non plus, que je sache !

– Sauf quand tu vas chercher *contre son gré* ce que l'autre ne montre pas... C'est de la violation de vie privée, Prudence. Un manque de respect, au minimum. Une vraie violence, au pire.

Prudence n'apprécie pas du tout le tournant de cette conversation. Ava met l'accent sur ses défauts et elle n'est pas à l'aise avec cette idée.

– Comment je vais faire, Ava ?

Soudain, les mots de Denis lui reviennent en pleine figure.

– Il ne veut plus de moi. Il m'a... licenciée, en fait.

– Carrément ? Eh ben, il était super en colère...

– Tu crois que je peux rattraper le coup ?

– J'en sais rien, ma belle. Pour l'instant, je vais te donner un oreiller et une couverture, et on verra demain. La nuit va peut-être calmer sa colère.

– Merci. Dis... tant que je suis là... tu crois que je peux prendre une vraie douche ?

Ava sourit.

– Tu peux même prendre un bain, si tu veux. Je te sors une serviette.

– Oh la la ! Merci !

– Bonne nuit, Prudence.

Prudence se glisse dans l'eau chaude et mousseuse avec un soupir de bien-être.

Elle ferme les yeux. Le visage à demi immergé, dans la pénombre, elle tente de réfléchir.

Elle va s'excuser. Beaucoup. Lui dire qu'elle ne savait pas qu'il était incognito. Elle se demande si elle ne pourrait pas remettre une photo pour dire qu'il s'est fait pirater ? Que ce n'était pas lui ? Non. Il vaut mieux qu'elle ne touche plus à son compte, il risque de mal le prendre.

Elle sourit toute seule sous la mousse. *Jamais* elle n'aurait pensé être prête à supplier Denis-Dylan de rester le photographier tout l'été. Mais elle a encore des choses à vivre dans ce van jaune. Plein. Elle le sent. Elle est mieux là qu'à se morfondre dans sa chambre de La Rochelle, à passer ses journées dans le sweat de Maneck – ça, ce n'est plus possible.

Donc… comment convaincre Denis-Dylan de la garder ?

DIMANCHE 18 JUIN

Le réveil à 5 h 37 (35, elle ne le sentait pas… 36, moyen… 37, c'est bien) pique très fort.

Elle se demande quelques secondes si elle a seulement dormi. Puis l'énergie nécessaire pour mettre son plan à exécution jaillit dans tout son corps comme un expresso. Go.

Rapidement, elle consulte ses messages. La veille, elle a longuement écrit à Meï ce qui lui est arrivé et a terminé par « Je veux rattraper le coup et ne pas partir sur un échec. Je m'en veux tellement. Je veux être sympa avec Denis-Dylan. »

Réponse :

Meï
Sympa de ne pas t'en aller avant de savoir ce que Maneck a bien pu lui raconter. Je comprends.
Bon courage (emoji biceps).

Prudence passe la tête dans l'entrebâillement de la porte de la chambre d'Ava.

– Ava ?… Ava !… AVA !

Ava relève la tête, ensommeillée.

– Prudence ?

– Oui, pardon de te déranger, mais je peux emprunter le vélo pliant qui est dans l'entrée ? Je vais au van.

– Euh… ouais… mais il est quelle heure ?

– Beaucoup trop tôt, rendors-toi.

Elle pédale aussi vite qu'elle le peut pour rejoindre le van avant le réveil de Denis-Dylan. Elle sait qu'à 7 heures tapantes, il sera dans ce cycliste fluo moulant qu'elle ne peut pas regarder, déjà parti pour sa séance de jogging matinal.

Elle appuie le vélo contre un arbre et tente de grimper dans sa caverne de toile sans bruit pour ne pas le réveiller – la surprise doit être parfaite, cette fois-ci.

Millimètre par millimètre, elle ouvre délicatement la fermeture Éclair – parce qu'elle sait à quel point le zzziiiippppp rapide est un bruit reconnaissable – puis elle passe une jambe à travers l'ouverture.

Mais l'endroit où elle pose son pied nu n'est pas plat comme le toit devrait être ; il est mou et tout de traviole : ça la surprend, elle s'étale dans la chambre suspendue.

– AHHHHHHHHHHH ! hurle une voix sous son fessier.

Prudence roule sur le côté.

Denis-Dylan se redresse à demi, les mains sur son nez.

– Mutain, Mrudence, tu fiens de me méter le nez avec ton ful !!

– Pardon !! Mais pardon, oh punaise, Dylan, je pensais pas que tu dormirais ici cette nuit !

– Y a mlus de mlace ici mour étendre mes jammes. Et c'est mon fan.

– Bien sûr, je comprends, Dylan, pardon, j'aurais dû m'en douter ! Hanlala, je suis désolée ! Mais pourquoi tu dors dans ce sens ?

– C'est toi qui dors mas dans le mon sens, Mrudence ! Qu'est-ce que tu fais là si tôt ??

– Je voulais te faire une surprise… Oui, encore… Et encore ratée, d'ailleurs ! Tu sais, je crois que tu peux baisser la tête, tu ne saignes pas ni rien.

– Je saine mas ?

– Non, c'est bon, je t'assure. Enlève ta main, que je vérifie ?

Denis-Dylan ôte tout doucement sa main de son nez, attendant le verdict avec un air de chien battu.

– Tu m'as défiguré ?

La mine sérieuse, elle scrute le nez de Denis-Dylan.

– Non. Tu n'as rien du tout.

Il ose tâter l'os de son nez avec douceur.

– T'es sûre ?

– Sûre. Dylan, s'il était cassé, tu saignerais. Tu n'as rien.

– Bon, ouf. Je suis rassuré. Ça devait juste être le choc d'être réveillé par tes fesses sur mon visage.

– J'avoue.

Il ne peut s'empêcher un minuscule sourire en voyant la mine contrite de Prudence.

– Je suis toujours fâché. Mais tu es tout de même assez hallucinante, comme nana.

– Oui, mais je suis là pour me rattraper et récupérer mon job ! Tu vas voir ! Tu dis rien, tu descends et je me prépare.

– Hum. De toute façon, je vais te laisser, je vais me faire mon petit run. Je dois me défouler. Tu as bouché tous mes chakras.

Prudence ne croit jubiler que dans sa tête mais :

– C'est quoi ce sourire de sale plan ? demande Dylan d'un air méfiant.

– Rien ! Descends.

Il saute du toit pendant qu'elle enfile en quatrième vitesse des chaussettes, un bas de jogging et un débardeur. Denis-Dylan n'a déjà plus le même regard noir et déçu qu'hier, c'est encourageant. Elle bondit au sol, triomphante.

– Tinn niiiinnn !

Denis-Dylan hausse les sourcils.

– Quoi ? Je suis prête ! Tu as devant toi la nouvelle Prudence : je vais te photographier en action, te suivre comme une reporter, courir avec toi, apprendre ton vocabulaire, je serai la plus pro des photographes, au cœur de l'action, tu n'auras aucun reproche à me faire, je te photographierai dans toutes tes préparations, sans rien oublier, je t'aiderai à choisir tes filtres, à gérer tes luminosités, tu as tendance à cramer la photo parfois, on te fera des posts au poil, lisses et, et… lisses et embellis comme tu aimes, avec ton corps en valeur et ton visage moins reconnaissable. Laisse-moi une seconde chance. S'il te plaît. Je suis désolée, Dylan, pour de vrai, je ne voulais pas te blesser.

Elle a tout dit d'une traite.

Sur le visage de Denis-Dylan, elle lit de l'hésitation, mais ses yeux se mettent bientôt à pétiller.

– Alors je vais te mettre à l'essai aujourd'hui. Un run, des abdos, une session de surf, une sieste, une baignade. Tu vis à mon rythme. Si tu tiens une journée, tu reprends du service !

Prudence souffle.

– Fastoche ! Merci !

– Attends avant de me remercier. Il faut tenir toute la journée.

– Bon, on y va ? On attend quoi ?

***

Prudence pense qu'elle est en train de faire une descente d'organes. Ou qu'elle a une anomalie cardiaque jamais décelée jusqu'ici. Doublée d'une maladie des sphincters branlants. En tout cas, il y a quelque chose, c'est dangereux, il faut qu'elle s'arrête. Le souffle court, elle murmure :

– J'ai besoin d'une micro-pause, Dylan.

– On est partis depuis 8 minutes et 32 secondes…

– T'es sûr ? Bon alors j'ai vraiment quelque chose… C'est peut-être grave…

– Tu as chaud, ton cœur bat vite, tes cuisses sont dures ?

– Oui ! Et j'ai 12 litres de salive dans la bouche !

– Je sais ce que tu as.

– C'est quoi ? questionne Prudence, les mains sur les genoux, reprenant difficilement son souffle.

– Le sport. Tu es en train de découvrir ses bienfaits. Allez, tu prends mon rythme de respiration et tu trottines avec moi.

Elle obtempère, les jambes tremblantes, suivant Denis-Dylan toujours un pas en arrière.

Elle crache, se dit que ce n'est pas hyper féminin – recrache un plus gros glaviot encore sur ce qu'elle vient de penser. (*Pas hyper féminin !* Qu'est-ce qu'elle s'en branle.)

Le problème, c'est que, pour éviter de penser à ses jambes flageolantes et ses douleurs, elle se met à penser à Maneck. Mauvaise idée. Histoire de conjurer le sort, elle se persuade qu'elle court loin de lui, de son envie de lui, de sa voix, de ses souvenirs.

Et elle tient.

Après quarante-cinq minutes de course, elle s'effondre sur le sable devant le van.

Denis-Dylan n'est pas même essoufflé ; elle est une loque. Mais fière malgré tout ! Elle le remercie mentalement de ne pas lui faire remarquer qu'il est loin d'être allé à son rythme habituel.

Tandis qu'elle sent tout son corps pulser sur le sable encore frais, le surfeur se penche au-dessus d'elle, les mains sur les hanches :

– C'est pas fini. Abdos et planche, maintenant.

– Ah ça, je connais, dit Prudence, en se mettant en position.

Après plusieurs séries, Denis-Dylan émet un petit sifflement admiratif.

– Ah, j'avoue. Ça, tu gères plutôt bien.

– Figure-toi que j'entretiens ce corps de rêve, tout de même, tu crois que ça vient comme ça ?

Il rit.

– Pardon, la miss !

Héhé. Prudence effectue une toute petite danse de la joie dans sa tête. Il l'a appelée « la miss ». C'est en bonne voie.

– T'inquiète pas, je reconnais que depuis que je suis ici, je me suis carrément laissée aller. Mais ça fait du bien de s'y remettre.

– Tant mieux ! Allez hop, tu vas te rincer la carcasse et ensuite, tu enfiles une combi !

Dans l'océan, Prudence écoute les conseils de Denis-Dylan. Il parle doucement, ne s'énerve pas quand elle hésite ou quand elle tombe. Il n'a pas pris sa planche, il est dans l'eau près d'elle pour la guider, l'encourager, lui dire comment se positionner. Elle a déjà fait du surf, un tout petit peu, pour s'amuser quelquefois avec des amis. Mais jamais elle n'a reçu un tel cours de pro. Après une heure d'essai, elle parvient enfin à tenir debout quelques secondes sur le surf, et prendre une vague.

Quand elle réapparaît, Denis-Dylan se tient les bras en l'air, radieux.

– Wouhouhou !! C'était TROP BIEN ! hurle-t-elle. Ah la la, la sensation, là, le quart de seconde où j'ai tenu debout ! C'était… enfin tu sais, l'impression de légèreté, de vitesse… c'était…

– Je sais, miss ! Super, en tout cas ! Tu te débrouilles bien !

Ils reviennent sur la plage.

– Merci, Denis-Dylan, franchement, t'es super comme prof.

– De rien ! Allez, viens, après ça, il faut manger !

Après le déjeuner, elle s'endort en quelques secondes dans le transat à l'ombre des pins. C'est un Denis-Dylan hilare qui la réveille deux heures plus tard :

– Dis donc, elle ronfle sacrément, la Belle au bois dormant ! Allez, debout, c'est l'heure de l'entraînement dans l'eau !

Elle a du mal à se lever. Elle commence à ressentir des courbatures de la matinée. Mais Denis-Dylan ne lui laisse pas le temps de râler. Elle le suit sous la chaleur écrasante. La baignade la relaxe aussitôt ; elle s'allonge en planche, le nez vers le ciel.

Denis-Dylan s'approche :

– Allez, miss. Cinquante mètres de nage, tu me suis !

Ils enchaînent les allers et retours jusqu'à ce que Prudence déclare forfait :

– Stop, Dylan ! Je suis au bout de ma vie, là ! Je ne sens plus mon corps ! Je vais me noyer si je fais deux mètres de plus !

– Ça va, ça va, on rentre, dit-il avec un sourire.

Sur le chemin, elle peine à soulever ses pieds, qui s'enfoncent dans le sable. Son corps n'est que douleur. Et, bizarrement, elle savoure. Cette souffrance nichée ailleurs que dans sa tête l'aide à moins penser à Maneck – et pas une seule fois de la journée elle n'est allée traîner sur les réseaux sociaux. Elle ne vivait pas la vie des autres, mais la sienne.

D'ailleurs… merde !!!

– Je suis désolée, Dylan, je devais te suivre et te photographier ! constate-t-elle, atterrée. Au lieu de ça, je n'ai pris aucune photo, je t'ai ralenti, tu n'as pas pu surfer de la journée…

Elle souffre, compte jusqu'à sept pour calmer un début d'anxiété… et constate que non, rien à calmer. Elle est sereine. Sans doute trop claquée pour stresser.

– Mais je te remercie. Elle était vraiment chouette, cette journée, quoi que tu décides, et je ne regrette pas mon réveil à 5 h 37 pour essayer de me faire pardonner.

Denis-Dylan lui sourit de toutes ses dents blanches et parfaites.

– J'ai apprécié cette journée, moi aussi, tu sais. Je crois que j'ai découvert une autre Prudence, qui me plaît bien. Et clairement, il est hors de question que je me prenne la tête pour des histoires de réseaux sociaux. J'ai passé l'âge. Alors… disons que tu reprends du service ! Mais pas d'embrouilles, hein ?

Prudence sourit. Il commence à la connaître. Elle admire également le recul qu'il a sur les choses, sa générosité. Elle se dit qu'elle a des choses à apprendre de lui.

– Juré !

***

Avant de partir prendre sa douche bien méritée, Prudence fait promettre, comme à chaque fois, à Denis-Dylan qu'il ne bougera pas *d'un pouce* de ce côté du van tant qu'elle sera sous le jet.

Il lève la main droite et s'installe dans un fauteuil.

À côté de lui, le téléphone de Prudence se met à sonner.

« Maneck » s'affiche en gros sur l'écran.

Denis-Dylan saisit l'appareil et avance vers la forêt. Il décroche.

– Salut, c'est Dylan.

– Salut. Prudence est avec toi ?

– Non. Enfin elle est occupée, là. Tu veux lui dire que tu reviens dans sa vie ?

– Euh, non… Non je voulais savoir si elle pouvait me redonner le numéro d'une galeriste, j'ai dû l'effac…

– Je t'arrête tout de suite. Tu veux juste savoir ça ?

– Euh… ben oui, tu sais…

– Ce que je sais c'est que, si c'est pour ça, tu devrais plutôt utiliser Google que Prudence. Et la laisser tranquille. Elle galère, vieux. Mais elle va aller mieux. Laisse-la aller mieux.

– OK… Je suis content qu'elle aille bien.

– OK. Salut, Maneck.

– Salut, Dylan.

***

Prudence revient, fatiguée mais un sourire radieux sur le visage.

– Et maintenant, on fait quoi ?

– Maintenant, on se barre, ma belle !

– Quoi, y a une soirée ? Ou… on quitte les lieux, carrément ?

– Yes ! On bouge, il faut changer de vagues. On descend sur Hossegor, je t'emmène dans mon chez-moi, c'est un terrain qui m'appartient un peu, celui-là. Enfin, on l'a acheté à plusieurs, quoi. C'est près du lac, on a laissé des arbres pousser comme ils voulaient…

– Oh…

Prudence ne dit rien mais elle pense à Ava, à Jo, à la clairière secrète…

– Ava viendra nous voir, t'inquiète, dit Denis-Dylan en lisant en elle. Et la clairière, on la retrouvera fin août, sur le retour !

La petite tête triste de Prudence le fait rire.

– Dis donc, tu as du mal avec les fins, toi, j'ai l'impression ! C'est tout de même tout l'intérêt d'avoir un van, de bouger.

– Oui, je sais. Mais je hais les fins. J'aime la nouveauté, hein, c'est sûr, mais les fins me donnent souvent un sentiment de malaise… Non, pour être franche, ça me colle souvent des crises d'angoisse. Je n'aime pas l'idée que rien ne sera plus exactement pareil. Je n'aime pas la disparition. J'ai toujours la peur qui m'étreint de ne pas avoir assez profité, d'avoir manqué des trucs, sans même savoir quoi exactement… Et puis, je ne sais pas dire au revoir, ou adieu, aux gens, aux lieux, parce que je n'ai pas envie qu'irrémédiablement quelque chose se brise. Je ne sais pas quoi regarder, quoi garder, et ce n'est jamais la bonne image qui s'imprime dans ma tête. En fait, j'ai l'impression que je dois renoncer, choisir, perdre. Je n'aime pas tellement cette idée de la perte. J'ai déjà perdu beaucoup, j'ai toujours l'impression de revivre cette perte, quand je quitte quelque chose ou quelqu'un. Du coup je ne sais pas gérer.

Immobile, Denis-Dylan écoute jusqu'au bout, attentivement.

– Prudence…

Il hésite. Et soudain, ouh la la, la honte monte aux joues de Prudence : elle en a trop dit. C'est un peu excessif pour un simple changement de camping.

Le regard de Denis-Dylan se pose quelques secondes sur sa planche, posée contre le camion, qu'il s'apprêtait à ranger.

– Quoi ? fait-elle, paniquée.

– Non, rien. On y va. T'inquiète pas, on repassera par ici pour remonter fin août, et le coin où on va est super joli, tu verras.

Comme elle est encore sombre, il ajoute :

– Et en plus, y a de vraies toilettes. Il y a aussi une vraie douche et un vrai lavabo.

Elle relève la tête.

– On y va *tout de suite*. Je peux inviter mes copines mercredi ?

– Bien sûr ! Tu fais ce que tu veux !

Les Mousquetaires

Prudence
Les filles, ça vous dit de venir mercredi à Hossegor ?
J'ai trop envie de vous voir !

Meï
Excellente idée ! Tu nous manques et on a tellement de trucs à se dire qu'on n'est pas loin de prévoir un ordre du jour.

Laura
MAIS OUIIIIIIIIII !!!
Je bosse vendredi soir à 19 heures mais je m'en fous,
tant que je suis à Paris
à 18 h 59, dans n'importe quel état, ça gère.
Jeannelle, tu me prends à la gare de LR mardi soir ?

Jeannelle
Oh oui, je vous prends où et quand vous voulez,
toi et ton piercing sur la langue…

Meï
#meufrelouebonjour

Jeannelle
T'es jalouse et puis c'est tout !

Laura
Trop hâte !!!

Prudence
<3

Meï
<3

Laura
<3 <3

Jeannelle
<3 <3 <3 <3 <3 <3 <3 <3

MERCREDI 21 JUIN

Les trois copines sont alignées en rang d'oignons et par ordre de grandeur : Jeannelle, Meï, Laura. Elles affichent un sourire un peu niais sur le visage qui se veut bienveillant mais qui, en triple, semble vaguement effrayer Denis-Dylan. Fortes de tout ce que Prudence leur a raconté sur le surfeur peroxydé, elles l'observent avec les mêmes yeux curieux.

Contenant son envie de rire, Prudence s'exclame :

– Dylan, je te présente Riri, Fifi et Loulou !

Dylan range une mèche dorée et sourit sans trop savoir où mettre ses bras.

Les filles s'approchent et l'embrassent l'une après l'autre.

– Salut, Dylan ! On est contentes de te rencontrer !

– Prudence nous a dit beaucoup de bien de toi, Dylan !

– C'est chouette de te voir en vrai, Dylan !

Denis-Dylan est rose de plaisir, au milieu de ces quatre jeunes femmes qui l'entourent. Meï adresse un clin d'œil à Prudence.

– Enchanté, les miss !

Les copines rient.

– Euh… je vais surfer un peu, mais on se retrouve pour le dîner ?

– Oui ! On prépare tout ! assure Laura.

Denis-Dylan attrape sa planche et s'éloigne après un dernier petit salut.

Une fois qu'il est hors champ, c'est l'excitation ; les filles se serrent dans les bras, s'embrassent, parlent en même temps.

Prudence sent le regard de Meï peser sur elle, prendre la température. Leurs yeux se croisent un instant pour aligner leurs émotions, une seconde qui leur suffit pour savoir où en est l'autre.

Jeannelle se laisse déjà tomber sur un transat pendant que Laura fait le tour du van, s'extasiant sur chaque détail.

Prudence pétille :

– Vous m'avez manqué ! Laura, ça fait tellement du bien de te voir !

– Ouiii ! Je suis bien à Paris, mais j'aimerais trop pouvoir me téléporter certains soirs pour vous voir ! Les écrans, c'est pas pareil !

Jeannelle a l'œil qui frise.

– Dis donc, il est gaulé ton psy surfeur… Je me ferais bien un petit transfert, moi…

Meï s'insurge.

– Arrête ! On dirait du plastique ! Bon, je sais qu'il a une personnalité plutôt chouette apparemment, mais merde, Jeannelle ! Tu ne vas pas tomber dans le panneau de Ken ?

– Oui bah, c'est facile pour toi de dire ça ! Tout le monde n'a pas la chance d'être lesbienne ! Et moi, en ce moment, j'ai clairement la dalle…

Pendant que les filles s'installent à leur tour dans les transats, Jeannelle ouvre des bières avec les dents. Elles trinquent.

L'air est doux, chargé d'odeur iodée, l'océan danse dans un bleu Klein parfait, Prudence se sent terriblement bien.

– Vous voudrez vous baigner ? demande-t-elle. Vous avez vos maillots ?

Laura secoue la tête énergiquement.

– Non ! Tu sais bien que je ne peux pas me montrer en maillot avec mon problème.

– Ton problème… ? s'étonne Prudence. Non, attends, merde, tu es toujours complexée par tes grandes lèvres ??

– C'est pas un complexe. C'est une réalité. Ça pendouille.

Jeannelle souffle.

– Tu ne vas pas recommencer avec ça, Laura ! Tu n'as AUCUN problème !

– Si ! Vous, vous avez un truc tout lisse, qui tient bien haut comme le lifting de Madonna. Moi, ça pendouille, quoi. Ça se voit en maillot.

– Mais… *pas du tout* ! proteste Meï sans pouvoir retenir son rire. Ou alors faudrait genre avoir le nez sur ton vagin… Ça arrive quand même pas fréquemment. Enfin, avec un inconnu, je veux dire.

– Tes lèvres sont parfaitement normales, ajoute Prudence pendant que Jeannelle s'étouffe de rire ; y a genre un épisode complet de *Sex Education* qui en parle, tu te rappelles pas ? Tous les vagins sont beaux, aucun ne se ressemble. Ils font même des cupcakes en forme de vagin. Tu veux qu'on fasse des cupcakes ? Denis-Dylan va se régaler ! #moulesmarinieresdelouest !

Les filles se marrent.

Meï lève sa bouteille :

– Trinquons aux grandes lèvres grelottantes de Laura !

– Vous êtes ignobles ! conclut Laura en buvant une première gorgée.

Meï s'essuie les yeux.

– De toute façon, j'ai beaucoup trop la flemme de me mettre en maillot, marcher, me baigner, me doucher, me rhabiller… tout ce temps de discussion perdu, c'est pas possible !

Jeannelle opine.

– Et moi, j'ai la flemme de faire des cupcakes vaginaux. Bon, on commence par quoi ?

– Maneck me manque, soupire Prudence.

– Ma future coloc a 57 ans, grimace Laura.

– Mes parents vont divorcer, lâche Jeannelle.

– J'ai caressé un mec, chuchote Meï.

Prudence, Laura et Jeannelle sursautent en même temps. Recrachant une gorgée de bière, Prudence s'exclame :

– Tu as QUOI ??? C'est clairement toi qui commences !

Meï soupire.

– Ce week-end, on s'est disputées avec Clara. Pour une connerie. Je crois qu'on flippe toutes les deux de savoir qu'on va vivre ensemble H24 pendant un mois et demi cet été en Italie. On a super envie que notre histoire dure et pourtant, c'est comme si on sabotait le truc, l'une ou l'autre, quand on sent que ça devient sérieux. On devait aller à une fête ensemble, elle a fait la gueule, et n'a pas voulu venir. Du coup, j'y suis allée seule. C'était chez William. Et il y avait Jude…

Prudence comprend tout immédiatement.

– Je vois. C'est avec Jude que tu aurais aimé coucher, mais comme tu ne voulais pas non plus tout gâcher avec Clara, tu t'es tapé un gars.

Laura fronce les sourcils.

– Euh… la logique du truc ?

Meï déglutit de culpabilité, percée à jour. Puis reprend :

– Jude, c'est une copine qui travaille avec moi à la Coursive de temps en temps. Je croyais qu'elle était hétéro. Il s'avère que non. Enfin si, mais pas que. Et je savais qu'elle serait à cette soirée. C'était clairement pas une bonne idée d'y aller alors que je venais de me disputer avec Clara, que j'aime, mais j'y suis allée quand même, parce que parfois on sait qu'on fonce dans le mur, mais on y va quand même comme des connes, histoire d'être sûres que ça fait mal. Vous voyez le genre… On a beaucoup dansé, on a bu un peu, on a ri. Elle me fixait avec ses grands yeux bleus. Jude, c'est un peu ma Maneck. Je me suis dit qu'il ne fallait pas que je me laisse faire comme Prudence, que tout ce que voulait Jude, c'était jouer, parce qu'elle savait qu'elle me plaisait, mais moi, mon vrai moi, elle s'en foutait.

– Mais ravie de t'avoir servi, Meï !

– Merci à toi. Bref, je me suis éloignée. J'étais triste de tout ça. Un peu perdue. Je suis allée m'enfermer dans la salle de bains. Je ne sais pas combien de temps je suis restée, mais, quand je suis sortie, tout le monde était parti, William était seul en train de ranger. Il a été surpris de me voir : il avait mis tout le monde dehors parce qu'Emma venait de le quitter. Là, en me disant ça, il s'est mis à pleurer. Je n'avais tellement pas le courage de le réconforter que j'ai pleuré aussi. On s'est assis sur le canapé et on s'est mis à discuter, de la vie, des relations entre humains, et puis… je ne sais pas. On était collés l'un contre l'autre, en manque de tendresse tous les deux, je parlais en caressant ses cheveux, il avait sa main près de ma cuisse. On s'est embrassés, comme ça. C'était pas prémédité. Il a commencé à glisser ses mains partout, moi aussi j'ai passé ma main sous son t-shirt. Sauf que…

La voix de Meï se suspend, elle prend une expression bizarre.

– Sauf que ?

– Sauf que c'est quoi, cette peau d'homme ? Elle est où, la douceur ? Ce corps, il prenait trop de place contre moi, sous ma main, il y avait tous ces endroits trop rudes, et puis je sentais sa barbe dans mon cou, son épaule était large avec cette clavicule trop grande qui tendait sa peau…

Les trois amies de Meï sourient béatement, les yeux dans le vague.

– Ah oui, d'accord, je vois… mais non. Faites pas ces têtes, moi vraiment, je peux pas. Je l'ai repoussé gentiment, je me suis excusée, mais j'ai dit que vraiment je n'aimais que les filles, une en particulier. Il s'est excusé lui aussi, il était juste super triste d'avoir perdu Emma et il ne savait plus où il en était. On s'est préparé une infusion Nuit tranquille et je suis rentrée.

– Tu l'as dit à Clara ?

– Non… Le lendemain, elle m'a rappelée. On s'est revues, on s'est retrouvées. Je l'aime. Je ne veux pas la perdre. Mais ça… je ne sais pas si elle comprendrait. Enfin si, je pense que si, mais, du coup, ça lui ferait juste mal pour rien. Vous croyez qu'il faut tout dire, tout le temps ? Qu'on n'a pas le droit à l'erreur et au doute, un peu, dans son coin ? Je me suis éloignée de Jude juste à temps.

– Tu as raison, Meï, murmure Laura.

Les filles discutent sans prêter attention au temps qui file. Tout est fluide, facile et doux. Elle se parlent de tout, rien n'est tabou, rien ne pèse. Elles savent qu'elles peuvent tout s'avouer, qu'elles seront entendues. Aucune ne cherche à trouver une solution, à imposer son avis, aucune ne s'indigne des pensées des autres. La moue de Prudence lui dessine un double menton, Jeannelle se cure les ongles de pied avec une brindille, Meï a relevé ses jambes contre son ventre découvrant un morceau de culotte, Laura discute en se grattant un bouton de moustique sous l'aisselle. Elles s'en fichent, elles sont bien. C'est comme être seules, mais en mieux.

Quelques heures plus tard, Denis-Dylan revient de sa session surf. Aussitôt, Prudence se lève et dit à voix basse :

– Les filles, préparez-vous pour le show !

Elle photographie le surfeur sous tous les angles tandis qu'il prend ses poses de beau gosse habituelles. Dylan qui défait le haut de sa combinaison, Dylan qui part tout seul d'un grand rire de série B (bouche ouverte, dents éclatantes, yeux fermés), Dylan, une main sur sa planche, la tête légèrement penchée en arrière. Elle s'accroupit pour le photographier en contre-plongée, la lumière du soleil inondant l'arête droite et lisse de son nez, dans un profil parfait.

Lorsqu'elle se relève, Denis-Dylan retrouve un visage neutre et se penche à côté d'elle sur l'écran : elle recadre, bricole les réglages lumineux nécessaires, vérifie les contrastes, la netteté, puis tend l'appareil à Denis-Dylan afin qu'il tape son texte.

Meï donne un discret coup de coude à Jeannelle pour qu'elle ferme sa bouche effarée.

Dylan_cowboy de la wave
Pris en flag de bonheur.
#surlevif #profitedelinstant #fourire #nez #dylancowboydelawave #surf #tourneedelavaguedelouest

Denis-Dylan s'installe par terre, en tailleur, près de Laura. Prudence se penche à l'oreille de sa copine :

– Ça va, il ne te fait pas mal ? Il ne s'est pas assis sur tes… ?

Laura recrache sa bière, prise d'une quinte de rire.

– Quoi ? demande Denis-Dylan.

– Rien, rien, répond Prudence précipitamment.

– Oh mais, Dylan ! s'exclame soudain Laura d'un ton catastrophé. On a complètement oublié de cuisiner pour le dîner !

– Je vois ça.
– Mais si, regarde ! Prudence brandit un prospectus de camion de pizzas. J'appelle tout de suite !
Au moment de composer le numéro, Prudence voit apparaître le nom de Maneck sur la liste d'appels. Son cœur fait un petit salto, un frisson lui parcourt la colonne vertébrale, puis elle fronce les sourcils.
Non ! Elle ne l'aurait quand même pas… appelé dans son sommeil ? Elle n'a pas fait ça, une mauvaise manip ou un truc dans le genre ?! Elle clique.

Appel entrant, 1 minute et 16 secondes.

– C'est quoi cette tête, Prudence ? Pourquoi tu es toute pâle ? s'inquiète Meï.
Prudence calcule. C'était le jour où elle a suivi Denis-Dylan partout. L'heure où… Qu'avait-elle fait ? C'était après la baignade…
Elle se lève, contrôlant tout juste sa colère.
– T'as fait quoi, là, Denis ? Maneck m'a appelée ? Tu as répondu à ma place ?? Tu ne m'as rien dit ?? Il voulait quoi ? Pourquoi t'as répondu, putain ?
Trois paires d'yeux furieux se tournent illico vers Denis-Dylan.
Il reste calme et soupire.
– Excuse-moi, Prudence…
Il se passe la main sur les yeux.
– Il a appelé quand tu étais sous la douche, l'autre jour. J'ai décroché pour lui dire que tu étais sous la douche, franchement. Mais là, il m'a dit… En fait, il voulait savoir un truc qui ne concernait que lui, sans considération pour toi : le numéro d'une galeriste. Je lui ai demandé s'il voulait te parler pour te dire qu'il allait revenir, mais il m'a dit

que non. Alors j'ai pensé « Pourquoi la maltraiter, encore une fois ? Lui faire de faux espoirs en la contactant ainsi ? » Tu avais tout juste retrouvé un petit bout de sourire, la miss. Ce type te fait un mal de dingue. J'ai voulu… Je ne sais pas, te protéger, je crois.

En ébullition à l'intérieur, Prudence est pourtant immobile comme la pierre. Denis a l'air sincère. Et elle voit très bien Maneck se comporter comme ça. Comme un distrait égoïste, qui appelle son ex en plein chagrin de rupture pour savoir le numéro d'une foutue galeriste, comme si on pouvait tout cloisonner, sans s'imaginer deux secondes la peine que ça pourrait lui faire. Oui, ça, elle y croit. Pourtant… quelque chose la fait vriller, il manque un enchaînement dans cette histoire. Elle a le sentiment que Denis *sait* quelque chose d'important – et *pire* : qu'il ne veut pas lui dire.

– Me protéger de quoi, Dylan ? demande-t-elle du plus doucement qu'elle peut, car elle veut éviter de criser. Je croyais qu'il était juste « maladroit » ? De quoi vous avez parlé, quand vous étiez tous les deux, Denis ? J'ai le droit de savoir. C'est *ma* vie.

Denis-Dylan et Prudence se fixent en chiens de faïence. Entre eux, les trois filles les scrutent, sans oser bouger un cil.

Le surfeur semble avoir perdu un peu de cette confiance à toute épreuve qui le caractérise. Il se frotte les bras, le nez, et il commence enfin :

– Je… je ne peux pas tout te dire. J'ai promis de garder certaines choses pour moi. Je ne sais pas pourquoi il m'a confié ça à moi plutôt qu'à toi, mais le secret ne m'appartient pas. Tout ce que je peux t'affirmer, c'est que ce n'est pas contre toi, qu'à aucun moment il n'a voulu se moquer de toi. Mais… parfois, la vie nous pousse à faire des choix, à prendre des décisions, même si elles ne nous plaisent pas. Dans d'autres circonstances, il aurait sans doute poursuivi votre histoire, enfin, j'imagine. On ne peut pas vraiment savoir.

Elle sent son cœur se serrer, son dos se voûter. L'oxygène commence à lui manquer. Elle se contient.

– Il ne m'aimait pas assez pour me choisir moi, contre je ne sais quoi. Je l'avais déjà senti sur la plage…

Denis-Dylan secoue la tête d'un air douloureux.

– Prudence, ce n'est pas toujours si simple…

– Mais il m'a rappelée…

– Oui. Mais pas pour les bonnes raisons, j'ai eu l'impression.

– C'était à moi d'en juger !

Denis-Dylan soupire et hoche la tête.

– OK. Je comprends. Je n'aurais pas dû m'en mêler. Allez, un partout, balle au centre, la miss, non ? Tu n'auras qu'à le rappeler.

Meï se lève d'un bond.

– Ouhla, non ! Enfin, pardon, Prudence, mais je ne suis pas sûre que ce soit une bonne idée.

Prudence se rassoit et se prend la tête dans les mains.

– Pfff… je ne sais pas quoi faire. Il n'a pas essayé de me joindre de nouveau. Et puis… il poste des trucs, je le vois, il vit sa vie, il répond aux commentaires… et moi… moi je suis toujours focalisée sur lui, il me blesse encore, et je ne sais plus ce que je veux…

Jeannelle caresse le dos de son amie.

– Toi, tu veux sûrement une quatre fromages.

Prudence étire un petit sourire.

– Oui. D'accord. Mais c'est toi qui appelles. Et d'abord, tu vires ce numéro de ma liste d'appels, sinon je vais faire une connerie !

Jeannelle prend le téléphone des mains de Prudence.

– Avec plaisir. Je supprime aussi son numéro de ton répertoire ?

Prudence sursaute.

– Non !!!

– OK, OK, t'es pas prête. Bon, une quatre fromages, et vous, les autres ?

– Une reine ! s'exclame Laura.

– Une calzone ! crie Meï.

– Une hawaïenne ! renchérit Dylan.

Les filles pouffent.

– Ben quoi ?

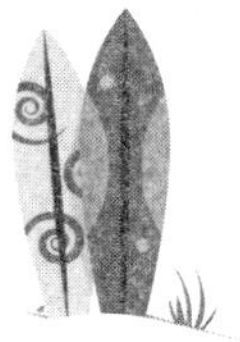

VENDREDI 23 JUIN

Après deux jours dans une ambiance de colonie de vacances, Jeannelle et Laura partent les premières. Jeannelle se bagarre avec la toile de tente, renonce à la faire entrer dans le sac et la jette finalement n'importe comment au fond du coffre, par-dessus les bagages.

C'est le moment des embrassades.

– À bientôt ! pétille Laura.

– On se retrouve très vite ! sourit Jeannelle. Allez, tire pas la tronche !

Prudence s'est cachée sous un grand gilet à capuche. Laura la serre contre elle.

– T'as vu, on étale les au revoir pour qu'il te reste toujours du bonheur par petits morceaux, chuchote-t-elle.

Jeannelle claque la porte du coffre.

– Hop, on file ! Meï, bonnes vacances avec Clara. Je suis sûre que ça va être top !

La voiture s'éloigne. Voyant les mines dépitées des deux amies, Denis-Dylan frappe dans ses mains.

– Les miss, running avec moi ce matin, et après, surf !

Prudence remarque l'air paniqué de Meï. Elle se redresse, fanfaronne :

– OK, Dylan ! Meï, on se prépare, tu vas voir, tu vas adorer !

Avant de démarrer la séance, pause photo : Prudence capture Denis-Dylan, une fausse petite grimace qui est tout sauf moche sur son visage hâlé, pectoraux visibles, un doigt désignant les poids posés sur le sable.

Dylan_cowboy de la wave
Nouveaux joujoux !
#onlygoodvibes #pecsalair #dylancowboydelawave #surf #tourneede-lavaguedelouest

***

Meï s'effondre, essoufflée.

– Prudence, c'est horrible ! Je viens de découvrir des muscles dans des endroits où j'ignorais en posséder !

Prudence s'effondre au côté de Meï et peine à répondre, rouge écarlate.

– Je sais... Mes jambes tremblent tellement que j'ai l'impression qu'elles ont leur propre vie.

Denis-Dylan, frais comme un gardon, leur lance des combinaisons.

– Allez, les miss, à la baille !

Prudence fait son job d'avant session. Denis-Dylan vérifie avec soin.

– Dis donc, elles sont belles ! Je suis beau gosse ! Et ça tombe bien, je suis inspiré ! Deux secondes, les miss.

Il choisit une première photo, où il s'avance dans l'eau, la planche sous le bras, le fessier galbé en premier plan.

Dylan_cowboy de la wave
Qu'importe la houle, fixe l'horizon.
#horizonmamaison #pleinelune #dylancowboydelawave #surf #tournee-delavaguedelouest

Puis il ne résiste pas à en glisser une seconde, sur laquelle on le voit en mouvement, en train d'appliquer la wax sur sa planche, concentré, les doigts caressants, le biceps gonflé.

Dylan_cowboy de la wave
Ces moments doux entre elle et moi.
#waxtitude #bras #detouteslesmatierescestlawaxquejeprefere #dylan-cowboydelawave #surf #tourneedelavaguedelouest

Les filles patientent sur la plage, se sentant godiches dans des combinaisons pas à leur taille. Prudence sourit malgré tout de lire sur le visage de son amie une expression entre l'étonnement et la stupéfaction.

– Je me demande un peu ce que je fais ici, dans cette combi.

– Tu vas kiffer.

Denis-Dylan revient vers elles au petit trot.

– Allez hop, on se sauce la carcasse, les miss ! Vos planches sont pleines de wax et de bonnes vibes, on y go les bigorneaux !

Il se jette à l'eau.

– Je ne sais pas ce qu'il prend, dit Meï, mais c'est très fort !

Prudence vibrionne d'amusement.

– C'est son parfait état naturel. Mais j'avoue qu'il est en forme, aujourd'hui ! J'avais jamais eu droit aux bigorneaux.

Les trois surfeurs enchaînent les vagues. Le vent est fort, la houle mesquine, mais Denis-Dylan est toujours là pour donner les bons conseils sur la conduite à tenir, le positionnement à avoir, la vague à prendre et celle à laisser filer.

À bout de force, Meï et Prudence finissent tout de même par rentrer au van en laissant l'infatigable Denis-Dylan dans l'océan.

– C'est vrai qu'il est doué, bizarrement, reconnaît Meï. Et vraiment bon professeur.

Prudence hoche la tête, contente comme si c'était elle que l'on complimentait. C'est un peu « son » Denis-Dylan, maintenant. Sa trouvaille personnelle.

– Hé oui. Même plus peur de passer les deux prochains mois avec ce phénomène de foire. Il est chouette.

Elles rient, profitent des derniers rayons chauds. Puis, sans que Prudence n'ait rien vu venir, il est l'heure : Meï ferme sa valise.

– Bon. On y est, souffle son amie. Je m'apprête à partir vivre presque deux mois en couple. Dans quelques heures, je me mange vingt ans dans la face, quoi, en gros.

– Meï... tu devrais être enchantée... Tu aimes Clara. Elle aussi. Vous êtes bien ensemble et elle nous tolère, j'oserais même dire qu'elle nous apprécie toutes les trois, je ne sais pas si tu te rends compte.

Meï sourit légèrement.

– Oui, je sais. Une meuf qui accepte de passer après mes amies sans aucune jalousie doit être ce qui se rapproche le plus de la perfection. Mais est-ce que ça durera ? Est-ce qu'elle ne va pas exiger plus que je ne peux donner ? Est-ce qu'après ces deux mois, elle ne va pas vouloir qu'on vive ensemble, qu'on se promette des trucs sur l'avenir... Elle va me présenter sa famille, ses amis d'enfance... ça fout les boules, non ? J'ai vingt et un ans, Prudence ! Et ça me terrorise d'être à ce point amoureuse de quelqu'un, alors que je suis si jeune. J'ai peur de l'aimer et qu'elle me quitte, j'ai peur de l'aimer, qu'elle m'aime aussi et qu'on devienne un vieux couple.

J'ai peur pour dans trente ans, quand on aura tout bu de l'autre jusqu'à la lie.

– Wow ! Meï ! On dirait moi, là ! Qu'est-ce qui t'arrive ? Je comprends ce que tu dis, tu sais... Mais Clara est le genre de meuf assez géniale pour être avec toi, donc stresse pas. Si ce n'était pas ton amoureuse, elle aurait pu entrer dans la bande. Combien de temps ça durera entre vous ? Est-ce que vous traverserez tout ensemble ? Ça, on n'en saura jamais rien, Meï. Je crois que tu flippes surtout parce que tu ne veux pas t'avouer que tu ne peux plus te passer d'elle. T'es in love, ma belle. Profites-en au lieu de gâcher le truc. Passe des vacances avec Clara, qui doit tout de même être ravie de t'avoir pour elle sans la coloc reloue qui débarque au milieu de votre lit à n'importe quelle heure du jour ou de la nuit.

– C'est vrai que tu fais ça souvent.

– Oui, j'aime bien. Mais, bref. Profite. Tu as la chance d'être aimée en retour ! De partager ça ! Prends.

Meï scrute Prudence au fond des yeux. Elle y voit les sillons de tristesse creusés par Maneck.

– Merde, Prudence. Il t'a vraiment touchée, hein.

Prudence baisse la tête.

– C'est fort possible. Alors tu vas monter dans ce train et te réjouir de revoir ta meuf qui t'attend, qui t'aime, je suis désolée de te le dire, et qui doit flipper à mort de te présenter ses parents. Et pour la suite, vous verrez bien.

– Tu as raison. Elle me manque, en plus. Elle est partie depuis dix jours et j'ai l'impression que ça fait mille ans !

– Alors, allons-y, on va finir par louper ce bus !

Meï hoche la tête, en agitant sa queue-de-cheval.

– OK, mais, toi aussi, tu vas me manquer, tu sais.

– M'en parle pas ! Je te rappelle que je vis un tragique chagrin d'amour dans un van avec un psy surfeur inconnu dont j'ai vu le pénis, sans *aucune* de vous pour m'épauler dans cette épreuve ! #grossegalère !

Elles éclatent de rire.

– On se revoit de l'autre côté de l'été, Prudence. On va y arriver !

Elle accompagne Meï jusque sur le quai de la gare pour s'assurer qu'elle monte bien dans le train. À peine sortie de la gare, elle reçoit un SMS :

Clara
Hello Prudence. Dis-moi, Meï est bien montée dans le train ? Je la connais, elle a dû flipper. J'ose à peine lui écrire.

Prudence a un minuscule pincement au creux de la poitrine. C'est vrai que Clara commence à bien connaître Meï.

Prudence
Hello Clara. T'inquiète, elle est dans le train. En effet, elle a un peu flippé. Si tu lui fais du mal, je te pourris. Elle te kiffe à mort mais il ne faut pas le dire. Bises et bonnes vacances à vous deux.

Clara
T'inquiète, je ferai comme si moi pas trop. Bises !

JEUDI 29 JUIN

Il pleut, l'océan est vert sauge. L'un dans l'autre, ça arrange bien Prudence : elle peut se cacher dans le van en attendant l'arrivée des autres vacanciers du terrain. Denis-Dylan l'a prévenue, cet espace boisé n'est pas à lui seul, trois autres vans arrivent aujourd'hui. Ça ne lui plaît que très boffement.

Ils ont été relativement seuls jusqu'ici, et elle s'est presque accoutumée à cette petite vie de couple avec Denis-Dylan. Lorsque le camion jaune lui paraît trop étroit, elle a toujours pu facilement s'octroyer des moments de solitude dans la nature environnante. Sans compter que, évidemment, Denis-Dylan passe la majeure partie de son temps à surfer ou sculpter son corps de rêve.

Là, elle va devoir être sociable, bavarde, polie, vivre en communauté avec des inconnus sur un même terrain délimité. L'enfer.

Quand Denis-Dylan rentre de son footing, il la trouve assise sur la banquette à siroter un jus d'orange d'un air maussade.

– Bah alors, miss ? Ça va pas ?

– Si, si. Tu ne m'as pas dit exactement, qui arrive ?

– Yaël et Jeanne, ils sont top, je les adore ; Yaël, c'est mon vieux pote, tu sais, on a bourlingué ensemble, je peux te dire, et Jeanne est juste trop adorable ; et il y aura aussi dans un autre camion le cousin de Jeanne, William, alors celui-là, tu ne peux pas le rater, un vrai chic type, drôle et pas prise de tête, un peu fêtard ceci dit, et un poil ours.

– Super, et le troisième van ?

– Lola.

Prudence attend une suite qui ne vient pas. Intriguée, elle demande :

– C'est qui, Lola ?

Denis-Dylan se passe la main dans les cheveux d'un air faussement nonchalant.

– Elle vit en Hollande. Tous les étés, elle descend toute la côte, parfois elle va jusqu'en Espagne. Elle s'arrête n'importe où, ne sait jamais combien de temps à chaque étape ; elle surfe, rencontre des gens, repart. Elle n'a peur de rien et elle est extrêmement douée. Cette fille, c'est quelque chose !

– Hmm, fait Prudence pour tout commentaire.

Elle avale le reste de son verre d'une traite.

– Bon, d'ailleurs, je cours sous la douche, après ça ne va pas être la même histoire, quand on sera six à vouloir en prendre une au même moment ! Ce qui est cool, tu vois, c'est qu'on s'arrange pour les tours de vaisselle, y en a un qui s'y colle pour tout le monde et on tourne, pas de jaloux, pareil pour la lessive. Tu verras, c'est marrant, Will a un vélo avec une remorque, il nous le prête quand c'est notre tour de laverie, on met le linge sale de tout le monde dans la remorque, et en avant Guingamp, ça fait les cuisses, je peux te dire, t'y couperas pas non plus, ma grande, tu vas te marrer !

Seigneur. Prudence se tâte à réclamer une augmentation.

– J'ai tellement hâte.

Denis-Dylan se marre.

– Ce que tu es sauvage, toi !

Puis il change de ton, la regarde d'un air attendri.

– T'inquiète, miss. Tu vas les adorer ! Ils sont tous un peu comme moi. Regarde, on forme un beau duo, nous, finalement, pas vrai la miss ? Je file !

– OK. Je vais marcher un peu.

Elle passe son Canon autour de son cou et sort. La pluie a rafraîchi l'air, c'est moins étouffant. Elle prend une grande bouffée d'oxygène qui sent la verdure mouillée, direction le lac. Le reflet des nuages lui donne une couleur différente, presque argentée, et son bord s'est vidé de la foule dense qui s'y baignait ces derniers jours de forte chaleur. Prudence mitraille.

Elle tente de faire revenir le zen en elle. Se rassurer. Après tout, elle s'est habituée à l'excentrique Denis-Dylan, aux formidables Ava et Jo... Et même Claire et Tom, les potes surfeurs, elle les trouvait sympathiques...

Pourtant, de retour au van, elle n'a pas du tout retrouvé son zen. Deux gamins qui jouaient ont lancé du sable sur son appareil et braillé dans ses oreilles, ils l'ont mise de très mauvaise humeur. Elle regarde sa montre. Horreur, 18 h 44. Double 4. Elle en est sûre, ça ne présage rien de bon.

– J'espère qu'ils ne sont pas du genre à s'étaler, par contre. Je te préviens Dylan, je tiens à mon espace personnel.

Il la regarde quelques secondes sans rien dire.

– Quoi ? feule Prudence.

– Dis-moi, miss, tu as pensé quoi quand tu as vu mon van ? L'intérieur ?

Elle bugge un instant.

– Ben, j'ai été agréablement surprise. C'est vrai qu'il n'est plus de première jeunesse, mais...

– Non mais, l'intérieur ?

– Eh bien, rassure-toi, à l'intérieur, je me suis sentie tout de suite à l'aise ! C'est coquet. Les petits détails vintage, là, ça va, franchement, j'aime bien. Et puis, on croirait pas, mais il y a de la place ! Un espace pour chaque petite chose, tout est bien calé, rien qui dépasse, t'es un gars qui aime bien que ce soit propre, c'est hyper propre d'ailleurs, j'ai remarqué tout de suite, c'est agréable.

– Exactement, Prudence. Je suis soigneux et ordonné. Maintenant, viens, je vais te montrer quelque chose.

Il fait coulisser la porte du camion.

– Il n'y a pas quelques détails qui coincent, par rapport à ta première impression ?

Elle range une mèche de cheveux roux derrière son oreille et passe la tête à l'intérieur.

Dans le minuscule évier, deux verres, une tasse, un couteau et trois cuillères (utilisés par Prudence) ne sont pas lavés.

À l'arrière, un gilet, une serviette de bain et des tongs (appartenant à Prudence) occupent toute la banquette.

Sur la tablette s'empilent un cache d'objectif d'appareil photo, un carnet, une trousse ouverte d'où jaillissent des stylos multicolores, un mouchoir en boule, un papier de bonbon, des miettes de gâteau et une trace de confiture (abandonnés par Prudence).

– Ben… y a des petits trucs qui traînent un peu, mais normal, la vie quoi, on vit dedans depuis un mois.

Denis-Dylan secoue la tête.

– Non. TU vis ici depuis un mois. Tous les « trucs qui traînent » t'appartiennent. Tu as ton espace sur le toit, mais tu as envahi le mien, qui est aussi notre espace commun. J'aime l'ordre, Prudence. Les choses rangées, à leur place, les vues sans obstacle, les tables vides. Ça m'apaise, ça me fait me sentir bien.

Prudence, qui commençait à se sentir rougir de honte, pouffe.

– Les tables vides t'apaisent ?

– Parfaitement. Désolé que tu ne comprennes pas, mais c'est toujours mon van. M'asseoir le soir au milieu de ton bordel, dans MA chambre, ça m'oppresse. Alors, tu vas prendre tout ce qui t'appartient et remettre ce van dans l'état où tu l'as découvert, s'il te plaît.

Il a planté ses yeux bleu acier dans les siens. Il ne cille pas et, ça y est, elle vire cramoisie. Mal à l'aise, elle souffle comme une adolescente (en se détestant de le faire), et se met à ranger dans un fracas inutile. Elle lave sa vaisselle, ramasse ses affaires, les dépose sur son lit, jette ses déchets, passe l'éponge sur la table. Pendant tout le process, elle a à moitié envie de pleurer, incapable de déterminer si c'est parce qu'elle se sent nulle, humiliée, ou les deux, ou autre chose.

Denis-Dylan qui l'observe, amusé, les bras croisés, n'arrange rien.

– C'est bon, monsieur l'inspecteur des travaux finis ? Je peux disposer, père ?

– Nan.

Prudence sonde du regard l'intérieur du véhicule.

– Je ne vois rien, là, tout est nickel, vieux maniaque.

– Le vieux maniaque a aussi un œil de lynx. Regarde mieux.

Prudence soupire, attrape un torchon, essuie la tasse, le verre et les couverts qu'elle pensait laisser sécher. Elle les range dans le minuscule placard.

– Tu as une préférence pour l'anse de la tasse ? Vers la gauche ou la droite ?

– T'inquiète, fais comme tu veux, ne me dis rien, j'aime être surpris.

Comme d'habitude, elle a besoin de vérifier le visage de Denis-Dylan. Elle ne sait jamais vraiment, au ton de sa voix, s'il est sérieux ou non. Là, elle décèle quelque chose dans son œil. Elle n'est pas sûre.

– Tu es un grand malade, Dylan.

– Moi aussi, je t'adore, réplique-t-il avant de filer à la douche.

***

Deux vieux vans Volkswagen, exactement identiques aux jouets Majorette que Prudence avait petite, un rouge et un vert, font leur apparition sur le terrain, en klaxonnant joyeusement.

Un couple descend du rouge et vient embrasser Dylan. On dirait des jumeaux habillés par une mère qui aurait joué à la poupée : même t-shirt moulant de la même marque de surf, rose pour elle, bleu pour lui, même short blanc, même chaîne autour du cou (la moitié d'un cœur en or), même brushing blond. Ils se tiennent par la main comme des enfants de catalogue.

Prudence, qui est déjà en train de décrire cette scène dans sa tête pour la conversation des Mousquetaires, ne peut empêcher un sourire immense d'étirer ses lèvres. Ce qu'elles vont rire.

Le couple, Yaël et Jeanne, donc, vient la saluer gentiment. Ils parlent en chœur :

– Prudence, c'est ça ? sourit Jeanne, des étoiles dans les yeux. On est tellement fans !

– Le compte de Dylan est vraiment superbe ! renchérit Yaël.

– La lumière… complète Jeanne.
– Les poses choisies… ajoute Yaël.
– Il nous faudrait quelqu'un comme toi !
– Mais on n'a pas la place, on est déjà complet !
– Ou alors il faudrait se serrer un peu plus…
– Comme ça ?

Yaël attrape Jeanne par la taille et la colle contre lui. Ils se mettent à s'embrasser comme des ados en manque, ce à quelques centimètres du visage de Prudence, qui prend la décision de pudiquement s'éloigner.

Alors qu'elle s'apprête à remonter dans sa chambre raconter ça aux copines, elle aperçoit Denis-Dylan qui l'appelle à gestes pressés.

– Prudence, je te présente Will !

Will, grand type hirsute, se tient debout à quelques mètres, lui offrant un sourire forcé. Ses locks qui tombent jusqu'au milieu de son dos lui donnent des allures de lion. Son regard gris la transperce.

– Salut, Will.
– Salut.

Prudence se dandine d'un pied sur l'autre sans trop savoir quoi dire.

– Euh… je vous laisse. À tout'.

Lorsqu'elle redescend du toit une heure plus tard, les joues douloureuses à force d'avoir ri avec les Mousquetaires, elle reste bouche bée. Le couple s'est installé : le van a déployé ses ailes tel un papillon géant. D'un côté, accrochée au toit du camion, une toile de tente a doublé la surface habitable. De l'autre, une ombrelle gigantesque est tendue au-dessus d'une table et de quatre fauteuils. Sur le toit, une chambre comme celle de Prudence a poussé comme un champignon. Tout est en harmonie, rouge et crème, comme le van.

Dylan sourit de l'air de Prudence.

– C'est fort de café, hein, la miss !

Pendant ce temps, William a simplement sorti un vélo à la peinture écaillée, auquel une remorque de bois est accrochée.

Yaël et Jeanne les invitent tous à venir trinquer à cette première soirée ensemble. Ils pénètrent sous la tente. À l'intérieur, le spectacle du kitsch continue : un petit meuble peint en rouge et blanc, flanqué de deux symboles « peace », en relief. Derrière sa porte vitrée, des mugs qui vont par deux patientent, au côté d'un couple de coquetiers qui s'embrassent et d'une paire de chopes à bière qui se tiennent par les anses.

Elle siffle.

– Vous avez installé tout ça en si peu de temps ?

Jeanne hausse les épaules.

– Oh, tu sais, on est habitués. On adore recréer très vite notre petit cocon.

– Tu m'autorises à prendre des photos ? C'est… un endroit incroyable !

Jeanne a un petit rire d'enfant.

– Oui, bien sûr, on t'autorise, si ça te fait plaisir !

Pendant le dîner, Denis-Dylan est aux anges, volubile et taquin, heureux de retrouver ses amis.

– Alors, alors, mes tourtereaux, quoi de neuf au sud ? Toujours à Hyères à l'heure d'aujourd'hui ? Hihi !

– Tout va bien, toujours à Hyères et pour un moment, c'est là qu'on s'est rencontrés… roucoule Yaël en se coulant contre Jeanne, qui complète, à mi-voix :

– Là où je resterai dans tes bras pour la vie…

Pendant qu'ils mélangent leur salive, Will se ressert du fromage et demande à Prudence :

– Et toi, tu surfes ?

– Euh… non pas vraiment… En fait, je n'y connais pas grand-chose !

– Pourquoi ce job, alors ?

La raideur de Will et son ton presque piquant mettent Prudence mal à l'aise.

– Eh bien, parce que mon job, c'est photographier, découvrir les gens dans leur univers… Je photographie souvent des acteurs de théâtre, par exemple, mais je ferais jamais de théâtre même si on me payait très cher…

Il s'apprête à répondre, mais Denis-Dylan intervient :

– Laisse-la tranquille, Will, tout le monde ne vit pas surf comme toi et c'est pas grave ! Prudence est hyper douée ! Tu as vu la dernière sur mon compte, avec ma nouvelle planche ?

Le visage de Will s'éclaire enfin au mot « planche » :

– T'as une nouvelle planche ? T'as géré un « cut back » avec, pour voir comment elle réagissait ?

Intérieurement, Prudence soupire de soulagement et de lassitude mêlés. Ça y est, ils vont parler surf pendant des heures et elle ne va rien comprendre.

Elle se tourne vers Jeanne, pour changer de sujet :

– Tu connais des endroits sympas et un peu atypiques pour les photos, dans le coin ?

Le visage de Jeanne s'anime :

– Tu dois absolument aller du côté de la chapelle Sainte-Thérèse !

– Oui ! Une chapelle au beau milieu des dunes, ajoute Yaël. Franchement, au soleil couchant, je sais pas, je ne trouve pas le mot tellement c'est chouette, je dirais…

Dans un même souffle, les deux amoureux s'exclament :

– Magique !

Jeanne sursaute de bonheur.

– Oh ! Poussinou ! Comme on est trop connectés, c'est puissant !

Plein d'une émotion sincère dans la voix, Yaël déclare :

– C'est toujours extrêmement perturbant, ma poussinette, j'ai tellement de mal à croire à cette chance que l'on a… Tu te rends compte, Prudence, de la chance que j'ai d'avoir Jeanne dans ma vie ?

– Une chance magique ? propose Prudence.

– Exactement ! soupire Jeanne en entrelaçant ses doigts avec ceux de Yaël sur la table, obligeant le jeune homme à terminer son repas d'une seule main.

Prudence finit par poser ses couverts dans son assiette, un peu écœurée.

Lorsqu'ils s'apprêtent à sortir de table au grand soulagement de Prudence, un troisième camion fait son entrée sur le terrain.

Contrairement aux autres véhicules, celui-ci est tout récent, simple et gris. La silhouette qui en sort est si petite et si menue que Prudence croit une seconde qu'il s'agit d'une enfant. Tous se lèvent pour accueillir Lola – tous sauf Denis-Dylan, note Prudence, resté très légèrement en retrait.

Elle s'installe à la table des campeurs et se sert copieusement.

– Merci, je meurs de faim !

– Alors demi-portion, t'étais où ces derniers mois ?

Tout est assuré chez Lola. Pas de flou dans les gestes, pas d'hésitation dans ses yeux vert prasin.

– En Bretagne. Côte de granit rose. Puis Finistère, La Torche. Y avait du sacré grain et des mauvais vents, mais j'ai surfé pas mal quand même. Puis je suis descendue. J'ai surfé un coup, un soir, je me suis arrêtée juste quelques heures. Et me voilà. Prête pour demain.

Elle n'en dira pas plus. Plusieurs mois résumés en quelques secondes, cela impressionne Prudence, incapable d'une telle économie de mots.

Elle les laisse reprendre leur conversation sur le surf pour les uns et leur pelotage pour les autres, salue tout le monde et va se coucher.

MERCREDI 5 JUILLET

Une semaine plus tard, Prudence est électrique. Elle en a marre de la pluie incessante depuis quatre jours, marre du sable dans la douche partagée, marre des autres avec qui elle est obligée de vivre.

Depuis la compétition d'Hossegor vendredi dernier, ils ne font que de revivre la course. Chaque vague est discutée, chaque passage de surfeur analysé. Lola est déçue de sa course, elle a terminé au pied du podium, elle se dit qu'elle aurait dû prendre la vague de telle ou telle façon, demande et redemande l'avis de chacun. Yaël et Jeanne se congratulent mutuellement, trouvant leurs résultats honorables, leurs faiblesses charmantes, etc. Prudence sourit poliment, mais a envie de s'enfoncer des fourchettes au fond des oreilles à chacune de ces conversations.

Denis-Dylan, quant à lui, pavane d'avoir terminé deuxième, juste devant William. Il poste des clichés toutes les deux heures depuis samedi.

Dylan_cowboy de la wave

Je suis refait !

#cestpourquilepodium #medailledargent #dylancowboydelawave #surf #tourneedelavaguedelouest #mercimondestin #toutvientaDylanquisait attendre

Dylan_cowboy de la wave
Avec le poteau @lwillsurfing sur le podium. Elle est pas belle, la vie ?
#amigo #vouloiretrenullepartailleurs #dylancowboydelawave #surf #tourneedelavaguedelouest

Prudence s'isole sur la plage, secouant son téléphone face à elle.

PRUDENCE : Tu es toute pixelisée !
MEÏ : Non, c'est ma tête normale après avoir rencontré la famille de Clara.
PRUDENCE : Hihi ! À ce point ?
MEÏ : Non je déconne, c'est cool !
PRUDENCE : Clara est dans le coin ?
CLARA : Si ! Ciao !

La tête brune et bronzée de Clara apparaît, et presque aussitôt, l'écran se découpe en trois, puis en quatre. Jeannelle et Laura saluent tout le monde dans un brouhaha aigu.

LAURA : Alors, Prudence, pourquoi cette réunion de crise ?
PRUDENCE : J'en peux plus, je craque. J'en peux pluuus de la pluie. J'ai l'impression de vivre dans une maison de poupée, tout est minuscule. J'ai envie de parler d'autre chose que de surf pendant, genre, dix minutes. Denis-Dylan me force à ranger chaque truc que je sors, c'est l'angoisse.
MEÏ : Désolée, ça continue de me faire rire. « Denis-Dylan ».
Les filles pouffent.
JEANNELLE : Et les autres ? Raconte !
PRUDENCE : William est trop bizarre, je crois qu'il ne m'aime pas et qu'il me juge mal. Lola ne doit pas être

humaine. Elle est trop parfaite. Et les deux, là... Vous avez vu les photos... Je vous jure, de loin c'est drôle mais, là, j'en peux plus. « On a mangé. » « On a bien dormi. » « On a bien rigolé. » « On va aux toilettes. » « Poussinou, tu veux bien aller me chercher un pull ? Oui, ma poussinette. » « Tu es belle, ma poussinette. Toi aussi, mon poussinou. » Et vas-y que je te lèche la poire, à longueur de temps. J'ai régulièrement envie de leur demander si « On veut pas fermer sa gueule, aussi ». Bref, je suis une cocotte sur le point d'éclater, c'est pour ça que je m'isole. Racontez-moi vos vacances. Meï et Clara, commencez !

MEÏ : OK ! Il fait mégabeau, on se baigne tous les jours. La sœur de Clara nous emmène danser le soir dans des bars à l'ambiance de feu. Sa mère cuisine pendant des heures des plats divins et, nous, on a juste à se mettre les pieds sous la table. Son père m'apprend des gros mo...

PRUDENCE : Wow. Du coup, je t'avoue, ça ne me remonte pas le moral.

Les filles se marrent.

LAURA : Si je vous raconte la honte que j'ai eue à la pharmacie, ça te conviendrait mieux, Prudence ?

PRUDENCE : Je t'en supplie.

Après presque une heure de communication, Prudence raccroche. Elle reste un peu sur la plage en surveillant les nuages noirs qui galopent au-dessus d'elle et donnent à l'océan une teinte verte. Un horrible vert de vessie, un vert de mardi matin (jour de gym, quand elle était petite). Elle devrait se dire que c'est de mauvais augure, et peut-être qu'elle le sait, mais elle se sent un peu seule, alors c'est le moment qu'elle choisit pour se lancer dans quelque chose de stupide.

– Non, Prudence, ne fais pas ça. Tu vas regretter. Tu vas avoir mal.

Mais ses doigts courent sur l'écran. Elle ouvre le compte Instagram de Maneck.

Jusqu'ici, elle avait eu ce courage de l'évitement. Elle avait su se protéger, se raisonner même, miraculeusement, pour ne rien avoir de lui sous les yeux, pour ne pas vérifier l'heure de ses posts, se demander ce qu'il fait, s'il rit, s'il mange, s'il dort, s'il danse, s'il est chez lui ou quelque part ailleurs. Elle n'avait rien traqué dans ses photos, dans ses dessins, dans ses sculptures, pas cherché à savoir s'il avait de la peine, si elle lui manquait. Elle avait trop peur de ne rien y dénicher. La vie en communauté, qu'elle l'appréciât ou non, avait le mérite de lui prendre du temps. Denis-Dylan était là, mine de rien, à la tenir à flot en l'obligeant à venir courir, à la distraire avec ses demandes de clichés, sa préparation sportive et ses obsessions maniaques. Mais il était moins présent depuis qu'il avait retrouvé ses amis de longue date, qui partagent sa passion. Et il passait son temps dans le sillon de Lola. Prudence ne lui en voulait pas, mais, ayant davantage de temps pour elle, elle se sentait retomber dans ses vieux travers, ses propres névroses.

Sans même regarder toutes les photos qu'elle n'a pas vues ces derniers temps, elle trébuche direct sur la dernière en date.

– Bordel de merde !

ManeckNessaru_artiste
Soon in New York
Ma série des Profils s'envolera pour une expo
à l'automne prochain
#sculpture #profils #bois #manecknessaru #exhibition #newyork

Prudence reconnaît cette série. Il s'agit de la ligne des profils de visages taillés dans du bois. Tout d'une simple ligne, comme une flamme vacillante plantée au bout d'une tige de métal. Elle adore ces sculptures. Et surtout, son propre profil y est aussi. Maneck avait teint le bois dans des tons acajou et l'avait baptisé « la fille de feu ». Elle se souvient d'avoir rougi de plaisir quand il la lui avait présentée, timide, interrogateur.

– T'aimes bien ?

– Maneck… J'adore !

Elle avait saisi la sculpture et il s'était précipité :

– Attention, ce n'est pas tout à fait sec !

– Oups ! Oui… J'ai laissé un petit bout d'empreinte digitale ici !

Elle était mortifiée de sa maladresse mais Maneck avait ri, soulagé et espiègle.

– Ce n'est rien du tout, ça se voit à peine. Ce sera notre secret. Ta signature.

Elle lui avait sauté au cou et ils s'étaient laissés glisser sur le parquet de l'atelier. Il lui avait ensuite fallu trois douches pour se débarrasser des traces de teinture laissées sur son corps par les doigts de Maneck. Elle avait aimé ça.

Ce n'est pas son profil qu'il a mis en photo, elle ne sait pas à qui il appartient. Elle lit les commentaires dessous, la pluie de « félicitations », de cœurs, d'étoiles, de verres qui trinquent. Comme d'habitude, Maneck n'exprime rien d'autre. Pas de merci, juste un « j'aime » après la bonne première moitié des commentaires. Et cette façon qu'il a de ne mettre aucune ponctuation, jamais. La ponctuation, c'est l'émotion des réseaux. En s'en privant, il met à distance, les autres peuvent bien s'extasier, lui est au-dessus de ça. Prudence imagine qu'il est fier et heureux : New York, il en rêvait ! Il lui avait déjà dit combien il bataillait pour une expo là-bas, et à quel point son travail prendrait un autre essor s'il avait cette possibilité. Elle sait que ça vaut pas mal de points d'exclamation… mais qu'il se la joue pro. D'un coup, elle le déteste. Elle déteste ce manque d'émotion, son attitude supérieure, son incapacité à communiquer. Et il ne lui avait *même pas dit*. C'était un rêve qu'il avait partagé avec elle et avec personne d'autre, cette photo datait d'il y a deux jours et il ne l'avait pas prévenue. Elle le détestait.

Ses doigts tapent, de son compte normalement incognito :

Hé ! Félicitations ! Une belle reconnaissance
méritée, contente pour toi. Prudence.

Puis elle balance son téléphone sur le sable.

– Pauvre conne !

Elle va le ramasser trois secondes plus tard pour vérifier, les doigts tremblants, qu'il fonctionne toujours. Puis elle renifle, de rage contre elle-même, à cet instant, elle se sent pitoyable et faible. Dans l'écran, la moue d'une gamine en plein chagrin.

– T'es pas guérie, toi.

VENDREDI 7 JUILLET

Le soleil est de retour, et Prudence, petit tournesol, rayonne. Y a pas : un beau ciel azur, un magnifique océan lapis-lazuli, et la vie s'annonce au beau bleu. Dès le réveil, elle a fait de belles photos, de jolis portraits de Yaël en train d'adorer Jeanne et du sourire de Jeanne juste avant un baiser de son Poussinou. (C'est sa manière de s'excuser.) Ils sont terriblement agaçants mais aussi terriblement beaux. Et un peu touchants, dans le fond.

– On veut un petit café, toi aussi, Prudence ?

– Je veux bien, merci.

Yaël lui tend une tasse fumante avec l'inscription « lui ». Elle le remercie et indique d'un mouvement de menton Denis-Dylan et Lola qui font des pompes.

– Il s'est passé quelque chose entre eux ? demande-t-elle enfin.

Yaël et Jeanne échangent un regard (puis un effleurement de mains, un sourire, une caresse sur la joue et un baiser).

Jeanne commence :

– Oui, mais c'était il y a longtemps, ils se sont connus très jeunes...

– Au lycée, je crois bien.

– Mais Lola... elle est très indépendante...

– ... et Dylan l'est tout autant.

– Aucun n'a voulu céder sur qui suivrait l'autre pour ses études.

– Lola est partie en Hollande…

– … et Dylan à Montpellier.

– Ils ne s'étaient rien promis, mais je crois que, sans le dire, Dylan l'a attendue.

– Sauf que l'été d'après, Lola n'est pas revenue. Elle est restée en Hollande surfer en compagnie d'un mec.

– Tout ce qu'on sait, c'est qu'heureusement que Ava était là pour Dylan. Ava, c'est sa boussole.

– Et c'est réciproque.

Prudence pense à Meï.

– Je vois très bien ce que vous voulez dire.

– Nous, on les a connus deux ou trois étés après. On s'est tous retrouvés pour une compétition ici. Le courant est très vite passé entre nous tous.

– Je me rappelle bien de cet été-là. Le premier auprès de Jeanne.

– Oui… Juste après notre coup de foudre…

(Tête de l'une qui roule sur l'épaule de l'autre puis léchage de poires.)

– On savait que Dylan et Lola se connaissaient, mais on n'a su leur histoire que par petits détails, avec le temps. Ils n'en parlent jamais, ils sont à la fois très proches et un peu distants.

– Quand on a eu l'idée d'acheter ce terrain il y a trois ans…

– … ça commençait à être vraiment galère de trouver des endroits pour le van…

– … Dylan a tout de suite proposé à Lola.

– Elle a mis du temps à répondre, mais elle a accepté.

– Je sais pas trop, c'est… complexe, entre eux.

– Je comprends pas très bien.

Prudence ne dit rien. Elle observe Denis-Dylan. Elle se dit que cet homme n'est vraiment pas celui que l'on croit et elle éprouve une grande vague de tendresse pour lui.

Et de toute façon, elle aime tout le monde aujourd'hui.

Son téléphone émet un *ting*. Elle sursaute, l'attrape, s'excuse, part s'isoler.

Dans le van, elle lit enfin.

Maneck
C'est vrai que c'est très bon, le melon,
mais est-ce suffisamment nourrissant ?
Pense à manger aussi des tomates.

Prudence pouffe, rougit en plaques délicieuses.

Après son commentaire sous la photo de Maneck, Prudence s'en était voulu. Elle s'était couchée tôt, dans un état de cuite émotionnelle, et s'était réveillée l'humeur sombre et les traits fatigués.

Mais en allumant son téléphone, elle avait vu la notification « ManeckNessaru_artiste a répondu à votre commentaire » et tout l'univers avait implosé. L'afflux sanguin pulsant soudain si fort sous sa peau lui avait donné la migraine.

Il ne répondait jamais à personne. Mais il lui avait répondu :

Merci Prudence

Il avait également accordé sporadiquement deux « merci » et un « haha » aux différents commentaires, mais Prudence avait vérifié l'heure : c'était après elle. Elle y avait immédiatement vu le signe d'un signal d'appel, d'une autorisation à lui renvoyer un SMS.

Complètement déboussolée, elle avait hésité à demander conseil à Meï. Mais elle avait deviné que le conseil de Meï irait à l'encontre de son envie.

Elle avait alors hésité à demander conseil à Denis-Dylan. Mais elle avait deviné que le conseil de Denis-Dylan serait le même que celui de Meï.

Sans en parler à qui que ce soit, elle avait donc envoyé :

Prudence
Bonjour Maneck. Désolée pour les poux, les hémorroïdes et la gastro. Je suis contente pour toi, bravo pour New York, je sais à quel point c'était un rêve pour toi. Fête bien ça.

Maneck n'avait pas attendu longtemps pour répliquer, sous une photo de chips :

Maneck
D'accord. Avec des chips, ça ira ?

Prudence avait tourné sur elle-même. Elle n'avait pas contrôlé son geste, son corps l'emportait, elle était seule en balade dans la forêt, elle avait poussé un petit « hiiiii » et elle avait tourné sur elle-même. Il avait mis une question, un point d'interrogation, il engageait une conversation, doucement, légèrement, en évitant tous les sujets délicats.

OK. C'étaient donc les nouvelles règles du jeu, Prudence les acceptait, elle adorait jouer.

Elle avait fouillé son téléphone jusqu'à retrouver une vieille photo des melons qu'elle avait pris en photo sur le marché la semaine dernière pour dire à Denis-Dylan qu'elle en achetait, qu'ils avaient une bonne tête, qu'il fallait qu'il voie ça.

Sous la photo, elle avait écrit un truc tout aussi innocent :

Prudence
Moi je préfère trinquer aux melons. Le melon, c'est la vie.

Mais elle ne l'avait pas envoyé tout de suite. Elle l'avait fait patienter jusqu'à la nuit tombée, fière.

Et ce matin, ce SMS.

Maneck
C'est vrai que c'est très bon, le melon,
mais est-ce suffisamment nourrissant ?
Pense à manger aussi des tomates.

Prudence
Tu crois que les tomates sont plus
nourrissantes que le melon ?

Maneck
Je ne sais pas non plus. C'est bien mystérieux, tout ça.

Elle entre en transe, bien sûr que c'est mystérieux ! Plein de possibles et de questions, de non-dits, de devinettes, bien sûr qu'elle connaît leur capacité à transformer une conversation de melons et de tomates en propos ardents et secrets !

Prudence réfléchit vite : ne pas rebondir sur le mystère, ce serait trop simple. Non, il faut trouver quelque chose d'étrange, de court et d'amusant. La partie commence juste.

Prudence
C'est toujours comme ça, avec les cucurbitacées.

Elle patiente quelques minutes mais Maneck reste muet. Elle hoche la tête pour elle-même. Évidemment, il va prendre son temps, réfléchir à sa réponse. Il joue et elle adore son silence.

Elle sort du van le sourire aux lèvres.

– Eh bien, la miss, t'es de bonne humeur ! Tu me suis ? Je vais faire une session et j'ai rien posté ce matin.

– Bien sûr ! Avec ce soleil, je te promets de super photos.

Elle s'amuse, suggère des poses à Denis-Dylan, lui arrange une mèche dorée, lui relève le menton. Il est ravi. Il adore jouer les mannequins, ça se voit tellement, on dirait un petit garçon au manège. Prudence commence à comprendre qu'il voit ça comme un jeu, lui aussi ; son compte, c'est sa barbe à papa, sa petite gourmandise.

Les photos l'enchantent.

Il choisit une première où il est de dos, face à l'océan, dans un shorty moulant, les mains sur les hanches.

Dylan_cowboy de la wave
En pleine analyse.
#epaules #fessier #dylancowboydelawave #goodmood #tourneedelavaguedelouest

Puis une seconde où il tient sa planche sous son bras, et fixe l'objectif, la bouche légèrement ouverte.

Dylan_cowboy de la wave
Se dépasser pour se trouver.
#dylancowboydelawave #bouche #smile #tourneedelavaguedelouest

– C'est dans la boîte ! Bon, c'est pas le tout mais faut qu'on s'entraîne pour la demi-finale, c'est dans quinze jours ! Je vois Will qui arrive, merci Prudence !

– Avec plaisir !

Elle sautille dans la direction opposée, sentant son téléphone lui brûler la peau des fesses dans la poche arrière de son short.

SAMEDI 8 JUILLET

Maneck
C'est vrai. En même temps, j'espère que
ce n'est pas une moquerie cachée…

Petit rire. Elle voudrait gober les points de suspension un par un.

Prudence
Oh ! Me crois-tu capable de te traiter de cucurbitacée ?

DIMANCHE 9 JUILLET

Maneck
Allègrement.

Jubilation totale.

Par acquit de conscience, Prudence ouvre Larousse.fr pour vérifier la définition de « cucurbitacée ». Et le fou rire la prend. Elle ne pouvait pas mieux tomber.

Prudence
Ta méchante suspicion a titillé mon allègre curiosité.

LUNDI 10 JUILLET

Maneck
Ah oui ?

Prudence
Oui. Je suis allée voir la définition exacte de « cucurbitacée » :

Capture d'écran :

« cucurbitacée : n.f. (latin *cucurbita*, courge) Plante telle que le melon, la courge, le potiron, la citrouille, la bryone. Les cucurbitacées, qui forment une famille, ont une tige molle, toujours couchée, ou grimpante, et des vrilles de halage à double enroulement inverse. »

J'ai pouffé parce que je suis bête et immature.

MARDI 11 JUILLET

Maneck
Ah tu vois ! J'en étais sûr.

Prudence
Hihi ! Avoue que tu l'as cherché. Le coup de la « tige molle et toujours couchée » est assez formidable.

MERCREDI 12 JUILLET

Maneck
Je vais me rouler en boule dans
un coin sombre pendant que tu ris.

Prudence sourit. Elle reconnaît Maneck et son besoin d'être rassuré. Après cette rupture, les horreurs échangées, et ces trop nombreux jours de silence total, la complicité retrouvée, alliant rire facile et délicieuse habitude des conversations étranges, lui réchauffe le cœur. Elle se laisse un peu déborder.

Prudence
Mais non, pourquoi ?! Allez, viens, sors de
ton coin sombre pour rire avec moi plutôt.

JEUDI 13 JUILLET

Maneck
Bon, d’accord.

Prudence
D’accord ?

Maneck
Bel été, Prudence.
Je t’embrasse.

Prudence
OK

VENDREDI 14 JUILLET

Retour à la case départ : Prudence ne veut plus sortir de son duvet.

Elle se *hait* d'avoir été aussi faible. Elle se maudit, elle s'insulte toute seule. Elle ne peut même pas chercher la consolation auprès de Meï, à qui elle n'a rien dit, parce qu'elle a honte et qu'elle ne veut pas gâcher ses vacances avec Clara.

Elle sanglote si fort qu'elle n'entend pas Denis-Dylan entrer dans sa tente.

– Hé, la miss… Mais qu'est-ce qui t'arrive ? Je comprends rien… Tu étais si bien cette semaine !

C'est vrai que tout s'est auréolé d'une lumière saturée de bonheur, depuis vendredi dernier. Elle trouvait Poussinou et Poussinette attendrissants, William et elle ont échangé au moins trois phrases d'affilée, et elle prenait le plus grand plaisir à photographier Denis-Dylan. Elle s'est baignée, elle a bronzé, surfé et ri de ses chutes. Le soir, ils ont bu des verres en ville, dans la torpeur des nuits d'été, se mêlant à la foule des rues, et c'était si doux. Elle a fait une myriade de clichés superbes avec son Canon, de ces touristes sans nom, de corps magnifiquement imparfaits, des rougeurs de vacances, des gamins collants de sable et de crème. Elle les a observés manger ces sucettes gigantesques aux tourbillons de couleurs, les a immortalisés en train de n'en croquer que trois ou quatre morceaux, pour les abandonner ensuite à leurs parents, grimaçant du cadeau. Toute pleine des possibles de Maneck, de leur légèreté douce qui esquivait les douleurs profondes de leur relation, elle s'est sentie persuadée que ces gosses avaient raison, que c'était une belle leçon, de s'extasier du grandiose pour finalement n'en grignoter que les bords, n'en lécher que la surface, n'en prendre que le meilleur : les débuts et la couleur.

Mais là, Prudence n'a plus en bouche que l'amer et l'écœurement. Maneck l'a de nouveau plantée comme une greluche, et c'est entièrement sa propre faute. Elle n'a pas su se protéger. Tout lui semblait si facile sur le moment – et tant pis pour ce qu'ils ne s'étaient pas dit, tant pis pour le manque d'excuses, tant pis pour les explications. Elle était prête à tout accepter tant qu'il était un peu là, avec elle.

– C'est... Maneck ! braille-t-elle depuis son duvet.

– Mince... Il t'a rappelée ?

– Non ! Des messages... C'est à cause des cucurbitacées...

Elle sanglote et renifle bruyamment. Dans l'espoir de développer l'histoire (quelle histoire ?), elle se redresse dans sa morve. Aussitôt, Denis-Dylan pousse un soupir.

– Nom de nom, le retour de ce putain de sweat ! Prudence, je t'en prie, explique-moi, parce que je ne comprends rien et je ne vois pas le rapport avec les cucurbitacées.

Se mouchant dans sa manche, elle ouvre la conversation avec Maneck sur son téléphone et le tend à Denis-Dylan. Celui-ci lit et tente de comprendre le lien entre les mots saugrenus sous ses yeux et l'état de Prudence.

– Bon… je ne suis toujours pas sûr d'être au clair, mais je comprends les deux derniers messages en tout cas. Il tente une sortie en douceur et toi, tu comprends que c'est un adieu.

– De connard.

– Oui… Enfin, c'est pas non plus…

– De connard.

– C'est pas méchant…

– De connard.

– C'est même pas vraiment un adieu, en fait, Prudence… Tu vas peut-être juste trop vite pour…

– De connard.

– Hmm. De connard.

– Tu vois, tu le dis toi-même.

Elle aimerait beaucoup avoir un peu de dignité à cet instant. Être en mesure de sécher ses larmes et de se dire que ce n'est pas si grave, qu'elle a simplement à refaire comme il y a une semaine, vivre sans Maneck, ne plus traîner sur les réseaux, supprimer ses SMS.

Mais c'était tant d'efforts, cette semaine sans lui ! C'était littéralement du sport, une bataille de chaque instant, une abnégation numérique totale – elle n'a pas du tout envie de revivre ce manque. Elle pleure, tant pis pour la dignité.

– Pourquoi il veut pas de moi ! ?! Dylan ! Qu'est-ce que j'ai fait ? J'étais là pour lui ! Je comprends rien à ce gars ! Merde, tu comprends, toi ?!? Je sais, je suis nulle ! Et moche !! Et débile !!! Et lui, il a une vie bien mieux et il va à New York ! Il n'a rien à foutre avec une fille comme moi ! Mais merde, pourquoi il me relance, pourquoi il est sympa comme ça, et puis glaçant d'un coup ? Il joue à quoi ? Pourquoiiiii !!!

Denis-Dylan ouvre et ferme la bouche plusieurs fois, pose la main sur l'épaule de Prudence. Dans un mouvement instinctif, elle cale sa tête contre lui et pleure en le serrant très fort. Il lui tapote le dos maladroitement.

– Prudence… ça va aller… C'est pas toi, c'est Maneck, il n'est pas… enfin, c'est pas un type pour toi.

Prudence relève la tête.

– Alors ça, tu vois, c'est vraiment des conneries ! Personne n'est fait pour personne, on s'adapte, on prend, on accepte, on bricole et puis c'est tout ! Moi je suis prête à accepter Maneck et ses bizarreries, ses silences horribles, son caractère de merde, hautain, abrupt et cassant, et son insupportable et douloureux côté charmeur. Parce qu'il me fait rire, parce qu'il est intéressant, et complexe, et imprévisible, et qu'il peut être si tendre. Parce que je sais voir sous sa carapace, parfois. Et ce que je vois me plaît. Il me plaît, voilà, je crois pas que quiconque soit « fait » pour moi, et je m'en tape, c'est lui qui me plaît !

– Oui, mais, Prudence… Ce n'est pas possible, là.

Meï aurait pu lui dire la même chose. « Tu vois bien que ce n'est pas possible, lâche l'affaire, enfin. » Mais quelque chose dans le ton de Denis-Dylan lui rappelle cette scène de complicité où il parlait avec Maneck, et ce souvenir la glace. Elle essuie ses larmes. Et le fixe.

– Tu vas me dire pourquoi. Pourquoi c'est « pas possible ». Je sais qu'il t'a confié des trucs, que tu ne veux pas me dire parce que tu es psy et que tu sais garder les secrets. Mais t'étais pas en séance avec un patient, t'as un contrat de confiance avec moi, pas avec lui. Et mets-toi à ma place ! Tu imagines ce que ça fait, ne pas savoir ? Ne pas comprendre ? C'est le pire ! On ne peut pas passer à autre chose, rien n'est apaisé. Alors je tourne et retourne ça dans ma tête, et je pense à lui, sans cesse, c'est en boucle, il n'y a pas de point final.

Les épaules de Denis-Dylan s'affaissent un peu. Il réfléchit.

– Je sais. Je comprends. Écoute, je ne peux pas te dire exactement ce qu'il m'a dit. Ce n'est pas à moi de le faire et il m'a demandé de le garder pour moi. Mais peut-être que tu devrais l'appeler. Tu ne lui téléphones jamais ; c'est trop facile les messages, peut-être que c'est le moment de le mettre aussi face à ses responsabilités, et face à ta douleur. Tu as le droit de savoir, il pourrait le comprendre. J'ai déjà essayé de lui dire, mais il n'était pas prêt. Pourtant... oui, décidément, tu as le droit de savoir, c'est lâche de sa part. Bizarrement, je crois qu'il agit ainsi justement pour ne pas te perdre, Prudence. Enfin. Je ne devrais pas dire ça. Appelle-le.

Elle se redresse ; les mots de Denis-Dylan lui redonnent des contours, elle se sent légitime dans sa peine, comprise.

– Merci, Dylan. Je vais essayer de l'appeler, d'accord.

Il hoche la tête, lui embrasse les cheveux.

– Je nettoie mes planches dehors, je reste dans le coin si tu as besoin.

Avant d'appeler Maneck, elle lui écrit un message privé sur Instagram (mieux que le SMS, elle pourra voir s'il l'a lu). Elle a vérifié l'heure, il est presque 13 heures (12 h 57), elle connaît ses petits rituels : il fait une courte pause déjeuner et, au moment du café, il checke ses réseaux.

Prudence

Salut. Je crois que j'ai le droit à une explication. Tu ne peux pas me laisser ainsi, être si proche puis de nouveau si distant, j'ai de la peine et j'ai besoin de comprendre. Appelle-moi.

Au bout de quelques minutes, en effet, le petit « vu » s'inscrit en bas de l'écran. Puis les « … » indiquent que Maneck répond.

Son cœur s'emballe à lui faire mal, ses joues s'empourprent, ses mains deviennent moites.

Maneck
Salut. Je suis désolé de te faire de la peine.
Mais il me semblait t'avoir dit que notre
relation ne pouvait plus continuer, je pensais
que tu avais compris. Je n'ai pas le temps
de t'appeler, je suis débordé. Profite bien
de ton été, j'espère que l'on se reverra
sereinement un jour, mais là je crois que
j'ai besoin d'une pause dans nos échanges.
Belle journée, Prudence.

Prudence suffoque carrément. Il ne s'agit pas d'une crise d'angoisse comme elle en a l'habitude, une soudaine perte de contrôle, rien à voir. Elle suffoque d'une colère froide et blanche, serre les poings et va les envoyer tambouriner dans son oreiller. Ensuite, elle descend de la tente, téléphone à la main, et se dirige vers la plage. Le vent est fort, les vagues épaisses et blanches d'écume brouillonne. Elle a besoin de les avoir sous les yeux, de marcher, de sentir le sel et le vent sur son visage.

Quel gros gros lâche. Pour une fois, elle est sûre d'avoir raison. En fait, il la débecte. Il évite les explications qu'il lui doit. Elle trouve sa bassesse immense et immonde. La faire passer pour celle qui n'a pas compris… Comme s'il n'avait pas joué, ces derniers jours, comme s'il n'avait pas participé à l'ambiguïté, comme si elle était une pauvre hystérique qui se faisait des films. Prudence s'est fait suffisamment de films dans sa vie pour savoir les reconnaître.

Et puis, cette manière presque obséquieuse de lui répondre, avec ses mots choisis, comme pour une étrangère. Prudence ne comprend même pas qu'on puisse utiliser les mots « relation », « sereinement », « échanges », « belle journée » quand on s'est déjà collés nus l'un contre l'autre.

Et surtout, elle n'est pas d'accord. Il n'a pas le droit de lui dire qu'il n'expliquera rien parce qu'il est débordé. Quand on a aimé quelqu'un, même rien qu'un peu, on lui doit ça. C'est cruel et dégueulasse. Quel travail, quel qu'il soit, peut passer devant la peine d'une personne à qui on tient, à qui on a tenu ?

Cette fois, elle ne s'inclinera pas. Elle ne ruminera pas en silence. Elle ne s'excusera pas. Elle ne diluera pas ses reproches dans un humour pudique, ni dans une diatribe enragée, comme lorsqu'il l'a quittée sur la plage. Tant pis si elle le perd, il l'a déçue. Elle veut le blesser, qu'il se rende compte.

Prudence

Maneck, tu es d'une lâcheté affligeante. Tu es carrément décevant. Je te dis que j'ai de la peine et tu me dis que tu es débordé ? Quel genre de type répond ça à une personne qu'il a aimée, et qu'il a blessée ? Même pas le courage de m'appeler pour mettre les choses à plat, et la dignité de nous permettre à tous les deux d'avancer « sereinement », comme tu dis, sans t'enfoncer la tête dans le sable ou sans continuer à flirter comme un adolescent. Sache que je n'en resterai pas là, je veux comprendre ;

j'en ai besoin pour passer à autre chose… et tu me dois bien ça. Nous aurons une vraie conversation, tôt ou tard.

Prudence s'apaise devant l'océan en colère. Pour une fois, elle trouve son message juste et adapté.

***

Au même instant, Maneck ferme les yeux sous la douleur de sa réponse. Il lit ses messages dans l'obscurité d'une chambre, sous les couvertures. Chaque mot l'entaille. Tout doucement, il se laisse glisser hors du lit en faisant bien attention à ne pas réveiller celle qui s'est endormie à côté. Il sort de la pièce sur la pointe des pieds, et va boire le café qu'il a dû laisser refroidir. Lui aussi est en colère. Contre lui – et contre Prudence, qui le somme de s'expliquer, en détail, qui réclame à avoir mal, tout le temps, et ne veut pas le laisser en paix. Qui n'entend pas qu'il n'a pas *voulu* cette séparation, mais qu'elle l'a imposée, par ses positions drastiques, sa précipitation émotionnelle, son immaturité parfois… et que ce serait plus simple pour eux deux qu'elle accepte ses non-dits.

Mais très bien. Puisqu'elle l'oblige à donner des explications, il va lui en fournir.

Son regard se pose sur le sac en forme de tête de lapin blanc, prêt pour la crèche, toujours posé au même endroit dans l'entrée, tous les quinze jours.

Il songe deux secondes qu'il doit appeler son ex, lui dire qu'il a dû aller chez le pédiatre pour cette mauvaise toux qui rend chaotiques toutes les siestes de la petite. Qu'il n'a aucune envie d'appeler son ex. Que la vie est d'un compliqué…

Maneck prend une grande inspiration et photographie le sac lapin, sous le portemanteau où pendent sa casquette noire et un minuscule chapeau en maille rouge et ruban fleuri.

Il envoie la photo à Prudence.

Maneck
Pardon de te décevoir en permanence, Prudence.
Mais je n'arriverai pas à faire autrement.

***

À la vue de la photo, les trois premières secondes, Prudence ne comprend pas. Ne veut pas comprendre. Ne veut pas voir l'évidence du message. Est-ce qu'il est débordé aujourd'hui parce qu'il garde l'enfant de quelqu'un d'autre ?

Évidemment, cette question est balayée bien vite par le fracas d'une vague qui chute sur elle-même.

Bien sûr, Prudence comprend tout. Les absences, les silences tous les quatorze jours, la distance.

Maneck a un enfant.

Une vie avec un enfant.

Des obligations de parent.

Et une ex qui gravite dans cette même vie, sûrement.

Mais surtout : un enfant. Un enfant, alors que Prudence n'en veut pas, n'aime pas ça, elle le lui a dit mille fois. Un enfant contre lequel il est impossible de lutter ; on ne demande pas à quelqu'un de choisir entre son enfant et soi. Un enfant qui habite avec lui, raison pour laquelle elle ne peut pas habiter, elle, avec lui. Un enfant, minuscule et innocent, qui entrave son amour fou. Qui fout en l'air tous ses plans, ses envies, ses projections. Un enfant à qui elle ne peut même pas en vouloir.

Elle tremble, pâle et perdue. Cette fois, c'est elle qui manque de mots.

Prudence
OK

Sidérée, elle décide de retourner vers le van.

Lorsque Denis-Dylan l'aperçoit, il saisit immédiatement.

– Alors ça y est. Tu es au courant.

Pour toute réponse, elle montre les messages à Denis-Dylan. Elle veut qu'il voie de ses propres yeux la manière dont elle a su.

– Viens dans le van, j'ai du thé matcha.

Installés autour d'une théière fumante, ils restent silencieux un moment. Puis Prudence ouvre enfin la bouche.

– Denis, je ne sais même plus quoi penser. Tout est… Enfin je lui en veux de ne pas me l'avoir dit. Même si je comprends pourquoi… Je lui ai tant rebattu les oreilles de mon non-désir d'enfant et surtout de mon ras-le-bol des jumeaux de ma sœur, enfin pas d'eux en tant que tels, mais de tout ce tapage autour de la parentalité, de l'enfance en étendard, brandi comme le but de chaque vie. J'ai été parfois si tranchante, dans mes paroles. Et lui, il… il devait penser à sa gosse. Mais tout de même, pourquoi il n'a rien dit ? Denis, rien du tout ? Et pourquoi il m'a laissée vivre tout ça avec lui malgré tout, faire tous ces allers-retours émotionnels, alors qu'il savait pertinemment qu'il me sortirait de sa vie ?

Denis-Dylan soupire.

– Eh la miss, la vie n'est pas si binaire… Tu avais peur qu'il ne fasse que jouer avec toi, tu vois bien que non, il tenait, il tient, à toi. Mais oui, il sait que vous n'avez pas les mêmes attentes.

Prudence s'irrite et secoue son carré roux.

– Ben moi, j'aurais été claire dès le début, et puis c'est pas comme si je ne lui avais pas donné mille occasions de s'exprimer… Et moi…

– Arrête ça tout de suite, Prudence. Tu t'entends ? Moi, moi, moi ? Faut toujours qu'on voie les choses comme toi, tu le veux !… Mais c'est comme ça ! D'accord, c'est dur, d'accord tu préférerais qu'il ne soit pas père, qu'il ait envie d'être ton petit ami, d'accord, puisqu'il ne l'est pas, tu aimerais que ce soit un gros con pour que tu puisses le détester et l'oublier plus vite, mais c'est quelque chose entre les deux. Il n'est pas parfait, toi non plus, et vous voilà dans une situation bizarre où personne n'a pied. C'est le ressac de la vie, ma grande. Tu n'y peux rien, tu dois t'y faire et avancer. Mais pas en pensant à la place des autres, ça ne te mènera à rien.

Cette franchise nette et douce la ragaillardit, finalement. Elle s'étonne de se rendre compte à quel point Denis-Dylan sait lui parler.

– Merci, Dylan, dit-elle après avoir bu son thé. Tu as raison. Par contre, personne ne dit plus « petit ami ». À part ma grand-mère.

– Elle me plairait. Elle a un petit ami ?

Prudence baisse la tête pour sourire.

– C'est juste que, grimace-t-elle au bout d'un moment, les « c'est comme ça » me rendent un peu nerveuse…

– J'ai cru comprendre.

– Je dois l'oublier en me disant que je lui plais, mais qu'il ne se passera rien parce que nous n'avons pas les mêmes routes de vie qui nous attendent ?

– Je crois que oui.

– Mais… c'est mort de chez mort ? Ou je dois attendre, tu crois ? Ou je dois reconsidérer la chose ? Lui écrire que peut-être, un jour, je serai prête…

Prudence frissonne. Elle est loin d'être prête, apparemment.

Le visage de Denis-Dylan s'assombrit.

– Prudence, je n'ai pas de boule de cristal. Je sais que ce n'est pas facile, attendre, ne pas attendre quelqu'un qu'on aime… Je crois que, parfois, on peut attendre toute une vie. Tout ce que je peux essayer de te donner comme conseil, c'est… ne pas faire miroiter l'impossible à Maneck, ni à toi. Donc, euh… attendre le moins possible ? Ne rien t'interdire à cause de cette attente, en tout cas.

Prudence hoche la tête doucement.

– Tu sais, je suis contente de t'avoir rencontré. Heureusement que tu es là, en ce moment, vraiment.

Denis-Dylan hausse les épaules, sans un sourire :

– Moi, je ne sais pas trop.

Prudence ouvre et ferme la bouche. Puis elle remarque ce minuscule scintillement dans l'œil du surfeur. Elle rit enfin doucement.

– T'es vraiment super fort !

Il rit franchement, content de son petit effet.

– J'avoue ! En vrai, je suis content aussi, même si tu me fais des nœuds au cerveau alors que je suis en vacances.

– Je vais me reprendre en main. Regarde, j'archive les conversations avec Maneck.

– Et tu te désabonnes de son compte Insta.

– Et je me désabonne de son compte Insta.

– Et Facebook.

– Et Facebook.

– Et Twitter.

Prudence affiche un air innocent.

– Non, mais je ne vais jamais sur son Twitter. Il poste vraiment peu et…

– Et Twitter.

– Bon. Et Twitter.

– Et tu supprimes sa conversation Messenger.

– Oh non, t'inquiète, on s'est peu parlé sur Messenger.

– Fais ce que je te dis.

Prudence lève les yeux au ciel.

– Oui, oui !!

– Vous vous êtes déjà parlé sur WhatsApp ?

Les taches de rousseur de Prudence s'empourprent.

Denis-Dylan soupire.

– Je vois. Supprime-moi ça.

– Voilà. T'es content ?

– C'est pour ton bien, Prudence. Il reste une dernière chose.

– Ah non ! Je te promets là, vraiment, tous les réseaux y sont passés !

– Rien à voir. C'est ce sweat.

– Ah. Ce sweat.

– Celui-là même.

– Eh bien quoi, ce sweat ?

– On va l'enlever.

– Oui, poussinou.

– Tout de suite, poussinette.

– C'est que j'ai rien en dessous.

– C'est que tu crois que j'ai jamais vu de poitrine ?

– C'est que tu rêves.

– D'accord. Alors je sors, tu te changes et tu me donnes ce sweat.

– D'accord.

Denis-Dylan ferme la porte du van. Prudence tente de ne pas trop réfléchir, enfile son haut de maillot et jette le sweat de Maneck par la fenêtre du van.

– Merci ! Et ce soir, on se prépare pour la fête du 14 Juillet, le feu d'artifice est splendide !

Prudence plisse le nez.

– Non, mais vraiment, ça, c'est au-dessus de mes forces, Dylan !

– Ah, mais c'est que tu ne sais pas comment on fête le 14 Juillet, ici.

– Ben… on regarde un feu d'artifice et ensuite on danse au bal des pompiers sur la Compagnie créole ?

– Je te parle d'ici, là, au terrain. Tu verras !

***

Les Mousquetaires

Meï
Un gosse ! C'est complètement dingue qu'il te l'ait caché.
Fuis, copine. C'est trop compliqué, là, barre-toi.
Quel gros lâche.

Prudence
Ouais. Je sais.

Laura
Perds plus ton temps avec lui.
Tu vaux vraiment mieux que ça.
#teampoussinou

Prudence

Jeannelle, tu lis mais tu dis rien depuis tout à l'heure.
Pourquoi ?

Jeannelle

Parce que je vais pas être constructive.
J'ai juste envie de lui démonter la gueule.

Lorsque Prudence sort enfin du van après une après-midi devant son téléphone à débriefer avec les Mousquetaires, elle tombe sur une mise en scène de feu de camp. Les transats sont installés en arc de cercle côte à côte, des plaids à disposition, posés à côté.

Prudence observe avec curiosité William en train de garnir un gros bidon de métal de papier et de petites branches.

– Et ça, c'est pour quoi ?

– C'est pour après, répond Lola avec un sourire. Notre petit anniversaire révolutionnaire perso.

Yaël et Jeanne s'installent sur le même transat.

– Venez...

– Ça va commencer !

Prudence attrape un plaid et demande :

– Mais... on va voir le feu d'artifice d'ici ? Avec tous ces arbres ?...

– Chut ! lui intime William. Tais-toi et regarde, ça va commencer.

Au loin, en effet, on entend la déflagration des premières fusées. Pour l'instant, Prudence ne voit rien. Elle s'installe confortablement, et patiente.

Les bruits s'intensifient mais le ciel reste noir sous les arbres. Prudence jette un œil aux autres, qui ont tous le nez au ciel, un sourire aux lèvres, comme s'ils assistaient à un vrai spectacle.

– Mais… les gars… on voit rien du tout ! On est super mal placés !

– Là ! Regarde ! crie Denis-Dylan en indiquant une traînée de filament rouge entre deux branches.

– Trop beau ! s'exclame Jeanne.

Prudence garde les yeux plissés sur cette minuscule trouée entre les branches des pins. En effet, de temps à autre, on voit un éclat blanc, une série d'étincelles bleues qui retombent en pluie, une lueur rouge. C'est si infime et irrégulier que ses yeux se fatiguent. Prudence se laisse aller, son corps se détend, elle n'attend plus le cou tendu vers cet espace trop étroit, elle se laisse juste surprendre avec délice par un scintillement furtif. Elle est bien dans ce cercle intime et improbable.

Lors du bouquet final, ils peuvent admirer quelques araignées multicolores qui étendent leurs pattes au-dessus des arbres, sur une ou deux minutes.

Puis les cinq amis applaudissent.

– Vous êtes complètement dingues, lâche Prudence avec un faible sourire.

Les surfeurs rient enfin.

– C'était pas magique ? demande William.

– Exceptionnel ! répond Prudence en riant franchement à son tour.

– Allez, maintenant, le vrai spectacle !

Ils se lèvent et Lola jette une allumette dans le bidon, qui s'enflamme doucement. Denis-Dylan se tourne vers Prudence.

– En souvenir de la Révolution, nous jetons tous dans ce feu quelque chose que nous voulons révolutionner dans nos vies, chaque année. William, montre l'exemple à notre amie !

William s'approche du feu et tire de sa poche un paquet de cigarettes.

– Trois mois que je n'ai pas fumé une clope. Je me débarrasse de ces merdes. Merci, Dylan, d'avoir caché ce dernier paquet pendant tout ce temps pour ce soir, aucun regret de le mettre au feu !

Les autres applaudissent.

Yaël et Jeanne jettent à leur tour dans le bidon deux petits personnages noirs en pâte à modeler.

– Voici symboliquement toutes les moqueries, les jalousies et les pensées négatives que nous entendons depuis cinq ans sur notre relation.

Prudence rougit, sauvée par la pénombre.

– Nous faisons le serment de ne plus nous laisser atteindre !

Lola sort de la poche arrière de son jean une photo, pliée en deux. Elle la déchire puis la laisse tomber dans le feu.

– C'était une photo. De quelqu'un.

Un silence gêné ondule quelques secondes autour des têtes. Puis les applaudissements.

Denis-Dylan s'approche à son tour et jette le couvercle d'un pot de cire pour cheveux.

– Cette marque, c'est vraiment pourri, plus jamais.

Prudence laisse échapper un petit éclat de rire, rejointe par les autres. Denis-Dylan attrape alors le sweat de Maneck abandonné sur la table, et le lui tend.

– À ton tour, miss.

Prudence le saisit. Elle ne peut empêcher un flot d'images de déferler dans sa tête. Elle revoit Maneck dans ce pull, son sourire adoré, cette fois où il ne voulait pas qu'elle ait froid. Elle entend son rire, s'émeut au souvenir de leurs premiers effleurements, jambe contre jambe, sous la table du café. Elle plonge une dernière fois son nez dans le sweat. En se redressant, elle croise un instant le regard vert prasin et interloqué de Lola.

Ça suffit.

D'un geste brutal, elle jette le sweat dans le bidon.

– Salut, Maneck.

Ça lui tord tous les organes à l'intérieur.

Pendant quelques secondes, le tissu étouffe les flammes et tous se retrouvent dans le noir. Puis le brasier reprend son travail d'anéantissement et les flammes s'effilochent, plus hautes. Les reflets du feu dansent devant ses yeux. Elle sait qu'ils sont de la même teinte exactement que ses cheveux. Elle songe à sa statuette de bois. Discrètement, elle essuie une larme. C'est un peu comme si elle brûlait avec ce pull. *Un peu.*

Elle soupire.

– Et maintenant… le bal ! clame Denis-Dylan en sortant sa guitare.

William va chercher la sienne, et tous les deux se mettent à jouer. La bande termine la soirée en dansant très mal et en chantant en yaourt, Prudence avec eux. Elle hurle *Bang bang, he shot me down, bang bang, I hit the ground…*

Elle rit et pleure d'émotion, se sentant libre, vertigineusement libre, pour la première fois de l'été.

Puis, tôt le matin, alors que tous les autres vont enfin se coucher, Denis-Dylan et Prudence restent tous les deux enroulés dans des plaids à brailler *Somebody that I used to know*. Ils le chantent trois fois d'affilée dans une communion palpable, par réjouissance de la répétition, par plaisir de trouver les mots des autres faisant écho aux leurs, par consolation dans la catharsis, jusqu'à ce que William hurle de son van :

– Y a une couille dans le juke-box, ça déraille sévère ! Allez vous coucher les nazes !

JEUDI 20 JUILLET

Constance
Ça va ?

Assise sur la plage, Prudence se sonde. L'agitation de l'océan, vert et mousseux ces derniers jours, a laissé place à une étendue bleue et relativement calme.

Est-ce qu'elle va bien ? Vraiment bien, c'est dur à dire. Mais plutôt bien, oui. Elle s'est adaptée à la vie à six, elle court le matin avec Lola sans parler, prend beaucoup de photos. Et il y a cette improbable complicité avec Denis-Dylan, qui l'apaise et la fait rire. Elle se sent… presque… sereine, depuis ce qu'elle considère comme ses vrais adieux à Maneck. Elle l'a écouté. Elle n'attend plus Maneck.

Bon, si. Elle l'attend un peu, sans doute. Mais moins.

Elle ne sait pas si elle parviendra un jour à le considérer comme un ami, si elle finira par l'oublier définitivement, ou si leurs routes se recroiseront. Elle lui en veut, même si elle ne l'avouera à personne, d'avoir choisi sa fille sans l'avoir consultée. Bien sûr que sa raison comprend, mais son cœur lui en veut, c'est comme ça. Parce qu'elle aime toujours Maneck. C'est en elle. Mais elle ne veut pas non plus promettre à Maneck qu'elle pourrait changer d'avis, le laisser imaginer qu'elle pourrait être une belle-mère exemplaire. Elle est trop sûre de ne pas avoir envie d'enfant dans sa vie. À long terme, sans doute. Et à ce jour, c'est sûr. Elle est trop jeune, pas prête à sacrifier du temps, des voyages, des décisions…

Quand elle songe à Maneck, elle file sur la plage. Elle a compris pourquoi elle avait toujours aimé l'océan : il revient toujours. Calmes ou tempétueuses, les eaux grises ou bleues regagnent immuablement le rivage au rythme des marées.

Elle tente de se réconforter, d'être plus tendre envers elle-même. Laisser partir ceux qu'on aime, les laisser revenir, sait-on jamais. Laisser le flot nous surprendre. Après tout, elle n'avait pas prévu de se faire un ami, un vrai de vrai. C'est toujours dans la boue qu'on déniche des pépites d'or. Elle voit désormais Denis-Dylan comme un de ces amis cailloux que l'on se glisse au fond des poches, réconfortant et chaud, toujours à portée de main quand on en a besoin. Prudence a toujours considéré ses véritables amis comme ces galets lisses, doux, caressés par l'océan qu'elle ramassait enfant. Elle les choisissait avec soin, rejetait ceux qui avaient des trous ou des lignes cassantes, ceux qui ne tenaient pas dans son poing fermé. Elle en avait toute une collection, qui la rassurait. Dans ses moments de trop-plein, avant de trouver sa passion pour la photo, elle avait besoin d'avoir toujours un de ces galets au fond de la poche. Quand la rage, la peur, la joie, l'impatience ou l'inconnu la submergeait, elle enroulait ses doigts autour de la pierre lisse et ronde. Le contact entier de sa paume contre cette pesanteur sans aspérité l'apaisait.

L'année qui avait suivi le décès de sa mère, elle avait flingué deux machines à laver à force d'oublis de cailloux dans les poches. Mais son père s'en fichait bien, de la mécanique.

À chaque fois, avant que le réparateur désosse ou emmène la bête, il plongeait ses mains dans les entrailles du monstre pour récupérer les pierres. Sans un mot, il les essuyait d'un revers de manche et les rangeait dans la collection de Prudence, à leur place, comme si elles n'avaient jamais bougé. Elle s'en voulait d'avoir cassé la machine, mais Henri lui tapotait la tête puis ressortait de sa chambre silencieusement. Il n'y avait rien à en dire. Ce n'était pas grave. C'était comme ça. Lui aussi vivait son deuil, peut-être même avait-il des cailloux dans la gorge. Ça passerait.

D'ailleurs, c'était passé : Prudence avait rencontré ses Mousquetaires et trouvé la photographie. Elle avait ses pierres précieuses, plus besoin d'avoir les poches pleines de galets de plage. Elle était plus légère, mais elle aurait toujours une tendresse particulière pour les cailloux.

Prudence relit le message de sa sœur.

Oui, ça va. Malgré sa peine et le vide ressenti, elle a l'océan et un nouveau galet dans la poche, un caillou à mèche blonde qui se maquille pour sortir. C'est le premier de ce genre dans sa collection.

Prudence

Oui, ça va bien. Je crois que la vie en van me plaît bien, figure-toi. Je vis au rythme du soleil, je vois l'océan tous les jours, comme chez nous, mais en plus grand, j'ai fait des rencontres assez dingues que je n'aurais jamais faites dans mon autre vie. Et toi ?

Constance

Bof.

Prudence
Ah. Mais encore ? Les enfants vont bien ?

Constance
Je suis crevée. Je vois à peine la lumière du jour. Vadim dort vraiment très peu et hurle beaucoup, ça m'inquiète. Quant à Bertille, elle est vraiment super calme et dort énormément, ça m'inquiète.

Prudence fait la moue. Elle aimerait rassurer sa sœur, mais tout conseil la gaverait instantanément, c'est sûr. Et puis, à ce moment précis de sa vie, Prudence, les histoires de gosses, elle n'a pas trop envie de s'étendre dessus.

Prudence
Je ne sais pas comment te rassurer. Papa vous aide un peu ? Oleg en pense quoi ?

Constance
Papa vient de temps en temps mais il me dit que c'est pas grave, que ça passera et ensuite il se plante devant la fenêtre et il dit que tu dois avoir beau. Oleg ? Tu parles du gars qui dort dans mon lit les heures où je n'y suis pas et que je croise la nuit avec un bébé dans les bras ? J'avais presque oublié son nom. Il ressemble à rien.

Prudence
T'inquiète pas. Ça passera, ils vont grandir. C'est pas grave. L'important, c'est qu'ils soient en bonne santé.

Constance
Ta gueule.

Prudence rit doucement toute seule. Ce qu'elle les aime, eux aussi. Et pourtant, étrangement, ils ne lui manquent pas du tout. Elle a besoin de cette pause loin de leurs névroses qu'elle connaît par cœur.

VENDREDI 21 JUILLET

Prudence étreint Ava.

– Je suis trop contente de te revoir !

Ava lui offre un de ses gros rires rauques et chaleureux qui la caractérisent.

– Moi aussi ! Dis donc, ça s'est bien arrangé avec Dylan !

– Oui. Écoute, Dylan est… un type épatant !

– Je te l'avais dit.

– Sauf que là, j'ai clairement envie de l'étrangler.

– C'est week-end de compète… Je sais.

– Depuis deux jours, lui et les autres ne parlent que de vagues, de planches, de résine… Ils disent des mots chelous que je ne comprends pas. Denis-Dylan s'affiche sur Insta en position du lotus, la cuisse galbée ; Will grogne comme un ours ; Lola… est encore plus insaisissable que d'habitude ; Jeanne et Yaël font des trucs avec des pierres vertueuses qu'ils se passent mutuellement sur des endroits du corps, c'est très malaisant. En plus, ils sont tous sur les dents parce que la compétition risque d'être décalée à cause du vent. Mais la plus désespérée, si les courses sont reportées, ce sera moi, indéniablement.

Ava est morte de rire.

– Tu comprends pourquoi je ne les suis pas en permanence tout l'été ! Les jours précédant les compétitions, j'ai envie de les tuer.

– Heureusement que vous êtes arrivés ! Où est Jo ?

– Probablement déjà dans sa chambre, enfin la tienne. Allez, viens, on va les laisser monter en pression tout seuls et tu vas me montrer tes dernières photos.

Dylan_cowboy de la wave

Y croire encore, s'entraîner encore, avoir mal encore, sourire encore. Surfer la vie.

#surfislife #onestvivanttantquonestfort #vivreintense #dylancowboydelawave #surf #caresserlocean #tourneedelavaguedelouest

L'heure de la course des filles a sonné. Est-ce parce que sa relation avec Denis-Dylan a pris un autre tournant ? Est-ce à cause de la présence solaire d'Ava et Jo ? De sa toute petite meilleure connaissance de ce sport ? Peut-être le tout à la fois. En tout cas, Prudence profite.

Elle photographie les surfeuses, admire les vagues, acclame ses nouvelles amies. Jeanne se sent rapidement fatiguée et plonge assez vite, mais Lola termine première. Prudence ne l'avait jamais vue aussi rayonnante : elle a traversé la vague avec une aisance fascinante. Denis-Dylan a donné un coup de coude à Prudence :

– Je t'avais pas dit qu'elle déchirait ?

Il avait les yeux brillants.

– C'est la meilleure ! a-t-il soupiré.

Par respect pour les garçons, tout le monde se couche tôt et il n'y aura pas de fête pour la victoire de Lola. Ce ne sera que demain soir, après la compétition masculine, quoi qu'il arrive.

SAMEDI 22 JUILLET

Les garçons reviennent soulagés de la session libre du matin. Ils ont testé la mer, les planches, le vent, l'ambiance, et appris que la compétition était maintenue.

Prudence prend quelques photos de Denis-Dylan. Ce dernier est étrangement silencieux, et particulièrement long pour choisir sa planche. Elle le photographie caressant une à une ses trois planches, indécis.

Dylan_cowboy de la wave
Ta vie n'est faite que de choix.
#planche #choisircestrenoncer #choisircestseliberer #dylancowboydelawave #surf #bientotlavague #tourneedelavaguedelouest

Il part ensuite s'isoler avec un carnet et un stylo, comme souvent avant les compétitions. Prudence se demande ce qu'il note ainsi. Fait-il des sortes de statistiques avant les courses ? Des comparaisons ? Des analyses ? Elle est curieuse, elle réglera cette question.

Une fois sur la plage une heure avant la course, Denis-Dylan est concentré. Prudence le laisse tranquille – elle ne fait de lui qu'un tout petit cliché avec son Canon, assis, de dos, le front appuyé sur les genoux, les doigts qui agrippent le sable. C'est ce Denis-Dylan-là qui la bouleverse le plus. L'inquiet, le tempétueux.

Il y a beaucoup de monde sur la plage. C'est le cœur de l'été et Ava explique à Prudence que cette compétition et la prochaine seront déterminantes pour l'automne à venir.

– La fin d'automne, c'est LE moment du surf. Les rouleaux sont géniaux parce que le vent est parfait. Les courses les plus importantes ont lieu en automne et en hiver. Dylan est un grand surfeur, tu sais. On reconnaît son talent dans le milieu. Il faut qu'il prenne une bonne vague aujourd'hui et en août pour garder sa réputation de leader pour cet automne…

Prudence observe. C'est vrai que beaucoup de spectateurs applaudissent l'arrivée de Dylan sur la plage, le saluent, lui disent quelques mots. Il est fier comme un paon. Il bombe le torse, étale ses dents blanches et lance des clins d'œil bleu acier à un groupe de jeunes filles qui ont la moitié de son âge. Il y a quelques semaines, Prudence en aurait eu la nausée. Mais aujourd'hui, elle comprend mieux. Pour lui, c'est du spectacle, il entre en scène, il tient son rôle, il n'est pas si dupe.

Cependant, le costume craque rapidement aujourd'hui. Attendant son tour, Denis-Dylan est particulièrement tendu. Elle remarque qu'il n'a pas une seule fois tourné la tête vers ses amis…

Et soudain, ça la frappe : c'est à cause de Lola ! Il veut l'impressionner, ne pas démériter. Être admiré autant que lui l'admire. Prudence se prend à espérer pour lui, ferme les yeux un instant. Allez, si elle les ouvre et voit un sept, ça ira pour Denis-Dylan.

Pourvu qu'elle voie un sept, pourvu qu'elle voie un sept.

Prudence rouvre les yeux d'un coup. Dans son champ de vision, une foule de dos. Sur l'un d'eux, un maillot de football bleu marine marqué d'un 17.

Un sept ! Sur un fond bleu !!! C'est sûr, c'est dans la p…

Prudence interrompt son flot de pensées, se sentant à la fois ridicule et soulagée, dans une émotion insidieusement familière.

C'est au tour de Denis-Dylan. Il a touché sa combinaison au niveau du col, une fois, soufflé, et touché son col, encore. Prudence sourit derrière les mèches rousses qui lui balaient le visage. Elle n'aurait jamais cru qu'un psy pouvait avoir ses propres petites croyances superstitieuses.

Ça y est. Il est debout sur sa planche et la vague est belle. C'est un monstre qui court après son dompteur. C'est comme si Denis-Dylan tirait un fil invisible pour enrouler l'écume immense dans son dos. Il ondule sur la crête d'eau, prend de la vitesse, tourne sur lui-même, la planche collée aux pieds.

Après quelques autres figures, dont chacune soulève le cœur de Prudence dans un petit salto, il termine debout, magnifique, brillant. Ses amis sont en liesse. Ava et Jo entament une petite danse de la joie et Prudence profite de l'agitation pour observer Lola. Elle sourit et hoche la tête quand Jeanne lui dit que son « air reverse » était vraiment réussi. Quelque chose se serre dans la poitrine de Prudence, elle aurait voulu la voir danser comme Ava, l'entendre renchérir à la remarque de Jeanne. Elle se retient de lui passer un savon type *Dylan s'est réjoui pour toi ! Est-ce que t'as idée de l'énergie que ça demande, de chercher à être aimé de quelqu'un ?*

Est-ce qu'elle ne pouvait pas faire un petit effort pour voir à quel point il était fou d'elle ? Il la laissait s'en aller, il l'aidait à ses entraînements, il ne lui posait jamais aucune question, il la trouvait forte, douée, belle, il l'admirait, il se dépassait pour elle, il impressionnait des centaines de personnes pour elle, sous ses yeux – et elle… elle hochait la tête gentiment ? Avait-elle une idée de la violence de ce geste distrait ?

Elle n'en dira rien, bien sûr. *Ne pas penser à la place des autres, Prudence*, respecter la pudeur de chacun, son histoire et ses émotions, blablabla, c'est sa leçon de l'été. Mais vu que c'est carrément trop pour elle, elle se penche vers Ava :

– Je ne me sens pas très bien, j'ai mal à la tête avec tout ce vent. Je rentre au van. À tout à l'heure.

– OK, Prudence, repose-toi bien pour être prête à fêter ça ce soir ! Dylan va terminer en tête, c'est obligé !!!

Elle sourit. Comme elle aime la chaleur de cette femme-là ! Elle lui pose une main amicale sur l'épaule et s'éloigne.

Elle ne veut pas assister au retour de Denis-Dylan dans le petit groupe, pas prête à voir sa tristesse dissimulée que personne ne remarquera sauf elle.

Prudence
Meï ! Au secours, j'ai un chagrin d'amour !

Meï
Maneck ??????? Quoi encore ? Qu'est-ce qu'il t'a dit, encore ??? Je déteste ce type, je fais semblant de le tolérer mais je le déteste, il faut que tu le saches, je ne peux plus le voir.

Prudence
Alors non, pas Maneck, et, oui, je sais que tu le détestes et j'aimerais tellement moi aussi. Mais non, là, j'ai un chagrin d'amour à cause de Lola !

Meï ne répond pas immédiatement. À des milliers de kilomètres et sans l'avoir sous les yeux, Prudence la voit parfaitement réfléchir, sourcils légèrement froncés, regard flou fixant un point au sol. Ça y est, elle a saisi.

Meï
Prudence, j'aime ton étrangeté. Mais tu ne peux
pas avoir un chagrin d'amour pour Lola à la
place de Denis-Dylan. C'est non. Personnellement,
en tant que meilleure amie, je refuse de gérer ça.

Prudence prend une grande inspiration. Elle se concentre sur l'air dans sa trachée, ses poumons, ses narines. Apaise le feu.

Prudence
D'accord. Merci, Meï.

La troupe de surfeurs déboule sur le terrain en portant Lola et Denis-Dylan en triomphe. Ils sont plus d'une trentaine ! Prudence salue Claire et Tom, ainsi que quelques autres visages qu'elle reconnaît.

Denis-Dylan saute jusqu'à elle et la serre dans ses bras.

– C'est qui le prem's, la miss ? Hein, hein ? Devine !! Vite, viens faire des photos !

Elle le suit un peu à l'écart de la foule pour le photographier seul, comme d'habitude. Il essaie mille positions et parle sans arrêt.

– J'ai pas affronté la vague, tu sais ; l'affronter, tu cours à ta perte ! Je l'ai apprivoisée. On ne faisait qu'un, tu vois. La même longueur d'onde. Exactement ça, la miss. On était en communion.

Elle sourit comme une idiote ; son bonheur est contagieux.

– C'est super, Dylan.

– Tu sais j'ai vu ma vie défiler sur cette vague. J'ai pris des risques. C'était fort. Je crois que je suis prêt à tout vivre de cette manière, dans ma life… Attends, ne te mets pas là, j'ai un cheveu blanc sous cette oreille, j'ai peur qu'on le voie… Oui, je disais, cette vague, c'est trop la vie. Je l'ai assumée. J'ai échappé à la crise de la trentaine parce que je sais surfer ce genre de wave, tu vois…

Elle n'arrête pas de sourire. Quel phénomène, ce Denis.

– C'est dans la boîte, Dylan. Je vais aller boire un coup, moi.

Dylan_cowboy de la wave

Assumer la vague, c'est tout gagner.

Assumer la vague, c'est, pour la vie, vibrer.

#prems #payetonadrenaline #joyjoyjoy #dylancowboydelawave #surf #toutdonner #tourneedelavaguedelouest

Dylan_cowboy de la wave

Mam', cette victoire est for you !

#fils #toutvientapointaquisaitsurfer #dylancowboydelawave #surf #mercimum #tourneedelavaguedelouest

MARDI 25 JUILLET

Prudence sort de la douche la peau fripée comme un vieux pruneau d'être restée si longtemps immobile sous le jet d'eau brûlante. Elle ne voulait pas bouger. Ils reprennent la route tôt demain matin pour Biarritz et elle n'est pas particulièrement enchantée à l'idée de retrouver les douches solaires prises à la va-vite et les toilettes dans la nature. L'idée lui tord déjà l'estomac.

– Bleuuuuuurpppp !

Prudence sursaute. Jeanne vomit, accroupie au sol, juste derrière son van, pendant que Yaël lui tient les cheveux. Entre deux spasmes, il lui caresse le haut du dos :

– Là, c'est bien, ma poussinette, ça va aller !

Ils aperçoivent Prudence en même temps. Jeanne s'essuie la bouche du revers de la main, Yaël range amoureusement une mèche des cheveux de sa belle et tous les deux font le signe de se taire à Prudence, un doigt sur les lèvres.

Elle hoche ta tête et s'éloigne, ne saisit pas immédiatement. Ne rien dire, d'accord, elle peut comprendre, elle non plus n'aurait pas tellement envie de crier sur tous les toits qu'elle a vomi derrière le van, mais pourqu…

Oh !!

Quelle horreur, pense Prudence.

Elle s'enferme dans le van pour prendre son petit déjeuner tranquille et laisser un peu d'intimité à la nausée matinale de Jeanne.

Assise sur la banquette, elle a une vue directe sur la caisse de bois de Denis-Dylan. Et soudain, après tout un été à se retenir, c'est beaucoup trop tentant.

Rapide vérification par la fenêtre : personne. Elle tente d'attirer la caisse avec le bout de son pied. Mais le truc est trop lourd. Elle est obligée de se mettre à genoux et de tirer la caisse vers elle, de toutes ses forces. Lorsqu'elle l'ouvre, elle remarque deux piles : des livres et des carnets. Dans la pile de livres, elle découvre des titres qu'elle n'aurait jamais pensé être lus par Denis-Dylan. C'est très hétéroclite : David Vann côtoie Annie Ernaux, Pete Fromm se colle à Alice Ferney et Deborah Lévy sommeille au côté de Georges Perec. Prudence feuillette quelques romans, ils sont annotés dans les marges, les pages sont cornées. Pourquoi Denis-Dylan ne s'affiche sur les transats qu'avec des revues de surf ?

La curiosité est trop forte. Prudence ouvre un carnet. Dans la marge, une date et en face, quelques lignes. Des pensées, des questions sur les rapports humains, les émotions, les réactions. Parfois, des initiales, des paroles rapportées écrites entre guillemets, des patients sans doute et, en liste, des pistes de réflexions ou une citation d'auteur ou d'autrice. En parcourant les pages, Prudence s'étonne de ne rien retrouver du Denis-Dylan qu'elle connaît, ni dans les mots choisis, ni dans les citations recopiées.

– Tu détestes la vie privée des gens, hein.

Prudence jette précipitamment les carnets dans la caisse et se relève d'un bond comme si elle ne s'était jamais installée là.

– Non mais je… enfin je cherchais un truc et…

– Un truc ? Dans mes affaires ?

– Quand on perd quelque chose, il faut bien chercher partout, alors bon…

– Et tu as perdu quoi, au juste ? Ton respect pour autrui ?

– Non, mais Dylan c'est… enfin… oh pfff, je suis *hyper* désolée…

Denis-Dylan se met à rire.

– Je vois ! Ça ne doit pas être simple, d'être aussi curieuse.

– C'est une vraie maladie.

– Et ? Tu as trouvé ce que tu cherchais ?

– Je sais pas. Je ne t'ai jamais vu lire de livres. Tu le caches ?

– Je ne me cache pas, mais je lis le soir dans mon lit avant de dormir. Tu ne le vois pas, c'est tout. Ce n'est pas parce que je fais des choses dans mon coin que je te le cache ! Et je t'aurais répondu avec plaisir sur cette caisse si tu m'avais demandé. Enfin, je t'aurais peut-être fait croire vite fait que c'étaient des magazines un peu olé olé.

Il pouffe avec sa main devant sa bouche, une parodie de bambin fautif.

– Tu es fascinant, Dylan.

– Merci !

– Et ces carnets ? Pourquoi tu prends ces notes ? C'est au travail ?

– Oui et non. J'ai parfois besoin de réécrire ce que m'a dit un patient, pour y réfléchir. La psychologie n'est pas une science exacte et il y a autant de façon de dire et ressentir qu'il y a d'individus. J'ai besoin d'y revenir, de tendre des ponts, de noter ce à quoi ça me fait penser. Je les emmène avec moi parce que, même l'été, quand je déconnecte complètement, je peux avoir une pensée qui me revienne, un début de réponse ou de réflexion.

– C'est ça que tu fais les veilles ou jours de compétition ? Quand tu t'isoles pour écrire ? Ta concentration te permet d'avancer sur tes réflexions ?

– Ah non ! Ça, c'est le carnet bleu !

– Et c'est quoi, le carnet bleu ?

Denis-Dylan plonge la main dans la caisse et en sort un carnet à la couverture bleue et craquelée.

– C'est mon carnet spécial surf ! Rien à voir.

Prudence ouvre au hasard et découvre une kyrielle de phrases convenues et de hashtags en tous genres.

– De ce côté, c'est ce que je pourrais poster quand je fais un bon score. De l'autre, c'est pour quand je perds. Et là, dessous, des hashtags potentiels.

Prudence est abasourdie.

– Mais tu… mais alors tu réfléchis avant de poster ? Tu anticipes vraiment avant de mettre ces euh… phrases ? Hashtags ?

– Ben oui, qu'est-ce que tu crois ? T'as déjà essayé d'entretenir un compte un peu régulier ? Ça vient pas tout seul, dis donc ! C'est une super prise de tête. Faut bien que je soigne le truc. Et puis, à chaud, sous le coup de l'émotion, on peut mettre des trucs bof ou que l'on va regretter, je préfère réfléchir avant, à tête reposée. Du coup, je n'ai plus qu'à piocher.

– Mais… tu as conscience que le Dylan de ces carnets est complètement différent du Dylan du carnet bleu ?

Denis-Dylan hausse les épaules.

– Il n'est pas différent, il est multiple, c'est tout. Le Dylan d'Instagram, il est là pour me détendre, me faire rêver. Il est un peu ce que je suis et beaucoup ce que je ne suis pas vraiment. Il y a bien ceux qui écrivent des romans et inventent des vies qu'ils n'auront jamais et ceux qui tournent des films de science-fiction en passant leur journée à faire semblant de galoper sur un fond vert, je ne vois pas la différence, Instagram, c'est ma scène.

– Hmm. Oui, je sais… enfin, j'ai bien vu, j'ai compris que c'était un vrai show pour toi ; à la fois un jeu et quelque chose de presque… pro. D'ailleurs, tu me paies ! Tu mets un filtre entre ta vie et Insta. Mais…

– Mais ?

– Mais, en tout cas, c'est… enfin toi qui es psy, tu sais… C'est un peu *tricher*, non ?

– Mais Prudence, non ! Ce n'est qu'une vitrine. Une petite lucarne où tu autorises les gens à épier. C'est toi qui décides quel décor tu mets derrière. D'ailleurs, j'ai vu tes photos. Tes photos perso, je veux dire, celles que tu prends avec ton Canon. Tu devrais ouvrir ta petite lucarne, toi aussi.

– Comment ça ?

– Te faire un compte.

Prudence secoue la tête.

– Ouhla, non. J'avais déjà un compte. J'ai tout viré, ça n'intéressait personne.

– C'est toi que ça doit intéresser, il est là, ton problème. En tant que jeune photographe, franchement, ça peut compter. C'est une vitrine professionnelle. Mettre un lien dans ton portfolio, ça permet d'aller voir. Les gens adorent jouer les curieux, non ?

– Mais moi, je suis mille fois moins douée que tous les autres ! Je suis abonnée à des dizaines de photographes et artistes doués, tu peux me croire, tout est beau et passionnant. Ils réussissent dans tout, ils font des expos, ils partent en reportages.

– Mais ces gens, ils ont commencé, eux aussi ! Tu veux toujours tout, tout de suite ! Tu veux ce que tu crois être la vie des autres ! Tu crois qu'ils vont partager « Tiens, aujourd'hui j'ai reçu un mail de refus pour voir mon book » ? Non ! Et puis, on s'en fout des autres, Prudence ! Moi, je ne suis abonné à aucun compte de surfeur ou surfeuse à part mes amis.

– Oui, j'ai remarqué. Et je trouve ça gonflé, quelque part, je sais pas, c'est donnant-donnant, tu vois ? Des gens s'intéressent à ce que tu fais, tu dois faire pareil.

– Pourquoi « je dois » ? Pour me mettre la rate au court-bouillon le jour où, pour X raisons qui ne me concerneront pas, ils se désabonneront ? Pour le jour où je serai un peu en bad mood et où je verrai que ces inconnus sont en train de surfer une méga vague à Miami ? Ils veulent me suivre ? Si ça leur fait plaisir ! Ils n'ont plus envie parce que je les énerve, parce qu'ils font autre chose, parce qu'ils décident de s'engager dans une retraite sans écran ? Ils en ont le droit ! Mais je ne veux même pas le savoir ! Je m'amuse, je ME fais plaisir et c'est tout.

Prudence ouvre la bouche, la referme. Au début de l'été, elle se serait dit : *Mais quel gros lâche.*

– Tu te protèges, en fait, lâche-t-elle d'une voix songeuse.

Il la fixe comme s'il lisait dans ses pensées.

– Je ne pense pas que se protéger de petites douleurs inutiles soit lâche, tu sais. C'est au contraire faire preuve d'une bonne connaissance de soi, et d'une certaine capacité de survie. D'une forme de maturité.

– Arrête de faire le psy.

– Je suis psy.

Elle se tord les doigts sous son regard.

– Alors, tu crois que je devrais créer un compte et m'en foutre de savoir qui va voir, combien et pourquoi et qui est chaque personne qui mate ma story ?

– J'en suis sûr.

Prudence sent son cœur battre à lui fêler les côtes. Ça lui fait peur.

– Je vais y réfléchir.

– Parfait, alors. Je peux ranger ma caisse ou tu veux fouiller encore un peu dans mes affaires personnelles ?

– Non, c'est bon, tu peux ranger. Ça n'a pas la même saveur de fouiller sous tes yeux.

Elle arrête Denis-Dylan avant qu'il ne sorte du van.

– Eh, mais… attends un peu… Comment tu as vu les clichés de mon Canon, toi ?

– Tu n'as pas le monopole de la curiosité, miss. Allez, j'y go !

Au dîner, Jeanne lève son verre de jus de pomme et s'éclaircit la gorge. Elle plonge dans le regard de Yaël, qui la dévore des yeux aussi.

– Les copains… on a une grande nouvelle à vous annoncer…

Yaël se lève à ses côtés :

– Cette année, ma poussinette adorée ne participera pas à la grande finale du mois d'août…

– J'aurais bien aimé, mais je vois bien que la dernière course m'a vraiment épuisée…

– Et on a décidé de ne pas prendre de risques inutiles…

– Pour…

– NOTRE BÉBÉ !!! clament en chœur les deux amoureux en plaquant leurs mains sur le ventre encore plat de Jeanne.

Tout le monde applaudit. Échangeant un clin d'œil avec Yaël, Prudence feint d'être surprise. Dans l'effervescence ambiante, elle est la seule à remarquer la mine presque dégoûtée de Will, l'ours solitaire. Entre deux toasts, elle ne peut s'empêcher de lui envoyer un sourire de connivence.

***

Prudence se contorsionne une dernière fois pour passer la tête à travers la vitre ouverte et saluer la petite troupe. Lorsqu'elle se rassoit correctement, elle a le regard brun foncé des jours de peine.

– Oh purée, la miss est chagrine !

– Non, mais ça va… Tu sais bien, moi et les départs… Et on avait une vraie douche et de vraies toilettes.

– Là-bas aussi, tu vas être agréablement surprise ! Et on a toujours eu de vraies toilettes. C'est une priorité pour moi : au minimum des toilettes sèches, comme à Biscarrosse.

Prudence se retourne brusquement.

– Attends, attends. Comment ça « comme à Biscarrosse » ?? On avait la pelle, je te signale…

Denis-Dylan la regarde. Longuement.

– Non… Prudence… Tu as vraiment cru à la pelle ?? Tu n'as pas vu les toilettes sèches juste derrière le hangar à bateaux ?!

– Mais non !!!! Tu m'as dit que c'était la pelle !!!

Il ouvre des yeux ronds.

– Tu as vraiment utilisé la pelle dans la forêt tout le temps que nous étions là-bas !

– Mais oui !

– Dans la forêt de Biscarrosse-Plage ?! Vraiment ?

Prudence se pose les mains à plat sur ses deux joues, effarée.

– Mais putain, oui ! Pourquoi crois-tu que j'allais si souvent boire un café en ville aux heures les plus creuses ??

Denis-Dylan se met à rire si fort qu'il peine à rester concentré sur la route.

– Tu m'as cru !! Prudence, j'y crois pas !

Il rit tellement que Prudence finit par se laisser gagner par le fou rire, elle aussi.

– T'es vraiment un grand malade avec ton humour à la con ! On ne se connaissait pas, je te rappelle !

– Je suis désolé, purée, je m'en remets pas ! J'étais persuadé que tu avais vu ces toilettes ! Je suis désolé !

– T'es pas du tout désolé, tu es mort de rire !

Il commence à se calmer, les larmes au bord des cils.

– Pardonne-moi…

Prudence soupire exagérément.

– Bon, très bien. Je te pardonne… Si tu m'avais vue partir dans la nuit avec ma pelle…

Le rire de Denis-Dylan repart de plus belle.

MERCREDI 26 JUILLET

Prudence s'étire dans son lit. Elle a mal au dos de ces dernières heures de van, des embouteillages et de la foule attirée par les fêtes de Bayonne. Elle n'est pas certaine qu'elle va aimer l'endroit où ils se sont arrêtés, dans un grand jardin de lotissement de Biarritz, loin de l'odeur des pins à laquelle elle était habituée. Elle descend du toit du van, et s'étonne de trouver Denis-Dylan immobile, assis à la table.

– Dylan ? Pas de footing ce matin ?

– Non, pas ce matin, mon corps se repose, il se détoxe. Tu veux une infusion ortie-romarin ?

– Je vais rester au café, merci.

Elle s'installe en face du surfeur et observe autour d'elle. Ils se trouvent à l'arrière d'une maison aux volets grenat clos, dans un coin ombragé, avec des jardinières fleuries et un petit chemin de cailloux blancs qui contourne la maison. Les héliotropes en fleurs près du portail réconfortent un peu Prudence.

– On est où ?

– Chez la grand-mère de Tom, elle nous autorise à nous stationner dans son jardin. Tom et Claire nous rejoindront avant la finale. Ça permet à sa grand-mère de passer l'été tranquille chez ses enfants pendant que sa maison est gardée. On peut utiliser la salle de bains, la cuisine si besoin, on ramasse le courrier, on tond la pelouse, on arrose les fleurs.

Prudence cligne des yeux.

– Tu veux dire qu'on peut entrer dans une vraie maison ?

– Ben oui. Tu veux les clés ?

Prudence pénètre dans la maison avec délice. Il fait frais à l'intérieur, et ça sent les produits d'entretien. Tout lui paraît vaste et solide. Elle bénit mentalement cette vieille femme qu'elle ne connaît pas. Des murs ! Un vrai sol ! Elle avait presque oublié la sensation. Prudence est attirée par un cadre, accroché au mur du salon. Elle ouvre la fenêtre et pousse les volets pour laisser la lumière inonder la pièce.

C'est une photographie de Lisette Modèle, *Woman with a veil*. Prudence reste un long moment à la contempler. C'est étrange, presque dérangeant, ce portrait en noir et blanc décalé, un rien moqueur, presque funky au beau milieu d'une décoration plutôt classique. Prudence est fascinée par la figure de cette femme, antithèse déroutante du tableau de Raphaël. La peau ridée, la bouche fripée dans une grimace grotesque, l'accumulation de dentelles, de voiles, de fourrures, de pétales autour de cette vie qui se vide. Prudence sourit pour elle seule. Ce qu'elle aime ça, être secouée par le beau ! C'est toujours plus grand qu'elle. C'est comme si toutes les émotions qui la traversaient en permanence, avec lesquelles elle parvient à vivre avec plus ou moins de facilité, avaient, face à l'art, le droit d'exister toutes ensemble, d'exploser sans dégâts sous sa peau. Le beau a toujours aidé Prudence à prendre des décisions.

Non, elle ne sera pas cette vieille femme pleine de temps perdu, même si ça donnerait de dingues photos.

Prudence sort en trombe de la maison, le rose aux pommettes et les cheveux électriques.

Tout en faisant des allers et retours entre sa chambre de toile, le van et sa tasse de café sur la table, elle débite en respirant à peine :

– Non, mais là, c'est bon, t'as raison ! Je vais créer ce compte, et tant pis s'il ne plaît qu'à moi, et tant mieux si trois pelés viennent y traîner leurs guêtres ! Ouhla, tu déteins... Bref, je veux faire ça, tu comprends, Dylan, je veux faire de la photo, j'ai envie que ce soit beau, j'ai plein de trucs à apprendre encore et j'ai trop envie de les apprendre, mais si je me plains et que je ne fais rien, je n'apprendrai jamais ! En fait, j'ai juste peur de commencer quelque chose par peur de l'échec, mais ne rien commencer du tout, c'est bien pire !

– Alléluia, miss ! crie Denis-Dylan en levant les bras.

– Ouais ! Je ne veux pas finir avec une voilette et un renard mort sur le bras !

– Alors là, tu m'as perdu, mais si ça t'aide à avoir envie de prendre des initiatives, go, go, petit bigorneau.

– Dylan, tu sais quoi ?

– Dis-moi, ma belle.

– Je vais retenter Louis Lumière. Je vais même carrément passer cette année à préparer ça, à faire des photos et à suivre des stages que je n'ai jamais pu faire à cause de la fac. Ça va être bien, Dylan !

Il brandit à nouveau son poing :

– Carrément ! Et tu vas t'en foutre de ce que pensent les gens !

– Mais trop !

– Et ne pas tout prendre personnellement !

– Bien sûr !

– Et ne plus aller voir les comptes de Maneck, même en douce !

– Terminé !

– Jure-le !

– Je file me doucher, ça donne chaud, l'ambition !

Denis-Dylan la retient par le bras :

– Tu rigoles ou quoi ? Quand on a cette énergie, on va courir ! Enfile tes baskets, on y va !

***

Il a raison. Prudence ne s'est jamais sentie aussi bien pour courir. Elle suit le sportif qui lui sourit de temps en temps. Lorsqu'ils reviennent, elle s'adosse au van et reprend son souffle. Denis-Dylan la félicite :

– Bravo, miss ! Tu as tout déchiré ! Ça te va bien, la sérénité !

Elle sourit. Elle le trouve tendre. Beau. Bleu. C'est ce à quoi elle pense lorsqu'elle plonge dans ses yeux. Il est éclatant, rassurant et plein de soleil, comme cette couleur qu'elle aime tant. L'adrénaline de la satisfaction personnelle courant encore dans ses veines lui fait faire un truc sans réfléchir.

Elle s'approche du surfeur et elle l'embrasse à pleine bouche.

Un long baiser qui ne veut rien dire, gratuit, libre, unique. Elle se barbouille de bleu. Elle sait déjà qu'elle n'en dira jamais rien, à personne.

Pour le plaisir d'avoir un petit secret rien qu'à elle, comme un joli souvenir.

Elle se détache de Denis-Dylan.

– Je vais me doucher, moi. Merci. Tu avais raison, encore une fois, cette course était juste ce dont j'avais besoin !

Il ne dit rien, paralysé de surprise.

Prudence rit sous cape en entrant dans la maison.

Dylan_cowboy de la wave

Accueille les surprises de la vie.

#yadesjourscommeça #pechedenfer #freelove #dylancowboydelawave #surf #tourneedelavaguedelouest

LUNDI 7 AOÛT

Prudence s'installe sur la terrasse de la maison, sous la tonnelle, son ordinateur ouvert devant elle, son Canon posé à côté. C'est son nouveau rituel pendant la première session de surf du matin de Denis-Dylan. Une fois les photos prises pour son client et ami, elle va faire le tri dans son Canon, retravaille quelques clichés, en poste un ou deux sur son tout nouveau compte Instagram :

Prudence_Devigne_Photographie

Elle ne publie que ce dont elle est plutôt satisfaite et ce qu'elle aime par-dessus tout : les silhouettes et les portraits. Jo de dos, et sa dégaine reconnaissable de sortie d'enfance. Yaël et Jeanne, au loin, pris sur le vif, penchés l'un sur l'autre. Des surfeurs, des touristes, des travailleurs de la mer. Quelques portraits lorsqu'elle a l'autorisation, d'Ava, Yaël, Jeanne.

Elle ne prête pas trop attention au nombre d'abonnés (même si elle sait qu'elle en a 215, soit trois de plus que samedi) et se contente de liker les commentaires élogieux (en effectuant une petite danse toute personnelle à chaque fois qu'elle n'a aucun lien de parenté ni d'amitié avec l'auteur ou autrice). Ses Mousquetaires sont ravies de la voir oser montrer son travail, et font leur job de meilleures amies du monde : l'encenser, partager, la coller dans leurs stories.

Elle n'a pas dit à Maneck qu'elle avait ouvert ce compte mais, hier soir, comme ça, en passant, elle a simplement commenté un de ses posts sous ce nouveau compte pour qu'il la remarque, voire la félicite, voire s'y abonne, voire partage à tout son important réseau.

Mais non.

Il s'est contenté de liker son « belle lumière ».

Lorsque Denis-Dylan revient de la plage, il trouve Prudence recroquevillée sur elle-même, à même le sol, contre le mur.

– Allons bon, dit le surfeur.

La tête dans les genoux, Prudence répond :

– Non, mais ça va. Je gère.

– Il s'est passé quoi ? Une critique ? Un désabonnement ?

– Arrête de te moquer. Non, c'est… enfin tu sais.

– Encore lui ! Vas-y, raconte à tonton Dylan.

Il s'assied près d'elle. Elle lui raconte puis termine :

– Le pire, tu sais, ce n'est pas que je sois déçue qu'il n'ait rien fait de plus, j'avais beau l'espérer un petit peu, je savais déjà ce qui allait se passer. Et puis, je suis bien décidée à prendre mes distances, moi aussi, et sérieusement. Je n'ai pas besoin de lui pour avancer, je le sais. J'ai même une sorte de petit soulagement timide qui arrive, sur la pointe des pieds. Non, ce qui m'a mise dans le mal, c'est la boule dans le ventre quand j'ai vu qu'il y avait une réponse. Comme avant, putain. Comme toujours. Je suis bouleversée de me rendre compte que ça me bouleverse toujours autant. Je ne l'attends plus, du moins je sais que je n'ai pas à l'attendre, et je sais que c'est la bonne décision. Je n'ai plus le besoin addictif d'aller voir ses photos, plus le réflexe d'avoir envie de l'appeler pour une anecdote, et malgré tout ça, tu vois…

– Je vois. La vague scélérate. Normale.

– Quoi ?

– La vague scélérate ! Le mur d'eau complètement imprévisible, immense et dévastateur. Aucun bateau n'y résiste, ça te tombe dessus sans prévenir.

– Et on y fait quoi, à la vague scélérate ?

– On encaisse péniblement, on attend qu'elle passe et on refait surface un peu plus loin. En tout cas, on ne reste pas là, la tête dans les bras, il faut nager jusqu'à la lumière pour ne pas se noyer.

– T'es pas sur Insta, là, Dylan.

– Non, mais tu m'inspires ! Allez, bouge, moi je vais noter tout ça.

Prudence soupire fort et relève les yeux vers Denis-Dylan, qui s'est mis debout. Il met ses mains devant ses oreilles et les bouge en même temps que sa bouche qui s'ouvre et se ferme pour imiter, très mal, un poisson qui nage. C'est tellement ridicule qu'elle finit par sourire.

– C'est ce que je vais aller faire, tiens, nager.

– Excellente idée ! À tout à l'heure, miss !

Le téléphone de Prudence se met à sonner.

Elle est surprise de voir qu'il s'agit de son père. Elle décroche.

– Ma chérie, ta sœur a eu un accident de voiture ce matin. Elle est à l'hôpital. Elle a perdu connaissance et ne s'est pas encore réveillée.

Prudence a l'impression que le sol se dérobe sous ses pieds. La nouvelle lui fait l'effet d'un interrupteur que l'on bascule. Sa vie, son corps, le temps, les gens, la météo, les objets, l'océan, les bruits, tout s'est éteint. Il n'y a que « Ta sœur a eu un accident ».

– Quoi ?

– Constance est à l'hôpital. Elle allait seule à la pharmacie, elle s'est probablement endormie au volant et la voiture est tombée dans le fossé après quelques tours sur elle-même.

Prudence attend. Elle veut entendre « C'est pas grave », « Ça va aller » et « C'est pas bien méchant », « Les fraises sont mûres au jardin », mais son père ne dit rien. Juste :

– Prudence ? Tu m'entends ?

– Oui, papa… mais… c'est pas possible.

– Je sais, ma chérie. Je suis désolé.

Bien sûr qu'il sait. Que ce n'est pas possible. Qu'ils ont déjà vécu ça. Que c'est inadmissible qu'une même famille soit frappée deux fois aussi douloureusement, et dans les mêmes circonstances, d'un accident de voiture. Évidemment qu'ils ne peuvent être que désolés, tous les deux accrochés à leur téléphone, eux qui avaient tout fait pour que ça n'arrive plus. Henri avait rangé les galets de Prudence, laissé intactes les photos de Constance sur son bureau de jeune fille, il avait assuré à ses enfants que plus rien ne pouvait être grave, il rappelait que ça irait, qu'elles pouvaient faire ce qui leur chantait tant qu'elles étaient heureuses ; ils s'étaient dit, ensemble, que maintenant, ils ne pouvaient être qu'épargnés. Prudence, de son côté, avait évité les quatre et collectionné les sept, gardé toujours sur elle un peu de couleur bleue.

Et maintenant, ils avaient le sentiment d'avoir échoué. Que la vie dans sa cruauté de gosse, son impertinence crasse, leur apportait la preuve de ce qu'ils craignaient : tout ça n'avait servi à rien.

– J'arrive, papa. Je vais essayer de trouver un train le plus vite possible. Tu es à l'hôpital ?

– Oui. On va se relayer avec Oleg pour garder les petits.
– Tiens-moi au courant.
– D'accord, Prudence. Je t'embrasse, ma chérie.
– Moi aussi, papa.

Elle passe en mode automatique. Elle ne pleure pas, ne crie pas, ne fait pas de geste de trop ; elle tremble un peu seulement. Cherche frénétiquement les horaires de train, en trouve un qui part dans deux heures. Calculant deux heures puis six heures de trajet, elle comprend qu'elle ne verra pas sa sœur avant *huit heures*. Pas avant ce soir, dix-huit ou dix-neuf heures. Son cœur se serre, ça lui semble une éternité, elle voudrait savoir se téléporter. Ce sont toutes ces heures à traverser qui la font vaciller, un peu.

De retour de sa session surf, le sourire de Denis-Dylan s'efface à l'instant où il voit ses traits.

– Prudence ?

– C'est ma sœur. Elle a eu un accident de voiture et elle est à l'hôpital, sans connaissance. J'ai un train dans deux heures. Tu veux bien m'emmener à la gare ?

Il reste quelques secondes silencieux, atterré.

– Oui, bien sûr.

Il l'observe froncer les sourcils. Prudence sait que quand elle est dans cet état, ses taches de rousseur ressortent sur sa peau très pâle, ça lui donne un air maladif. Elle ne veut pas l'inquiéter, mais sa voix tremble un peu :

– Qu'est-ce que je vais faire pendant deux heures, bordel, Denis ?

Il secoue la tête.

– Non, mais… je t'emmène. Je vais laisser un mot dans la cuisine pour Tom, ils arrivent ce soir ou demain matin, plie le toit, on y va.

Prudence ne pense même pas à lui dire qu'ils vont presque mettre autant de temps s'il y a de la circulation, ni à essayer de l'en dissuader poliment. Elle est juste profondément soulagée de pouvoir se mettre en route tout de suite, et de l'avoir à ses côtés. Le besoin d'être auprès de sa sœur est viscéral. Tout ce qui peut la rapprocher est bon à prendre, le plus vite possible.

– Merci, Denis.

Après deux heures de route en silence, Oleg appelle Prudence.

– Allo ?

– Constance s'est réveillée ! Elle est complètement perdue, mais il paraît que c'est normal, elle a une jambe dans le plâtre et une épaule en vrac.

Prudence se sent ramollir au fond du siège.

– Merci, Oleg ! J'arrive. Enfin, on sera là ce soir.

Denis-Dylan et Prudence échangent un regard. Puis Prudence se tourne exagérément vers la vitre, comme si les glissières de sécurité de l'autoroute la fascinaient. Il doit savoir qu'elle pleure de soulagement. Il allume l'autoradio pour lui permettre de renifler discrètement.

***

Prudence se précipite à l'extérieur du van.

– J'y vais, je t'envoie un message dès que je peux. Merci Dylan pour… pour tout ! Le trajet, ta patience infinie, ton silence.

– De rien, c'est normal. Je vais me chercher un sandwich, je surveille mon tel.

Prudence s'engouffre dans l'ascenseur.

Elle frappe à la porte avec le cœur qui bat la chamade. C'est son père qui ouvre.

– Ma chérie !

– Papa !

Derrière lui, allongée dans son lit, Constance étire un sourire fatigué. La pâleur de sa peau fait ressortir le violet d'un hématome qui s'étale sous sa pommette.

– Salut, petite sœur ! T'as vu, c'est pas terrible, comme maquillage. Il paraît que ça va passer au noir puis au jaune. J'ai hâte de voir ça.

À entendre la voix de sa sœur, le corps de Prudence se détend. Tout se révèle, dans la tessiture d'une voix et celle de Constance lui dit que ça ira. Elle avait besoin de ça, de quelques secondes des yeux et de la voix de sa sœur, pour en être certaine. Les heures de trajet valaient le coup.

– Constance, tu m'as foutu une trouille de dingue.

– Papa ne t'a pas dit que ça irait ?

– Mais non ! Imagine !

Henri se dépêche d'ajouter :

– Mais si, ma grande, ça va aller, ne t'inquiète pas. Tu vois bien qu'elle reprend des couleurs.

Les deux sœurs rient.

– Ah, voilà, je préfère !

– Et j'ai pas fini, mon cher papa !

Henri sursaute :

– Prudence, tu dois avoir faim ! Je vais aller te chercher quelque chose à manger.

Avant qu'elle ait le temps de répondre, il est déjà dans le couloir.

Prudence s'assied prudemment sur le bout du lit de sa sœur.

– Tu n'as pas trop mal ? Ta jambe ? Ton épaule ?

– Si, un peu, l'épaule c'est le plus pénible, j'ai l'impression de recevoir une décharge électrique à chaque mouvement du bras. Mais c'est pas du tout le pire.

Prudence ne comprend pas. Elle interroge sa sœur :

– Qu'est-ce qui est insupportable ?

– Ma culpabilité de mère ! Mes enfants ont besoin de moi et tout ce que je fais, c'est m'endormir au volant parce que je n'en peux plus ! Il reste quelques biberons de lait maternel au frais mais plus pour longtemps et il va falloir les sevrer plus tôt que prévu. Enfin, tu sais quoi ? Je crois que c'est pas plus mal... Ne le dis jamais à papa sinon je t'arrache les yeux, mais il avait un tout petit peu raison : allaiter des jumeaux, c'est sport ! Et puis, ils me manquent... Rien que d'en parler, je sens que j'ai une montée de lait. C'est trop con, il va falloir que je tire mon lait ici, sans eux, pour le jeter parce qu'on m'a injecté pas mal de trucs dans le corps, depuis ce matin. Je m'en veux trop, je devrais être auprès d'eux et je suis coincée là.

– Mais Constance, t'es pas possible. C'est juste absolument NORMAL que tu sois épuisée. Et tu n'es pas du tout obligée d'allaiter si tu n'en as pas envie, si c'est trop, ça ne fera pas de toi une mauvaise mère. Tu vas pouvoir en profiter, imagine : tu vas être coincée, assise sur ton canapé, et pendant ce temps, c'est Oleg qui va se coltiner tout le reste ! Toi, tu n'auras que les câlins des bébés.

Constance sourit.

– C'est pas faux...

– Je n'aimerais pas être à sa place.

Les deux sœurs pouffent. Constance reprend :

– Au moins, on devrait parvenir à se trouver ensemble en même temps dans la même pièce.

Prudence entend ce que sa sœur ne dit pas.

– C'est compliqué, avec Oleg ?

– C'est… Mouais. Bof. Mou. On se croise pour se demander lequel va chercher les couches, qui passe à la pharmacie, qui va faire la sieste pendant que l'autre gère les petits. Et puis… j'ai pas envie, tu vois. Ma seule envie, c'est dormir. Mon corps est encore plein de bébés, je sue la maternité par tous les pores. J'ai été trop auscultée, visitée, interrogée, avant, pendant, après la naissance, souvent devant lui. Ce n'est pas simple de retrouver du désir quand tu as dû répondre tous les matins pendant cinq jours devant ton mec à la sage-femme qui te demandait si tu étais « allée à la selle », ou si tu voulais une autre ordonnance pour tes hémorroïdes, et comment allait ta crevasse du sein gauche. J'ai l'impression de n'avoir été qu'un objet d'étude, un corps détaché de tout ce qui le camoufle et l'enjolive, les inhibitions, les émotions, les charmes apprivoisés.

Henri, qui était entré sur « désir » , se racle la gorge :

– Je vais… hein, d'accord… voir si…

– Oui, papa, fais donc ça, lui sourit Constance.

Prudence secoue la tête.

– Je vois. Enfin, pas vraiment, mais je comprends que je n'ai pas tellement envie de voir. Et Oleg ? Tu as peur que ça ne revienne plus pour lui non plus ?

– Tu rigoles, Prudence ? Oleg me voit comme une déesse. La merveilleuse créature qui lui a « offert » ses deux bébés. Il m'aime à crever, il m'aime encore plus et bien au-delà de mes hémorroïdes et de mes crevasses. Il n'attend qu'une chose : que je revienne vers lui… sauf qu'il m'offre sa tête de chien battu dès que je le repousse ou que je m'endors. Il accepte les changements de mon corps, il les trouve beaux et je… je le repousse, et ça me rend triste. Il ne comprend pas vraiment pourquoi, moi, j'ai du mal. Il transforme tout, il croit que je ne l'aime plus, lui, ce qui n'a rien à voir. J'aurais besoin de quelqu'un qui me comprenne, ou qui me laisse du temps pour, pour… m'aimer à nouveau moi-même ? Ne pas devoir tout justifier, analyser, expliquer. Pourtant, on devrait en parler, je sais bien, mais je suis si fatiguée. Enfin, bref, tout est compliqué. Tous les sentiments et sensations se mélangent en vrac, c'est comme un truc poreux, gorgé de non-dits, mon couple est à l'image de mon corps : spongieux.

– Ton couple est spongieux ?

– Exactement. On ne prévient pas assez les futures mères de cette donnée, qui devrait être écrite dans un cadre noir sur les paquets de couches comme sur les paquets de cigarettes : « Attention, la maternité rend le couple spongieux ».

Henri passe la tête dans l'entrebâillement de la porte. À les entendre rire, il se décide à entrer. Constance demande à sa sœur :

– Bon et toi ? Ça se passe comment ? Tu es venue comment d'ailleurs pour arriver si vite ?

– C'est Dylan qui m'a emmenée. Il est assez génial, c'est vraiment devenu mon ami. D'ailleurs il est en bas, le pauvre, il attend depuis une heure !

– Dis-lui de monter, je veux le voir !

Prudence pianote. Henri en profite pour prendre la parole.

– Constance, c'est moi qui te ramènerai chez toi demain soir. Si tu veux que je reste quelques jours…

– Ça ira, papa, merci. Tu en fais déjà beaucoup, je te remercie de t'occuper de Vadim et de Bertille avec Oleg.

– C'est normal, ma chérie, ne t'inquiète pas ! Je peux rester ce week-end, si tu veux…

– Mais tu n'as pas salsa, ce week-end ?

– Euh… si mais je peux aussi ne pas y aller, c'est pas grave.

Prudence s'étonne.
– Mais c'est fou, ces week-ends salsa toutes les semaines ! Ils ont un sacré budget, ton club...
Henri rougit en plaques, à la manière de Prudence. Les deux sœurs partagent un discret sourire complice.
– Oui, oui, enfin je participe pas mal quand même...
Constance met fin au supplice.
– Et tu as bien raison de profiter de ce qui te fait plaisir. On se débrouillera ce week-end, de toute façon, moi, je vais avoir beaucoup de temps pour moi, les prochaines semaines.
Prudence va ouvrir à Denis-Dylan. Le surfeur se glisse timidement dans la pièce.
– Bonsoir, bonsoir, je suis ravi que vous alliez mieux, je suis Dylan, le surfeur. Enfin, l'employeur. Et le chauffeur de la miss, du coup, hihi.
Constance ouvre des yeux ronds en observant cet homme au teint hâlé dans une harmonie suspecte, à la mèche blonde et au t-shirt vert anis si près du corps qu'elle y voit tout le dessin des arabesques de son nombril.
– Enchantée... Dylan...
Pendant que Dylan est occupé à serrer la main d'Henri, Constance se tourne vers Prudence et articule sans le son un « WHAT » qui agace Prudence. OK, elle a pensé exactement la même chose au début de l'été, mais sérieux, cette manie qu'a sa sœur de juger les autres sur l'apparence...
Une infirmière vient mettre tout le monde dehors et Henri propose à Dylan de stationner son van dans son jardin.
– Vous pourrez passer la nuit dans la chambre de Constance si vous voulez, jeune homme.
– Je vous remercie, mais je vais dormir dans mon van, j'ai l'habitude !

Avant d'aller se coucher, Prudence va voir Dylan.

– Je te remercie, encore, pour tout ! Je suis soulagée d'avoir vu ma sœur, d'être sûre que ça ira. Tu n'étais pas obligé de rouler toutes ces heures pour elle, pour moi.

– T'inquiète, miss. C'est ce que font les amis, non ? Ils sont là quand c'est nécessaire.

Elle lui sourit.

– Oui, Dylan. Et j'espère qu'on va rester en contact. C'est bête que notre collaboration se termine maintenant, mais je pense qu'il vaut mieux que je reste ici.

Denis-Dylan accuse le coup, Prudence le remarque dans sa manière de redresser les épaules.

– Pourquoi ? Constance va aller mieux. Elle rentre chez elle demain soir, avec son compagnon si j'ai bien compris. Et il reste une compétition…

– Je sais, et franchement, j'aurais bien aimé, mais je crois qu'il faut que j'aide un peu Constance avec les bébés, elle doit réparer son couple. Il est spongieux.

– Mais tu *hais* les bébés ! Tu ne vas pas faire que ça de ton mois d'août… Ta sœur n'a pas besoin de toi pour gérer son couple. Et je ne vois pas le rapport avec « spongieux ».

– Laisse tomber. Oui, je sais que c'est pas mon truc, les enfants, mais de là à dire que je les hais, il faut pas exagérer… Et je sais pas, Dylan, j'ai l'impression que c'est là, ma place.

– OK. C'est toi qui choisis. À la prochaine, alors, Prudence. Je vais partir tôt demain matin, pas après six heures. La finale est samedi, il faut que je m'entraîne et que je me repose.

– Envoie-moi tes selfies si tu veux, je te les améliore gratos dès que tu me les envoies, promis !

Il hausse les épaules.

– Oui, on verra. Ce sera forcément moins bien, en selfie.

Ils se retrouvent l'un en face de l'autre, silencieux, les bras ballants. C'est Prudence qui esquisse le premier pas et pose une main sur l'épaule de Denis-Dylan.

– Allez, viens là, imbécile ! Tu vas me manquer !

Denis-Dylan la serre dans ses bras.

– Toi aussi, la miss ! Et mes photos vont être moins belles ! Mais je respecte ton choix.

– À force de le répéter, j'ai bien compris que ça n'aurait pas été le tien.

– C'est vrai. Pardon. Tu t'améliores en psy.

– Bonne nuit. Et on s'écrit tous les jours, OK ? Tu me donneras des nouvelles de tout le monde !

– Promis. Bonne nuit, Prudence. À bientôt, j'espère.

***

Prudence s'enferme dans sa chambre. Elle se roule en boule sur son lit d'enfant. Elle a pris sur elle, tout à l'heure, mais elle est triste de quitter Denis-Dylan – bien plus triste qu'elle ne l'aurait cru ! Et elle n'a pas eu le temps de dire au revoir au van, de toucher chaque objet… En plus, elle ne sait pas quand elle va pouvoir revoir son ami, et ne pas avoir de date précise est angoissant. Elle attrape sa couette et la pose sur sa tête, comme un voile, puis se décide à écrire aux Mousquetaires.

Prudence

Bon voilà. J'ai pris ma décision. Je vais rester.
Constance et Oleg auront sans doute besoin
d'un coup de main, mon père roucoule à la salsa
et je dois prendre le relais. Mais j'ai mal.
c'était horrible de dire au revoir à Dylan.

Je ne sais même pas quand je vais le revoir.
J'étais pas prête.

Meï
Prudence, tu es sûre ? Tu vas aller deux heures chez ta sœur pendant trois jours et après tu seras au bout de ta vie.

Jeannelle
Tu vas me pourrir de messages pour savoir ce que tu dois faire à chaque grimace d'un jumeau et j'ai pas envie.

Laura
Tu vas être horriblement déprimante parce que tu n'auras pas été au bout de ton aventure. Je suis sûre que là, tu es en mode drama queen dans ta chambre chez ton père.

Prudence repousse sa couette.

Prudence
Pas du tout, je suis lucide, c'est tout.
Merci, les filles. Je vous kiffe aussi.

Meï
Ce qu'on veut dire, c'est que c'est une mauvaise décision. Reprends ce putain de bus demain avec Mister France.

Laura
Et poursuis ton super compte avec plein de nouvelles silhouettes et portraits !!!

Jeannelle
Je te préviens, si tu ne pars pas, je ne répondrai à aucun SOS concernant les bébés. Zéro.

La tête appuyée contre le mur, Prudence souffle. Sa chambre est un site archéologique. Elle y retrouve, par strates, les vestiges de l'enfance et de l'adolescence. Malgré tout ce temps passé ici, elle ne s'y sent plus vraiment chez elle.

– OK, ma vieille, t'es plus une gamine. Pas de décision hâtive sur un coup de tête. Qu'est-ce que tu veux vraiment ? Qu'est-ce qui compte, pour toi ?

Elle ferme les yeux. Repousse enfin loin d'elle cette couverture trop chaude.

Prudence
Bon. Vous avez raison. Demain, Denis-Dylan aura la surprise de me trouver prête au pied de son camion !!!!

Prudence sourit aux gifs de fête de ses copines, et se couche enfin, après une douche qui la lave de toutes ses dernières terreurs. Une fois allongée sous les draps, elle ne peut retenir un soupir de satisfaction : il y a des jours comme ça, où parvenir au bout des vingt-quatre heures est en soi un véritable exploit.

MARDI 8 AOÛT

Le réveil de 5 h 07 réveille Prudence dans la douleur. Elle a mal partout, aux épaules, au cou, elle sent des courbatures dans les mollets à force d'avoir fait tressauter ses jambes de stress pendant tout le trajet de la veille. Mais elle sourit et bondit hors de son lit.

Elle s'habille en hâte, écrit un petit mot pour son père qu'elle glisse sous la porte de sa chambre, puis descend l'escalier sur la pointe des pieds. Pour éviter de réveiller Henri, elle n'ouvre pas les volets de la cuisine et boit son café debout, pressée de faire la surprise à Denis-Dylan. Elle rit toute seule, légère et amusée à l'idée de voir sa tête étonnée.

Chaussures enfilées, elle sort de la maison.

Son sourire s'efface.

Le van n'est plus là.

Il est 5 h 34 (et merde) et Denis-Dylan est déjà parti.

Après un instant de choc, Prudence piétine sur le trottoir. Sa décision est prise : elle ne veut pas rester ici. Elle retourne à l'intérieur et s'assied à la table de la cuisine sans allumer la lumière pour consulter les horaires de trains.

Par chance, le premier train part à 6 h 46. Elle a le temps d'attraper un bus et de filer à la gare. Elle se lève en même temps que la porte menant au garage s'ouvre dans son dos.

Deux cris percent l'aube.
– Purée, la miss !
– Dylan !!! Tu m'as fait une de ces peurs !
– Et toi donc ! Tu fais quoi dans le noir ?
– Je ne voulais pas réveiller mon père, je voulais repartir avec toi ! Mais qu'est-ce que tu fais là ?
– Avant de partir, je suis allé chercher des croissants pour votre petit déj.
– C'est gentil ! J'en pique un pour la route. Et on y va !
– Tu es sûre ?
– À cent pour cent !
– *On the road again*, alors !

Ce trajet n'a rien à voir avec celui de la veille. Le silence est différent. Prudence profite du paysage qui défile sous les fenêtres, de la playlist de Denis-Dylan dans l'autoradio. Elle se sent bien, à sa place, contente d'avoir encore des choses à vivre cet été.
– C'est toujours le meilleur, l'avant ! dit-elle à Denis-Dylan.
– L'avant quoi ?
– L'avant tout. Quand on sait qu'on va aimer, qu'on va vivre des trucs qu'on a envie de vivre. Sur le moment, on peut profiter mais il y a toujours des micro-déceptions de rien du tout, ou des imprévus, positifs ou négatifs... Et puis, ça passe toujours trop vite, c'est déjà trop tard quelque part, on est dans l'action. Après, c'est déjà un souvenir, une petite nostalgie. Mais avant... tu sais... tous les possibles...
Denis-Dylan étire un sourire d'enfant sur son visage.
– Peut-être bien, oui.
Le surfeur met son clignotant et prend une sortie d'autoroute.

– Tu fais quoi ?
– J'allonge le temps de l'avant !
Prudence jubile :
– Hihihi ! On pourra s'arrêter prendre des photos ?
– Bien sûr !

Dylan_cowboy de la wave
Pause bucolique : les blés aussi ont leurs vagues (à l'âme ?).
#lonesomecowboy #chevelurecommeunchampdeble #trouverleDylan #torsedoresoushouleverte

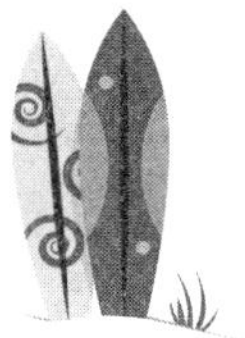

MERCREDI 16 AOÛT

Prudence profite – et c'est assez rare qu'elle sache le faire si bien. Elle n'en revient pas. Elle se baigne, elle surfe, elle sort le soir avec Claire, Tom et Denis-Dylan. Elle aime cette ville grouillante et sophistiquée qui sent la crème solaire, les bandes adolescentes frétillantes qui passent leurs premières vacances ensemble, la musique partout, l'odeur des bars, l'été bien installé, et cette région qui semble faite pour.

Tranquillement, elle alimente son compte Instagram de photos variées, complète son book, furète sur Internet pour dénicher des stages photo. Elle accepte peu à peu l'idée que son année sera moins cadrée, moins sûre, plus mouvante, plus incertaine. Cette liberté la grise par moments.

Arrêter la fac après deux années seulement n'est pas une décision aussi facile que ce qu'elle dit à tout le monde. Accepter de ne pas faire de rentrée, de ne pas avoir de cadre, d'objectifs posés par les autres, de ne pas avoir à suivre des cours, des gens, des normes, c'est devoir se faire confiance… juste à soi. Et s'empêcher de se sentir obligée de se justifier sans cesse. Elle a besoin de ce temps pour entrer à Louis Lumière, de ne plus se disperser pour satisfaire les besoins des autres. Son père ne sera peut-être pas rassuré de la savoir sur cette ligne de vie-là, sa sœur ne comprendra certainement pas. Tant pis, Prudence accepte de décevoir pour se contenter *elle*, une toute petite année. Elle ne peut pas sans cesse chercher à ne pas les inquiéter.

Elle se sent bien.

Aujourd'hui, elle se prélasse dans un peu de solitude, en laissant les amis surfeurs entre eux – c'est la finale samedi et ils sont insupportables.

Elle s'installe à la terrasse d'un bar, sous un grand parasol, à l'heure plus calme où les familles sont à la plage et les fêtards pas encore sortis. Elle ouvre son ordinateur, améliore un portrait de Claire, joue avec la lumière, sirote un thé glacé.

Et d'un coup, elle se dit *Je suis prête*. Elle passe plusieurs fois ses mains derrière ses oreilles pour ranger ses cheveux.

– Allez, Prudence, tu es capable. Tu ne vas rien ressentir, ça ira.

Elle va pour cliquer sur le raccourci de sa page d'accueil Google sur l'ordinateur, mais se ravise. Elle prend son téléphone, ce sera plus facile, ainsi, elle va pouvoir taper le nom et scroller tout doucement vers le haut, elle aura les informations une à une, elle pourra s'y préparer, respirer avant de faire glisser encore un peu et apercevoir un tout petit bout de photo. Et si c'est trop, elle pourra fermer, ne pas lire la description.

Son cœur bat fort. Elle clique sur la loupe, tape « ma » sélectionne sur le premier nom proposé. Il est entouré d'un cercle rouge : Maneck a ajouté une story – Prudence a très envie de la voir mais n'appuie pas. Il *verrait* qu'elle a vu.

Non, probablement qu'il ne fait pas attention à ce genre de chose. Elle hésite… Dans le doute, se retient. Direction : son compte.

Là, le cœur de Prudence s'emballe. Sous ses yeux, Maneck et une femme qu'il tient par la taille. Ils sourient. Prudence a déjà vu ce visage. Elle lit :

Vernissage à Paris : mes sculptures entourées des incroyables photos de @gemma.clark

Gemma Clark ! Bien sûr que Prudence a déjà vu ce visage ! C'est Maneck qui lui avait parlé de cette artiste anglaise en pleine ascension ; il adore son travail !

Elle tique sur cette main qui enserre la taille de la jeune femme.

Elle les trouve proches.

Elle trouve ses doigts très enroulés autour du t-shirt trop moulant.

Elle trouve leurs sourires joyeux.

Elle trouve qu'elle devient complètement parano.

Prudence ferme son téléphone et se prend la tête entre les mains. Pendant combien de temps encore va-t-elle avoir si mal ? C'est injuste que Maneck ait tout. Le succès, le réseau, les opportunités formidables, les rencontres… Il devrait avoir un peu mal, lui aussi. Elle devrait lui manquer, merde. Mais Maneck poursuit sa vie parfaite, côtoie les bonnes personnes, obtient tout ce qu'il veut en un temps record, vit chaque jour de sa passion.

Et puis, tout vrille en sens inverse dans sa tête. Elle repense à sa conversation avec Denis-Dylan – que sait-elle de ce qu'il ressent ? Instagram est son outil de travail, pas sa vie. Peut-être qu'il est malheureux, peut-être qu'elle lui manque, mais qu'il ne va pas le crier sur toutes les toiles. Il ne poste que ses succès, et c'est logique ; ça ne veut pas dire que sa vie n'est cousue que de ça !

Mais peut-être que si, que vraiment, il vit sa meilleure vie, et sans elle.

Prudence commence à parler toute seule.

– T'es vraiment qu'une imbécile, tu deviens complètement folle !

Elle s'en veut d'avoir rencontré Maneck, elle n'aurait pas dû.

Et, bordel, ce qu'elle aime ce type, viscéralement ; cette petite décharge électrique dans le ventre quand elle voit son visage, à chaque fois…

– Allez, ça suffit, il ne veut pas de toi, pas maintenant, pas comme ça, il n'est pas pour toi, vous vivez dans deux mondes parallèles.

Elle se désabonne de son compte.

Voilà, elle était prête.

Elle ferme son ordinateur avec humeur, paie son thé et s'éloigne à grandes enjambées.

Elle ne se laissera plus avoir par Maneck, par la combustion qu'il produit à l'intérieur de sa tête, elle ne cherchera plus jamais à le voir ni à savoir ce qu'il fait. (Certes, elle le décide pour la vingt-troisième fois de son existence, mais cette fois, c'est la dernière.)

Dans la rue, pensive, elle marmonne et effraie les passants. On ne devrait pas aimer un homme qu'on admire. Elle n'aurait jamais dû tomber amoureuse d'un mec qui menait la vie dont elle rêvait…

Elle s'ébroue comme un chien mouillé, faisant sursauter une ado.

C'est à *elle* de construire ce qu'elle veut, à elle de tenter, d'y croire.

De retour au van, elle trouve Denis-Dylan surexcité.

– Prudence, faut que je te dise un truc !! Ce soir, ma belle, je t'offre une opportunité de folie !!!

– Tu me fais peur... C'est-à-dire ?

– Ok, alors, accroche-toi à tes tongs, ma belle. On est invités chez Tarik ce soir – tu sais, on l'a croisé à la plage, c'est un pote qui vit ici, mais on s'en fout : l'important, c'est qu'il était avec son frère qui a une galerie à Royan ! Je lui ai parlé de toi direct !!! Je lui ai collé sous les yeux tes photos, ton site, ton book ; au début, je voyais bien qu'il n'avait pas très envie de m'écouter mais quand il a eu les images sous le pif, il n'a pas pu nier l'évidence !

– C... comment ça ? Il a dit quoi ?

– Il a dit « hé... intéressant » ! Et il m'a demandé si tu serais là ce soir et si tu pouvais emmener ton ordi pour qu'il voie ça un peu mieux. Il est pas génial, le Dylan ?

Prudence a chaud et froid, et des suées sur les sourcils.

– Euh oui, mais enfin, je sais pas... C'est... c'est un type sérieux ?

– Bien sûr que c'est un type sérieux ! Et maintenant, c'est à ton tour de jouer ! Sois convaincante ! Et ne passe pas ton temps à lui pointer chaque micro-défaut de la photo que tu montres, OK ?

– Haha, je vais essayer...

– Génial ! Alors hop, en tenue ! On va courir !

– Non mais, Dylan, je dois reprendre mes photos là, choisir des clichés, noter quelques idées...

– Après ! Toujours courir avant ! Pour l'énergie, pour canaliser l'adrénaline, gérer son stress, enfin tu devrais savoir ça ! Avant une compète, on court !

– Mais c'est pas une compète !

– Mais bien sûr que si ! Une compète contre toi-même ! C'est les meilleures. Allez, enfile ton short, tu as trois minutes, roule ma poule !

***

La maison grouille d'invités. Prudence ne s'attendait pas à cette foule. Elle se penche vers Denis-Dylan :

– Mais… qui sont tous ces gens ? Tu ne m'avais pas dit que c'était une petite soirée tranquille entre bons potes ?

– C'est souvent comme ça avec Tarik. Il dit à quelques amis de passer, d'emmener leurs amis, puis son frère se ramène avec ses propres amis, et paf, on est quatre-vingts, à la bonne franquette. Viens, je vais te présenter.

Denis-Dylan se dirige droit vers un petit homme d'une quarantaine d'années au sourire jovial.

– Safi ! Je te présente Prudence, la photographe dont je t'ai parlé cet après-midi, celle qui m'accompagne cet été.

– Ah oui ! Enchanté, Prudence ! Dylan m'a montré ce que tu faisais, je t'avoue qu'en général, j'ai horreur des gens qui me montrent n'importe quoi dès qu'ils apprennent que j'ai une galerie, mais là, franchement, j'ai eu l'impression qu'il y avait du potentiel et Dylan est du genre convaincant… Tu as ton book ?

– Enchanté, Safi, oui je l'ai, merci beaucoup !

– Si ça te va, on s'installe dans la véranda, ce sera plus calme.

– Avec plaisir.

Prudence respire calmement. Elle se sent à l'aise avec Safi. Il ne cherche pas à séduire, ni à s'imposer. Il lui raconte un peu son parcours, son arrivée à Royan, la galerie qu'il a ouverte dans cette ville dont il est tombé amoureux.

Il parle à Prudence de l'architecture d'après-guerre, des formes géométriques et des lignes brisées qui composent la ville, s'enthousiasme d'avoir l'impression de vivre dans un tableau de Mondrian des années trente – puis il s'excuse de lui parler de tout ça. Prudence lui sourit.

– Aucun problème, j'adore découvrir les parcours des gens.

– Bon, assez parlé de moi, montre un peu ton travail ! J'ai cru comprendre que tu faisais pas mal de portraits ? J'ai peu exposé de photos de portraits, j'aimerais bien voir ce que tu proposes.

Prudence ouvre son book. Les portraits, les couleurs et les noir et blanc défilent sous ses doigts. Elle s'étonne elle-même d'être capable de dire pour quelles raisons elle a choisi tel ou tel réglage, tel cadrage. Depuis qu'elle est sûre de ne plus vouloir faire que cela, c'est drôle, c'est comme si elle s'autorisait à se sentir plus légitime.

– C'est vraiment bien, dis-moi… !

Safi lui pique le trackpad quelques secondes ; ses yeux balaient l'écran, s'arrêtent sur certaines photos. Ses meilleures, à chaque fois. Il a l'œil.

– Ça te dirait d'exposer tes portraits ? demande-t-il finalement. Fin septembre, si tu veux, j'ai eu un changement de programme de dernière minute et je me demandais ce que j'allais exposer sur ces quinze jours… Je crois que j'ai trouvé ! Je serais ravi de lancer une nouvelle artiste prometteuse.

Prudence a envie de crier « Hiiiiiiiiiii !!! » très fort en battant des mains comme une petite fille, mais elle se contient.

– Ce serait génial ! Je ne sais même pas quoi dire… C'est juste incroyable !

– Avec plaisir, Prudence. On va se fixer un rendez-vous fin août à la galerie. Tu es sur les réseaux ?

Elle hoche la tête et ouvre Instagram sur son ordinateur. Elle se sent légère et fière d'elle. Elle a su parler de son travail, a aimé le montrer, est même restée professionnelle.

Elle est bien avec Safi, à parler art et expos, ça la change du surf, elle se rend compte à quel point tout cela lui manquait.

– Tu as vraiment quelque chose, une sensibilité dans tes choix, un truc atypique. Je suis sûr que, cette fois, tu vas réussir à entrer à Louis Lumière, et si ce n'est pas cette école, ce sera une autre. Mais persévère, surtout. On trinque à notre belle rencontre et à ta future expo ?

– Avec plaisir ! Ne bouge pas, je vais nous chercher deux verres !

Elle se lève et s'éloigne ; elle a besoin de bouger.

Elle ne pense pas à fermer ses réseaux. Pendant les quelques minutes où elle s'absente, une discussion s'ouvre en bas de l'écran, sous les yeux de Safi.

Les Mousquetaires

Laura
Putain les meufs. J'ai une moustache.

(Photo en gros plan de la bouche de Laura)

Meï
Humm cette bouche et toute cette moustache,
tellement sexxx

(Photo de la langue de Meï qui lèche sensuellement ses lèvres)

Laura
Tu sais où tu peux te la mettre, ta langue ?

(Photo mal cadrée d'un fessier, qui permet à Meï de ne pas faire de confusion)

Jeannelle en profite pour demander :

Jeannelle
Tiens, ça me fait penser, vous avez déjà essayé d'épiler votre espace interfessier ? C'est pour une amie.

À quelques pas de là, Prudence revenant avec deux verres aperçoit, de loin, le drame se dérouler. Elle se faufile le plus vite possible entre les gens pour atteindre la table de la véranda et fermer son ordinateur portable dans un *clap*.

– Oh, hu hu, c'est… Pfff, tu sais, les copines…

– Elles sont beaucoup moins douées que toi en photos, tes copines.

Rouge cramoisi, proche du grenat, Prudence ne sait pas où poser ses yeux. Elle se décide finalement pour le fermoir de son bracelet, qu'elle tripote frénétiquement.

– Hi hi… Euh, tu veux grignoter un truc ?

Safi rit doucement.

– Oui, allons nous mélanger un peu au reste de la foule. Tchin, Prudence, et à très bientôt, appelle-moi pour fixer un rendez-vous !

Elle hoche la tête et s'éloigne près de la porte d'entrée pour écrire à ses amies qu'elles sont complètement malades – mais en voyant qu'elle a quinze nouveaux messages, ce qui sous-entend que la question de Jeannelle a initié un vrai dialogue, elle se dit que c'est peine perdue.

Elle file retrouver Denis-Dylan, Claire et Tom pour leur annoncer la super nouvelle.

Louvoyant entre les invités, sa flûte de pétillant à la main, elle se sent un peu comme une star.

Elle se sent totalement comme une star.

JEUDI 17 AOÛT

Prudence ne veut pas sortir de son lit. Elle a vaguement entendu les trois surfeurs s'agiter autour d'elle ce matin, mais elle sait ce qu'ils vont faire. Le vent est parfait, elle l'entend dans la toile de sa chambre, la finale est dans 48 heures. Ils vont vivre sur la plage, parler surf, manger surf, dormir surf. Elle a envie d'être un peu seule. Sans compter qu'elle a un mal de tête ca-ra-bi-né.

La soirée de la veille danse encore sur sa rétine, fait vibrer ses tympans. Elle a toujours du mal à y croire. Une expo ! Toute seule, avec ses propres photos ! Réaliser ce rêve lui semble étrange, comme si cela arrivait à quelqu'un d'autre. Cette chance-là lui permet de se sentir quelqu'un de différent. Elle a l'impression étrange de trouver une nouvelle place dans son propre corps.

Prudence
Tu sais, je crois que je suis vraiment sûre
de ma décision pour l'année prochaine.

Meï
Heu… C'est une faille spatiotemporelle ?
On est revenues en arrière ? Tu m'as déjà
dit ça il y a quelques semaines et j'avais

répondu « yahou trop contente pour toi ».
Donc « yahou, trop contente pour toi », bis.

Prudence
Non, mais je suis sérieuse, je veux dire que je suis sûre, sûre. Que je me sens bien. Que c'est la bonne décision. Il s'est passé un truc de dingue hier. J'ai DÉCROCHÉ UNE EXPO. À Royan, en septembre. Mes photos, Meï !! Je te jure, rien que les miennes !
#cowgirldelexpo

Meï
Quooiii ? Mais non mais !!! C'est ouf !!!
Prudence, je suis tellement contente !
Avec qui ? Comment ? À quelle heure ?
C'est où ? Tu vas choisir ? Ohlala, je veux tout savoir !!
On s'appelle ce soir avec les Mousq, tu nous racontes TOUT !!!
#vivelavie

Prudence
Yes !!! D'ailleurs, j'ai une excellente anecdote pour vous, qui implique les fesses de Laura, et une photo de ta langue sensuelle en direct-live sur mon écran pendant que je montrais mon book.
#copinescheloues

Meï
Non !!!!!!!!!!
(En vrai je suis MDR !!)

Prudence

Si !!! Mais on s'en fiche, j'ai décroché ma première expo (et c'est vrai que c'était drôle). Je suis tout émue.
Cette expo, c'est mon rêve, tu sais bien.
Et j'ai envie d'aller plus loin, d'en faire mon métier.

Meï

C'est génial, Prudence ! Je suis tellement fière de toi, et pour toi. Et pour l'année prochaine................ C'est effectivement la bonne décision, je n'en ai jamais douté.

Prudence

Je sais.

SAMEDI 19 AOÛT

Prudence est fébrile. Elle tente d'être à la fois présente pour les surfeurs, mais suffisamment en retrait pour les laisser se concentrer. Le jardin de la grand-mère de Tom s'est transformé en parking de Woodstock le temps d'un week-end, des vans collés les uns aux autres. Tout le monde est arrivé hier soir : Ava et Jo (les seuls à avoir l'autorisation de dormir dans la maison), Yaël et Jeanne, William, Steve, Anita et leurs deux filles dans un camping-car immense.

Mais pas Lola. Aux dernières nouvelles, elle aurait prévenu William qu'elle ne viendrait pas, qu'elle était au Portugal et qu'elle ne serait pas là pour la finale, qu'ils se reverraient tous pour l'automne et les vraies vagues.

Dylan a toutes les peines du monde à cacher son désespoir.

– Peut-être qu'elle dit ça et qu'on va la voir débarquer le matin de la finale, elle en est capable, la coquine !

Tout le monde regarde ailleurs, mal à l'aise.

– On va faire une petite série de photos Dylan ? propose Prudence pour lui changer un peu les idées.

– Toi, tu as envie de te faire plaiz !

Dylan_cowboy de la wave
Séance d'abdos face à l'océan. Bonheur simple.
#plaisirsimple #iode #dylancowboydelawave #surf #longhair #tourneedelavaguedelouest #icitoutestavivre

Dylan_cowboy de la wave
Regardez-moi dans les yeux. Dans les yeux, on a dit ;-)
#combiquiglisse #modeBG #caliente #osdepubis #dylancowboydelawave #surf #enjoy #tourneedelavaguedelouest

***

Sur la plage, avant le début de la compétition, Jeanne se tourne vers Prudence :

– Dis, on voulait te demander : tu serais d'accord pour organiser une séance de photos de grossesse ? Tu sais, ce genre de photos splendides mais un peu dénudées... Avec toi, on aurait confiance. Et tu es super forte en émotion.

Prise par surprise, Prudence se sent extrêmement touchée. De la demande, mais aussi de la manière intimidée de la formuler, comme si elle craignait que Prudence puisse refuser.

(Elle s'en veut atrocement de s'être moquée du petit couple au début de l'été, de cette relation qui ne la concerne pas, et qui est si tendre.)

– Bien sûr, Jeanne. Avec plaisir, ce serait un honneur même, pour moi.

Jeanne la serre très fort dans ses bras, quelques instants.

– Oh merci !!! Trop bien ! Je suis trop contente ! J'ai trop hâte de dire à mon poussinou que tu as accepté ! On mettra ça en fin de grossesse lorsque j'aurai un gros ventre et que je n'en pourrai plus de le porter ! Tu me rendras légère. Tu as une idée du prix de la séance ? Pour qu'on s'organise ?

Aïe, euh... Prudence sent les plaques lui gratter le cou. Non, elle n'a aucune idée du prix, de ce qu'elle doit faire, de comment elle devra le déclarer, à qui et quand – d'un coup, la somme des décisions adultes qu'elle devra prendre lui tombe dessus : que répondre aux amis qui lui demanderont une prestation, quel nombre d'amis aura-t-elle soudainement, quel matériel devra-t-elle emprunter, ou louer, ou acheter, et avec quel argent, comment on parvient à tendre une facture à quelqu'un sans avoir envie de s'excuser mille fois...

– Je... je te dirai ça le moment venu, quand tu me diras ce que tu voudras exactement.

Le début de la compétition et le hurlement d'Ava mettent fin au supplice.

– C'est partiiiiii !!!

***

Dylan_cowboy de la wave

Accueillir les cadeaux de la vie et juste dire : merci.

#medailledebronze #finalesurlepodium #dylancowboydelawave #surf #stayfocus #handsomeman #tourneedelavaguedelouest #resterawareauxcadeauxdelalife

Dylan_cowboy de la wave

Trop fier de ma friend @ClaireCosta : l'or est autant dans ton surf que dans tes yeux, ma belle. Love.

#firstlady #meufquidechire #girlpower #clairecosta #dylancowboydelawave #surf #tourneedelavaguedelouest

DIMANCHE 20 AOÛT

Claire, Tom, Denis-Dylan et Prudence sont tous les quatre avachis sur les transats de la terrasse. Les nuages sont en feu mais la lumière décline. Les derniers amis viennent de partir.

– C'était un week-end mémorable, dit Tom d'une voix fatiguée.

– Fou, complète Denis-Dylan en bâillant.

– Et maintenant, votre programme ? demande Prudence qui porte encore ses lunettes de soleil malgré la pénombre.

Claire fait un geste las de la main, trop épuisée pour parler.

Un silence confortable s'installe, jusqu'à ce que le téléphone de Prudence émette un petit *ting*.

Mollement, elle l'attrape et se demande si c'est sa sœur ou Meï, à cette heure-ci.

Mais c'est Lucille, la galeriste de La Rochelle.

Lucille Maurice
Bonsoir Prudence. Maneck m'a dit d'aller voir ton book en ligne. Il avait raison : c'est un joli travail pour une débutante. Tes derniers portraits sont particulièrement réussis. Passe à la galerie, un de ces jours,

tu me montreras quelques vrais clichés.
Belle soirée
Lucille

Oh purée. Prudence bondit de son transat et balance ses lunettes de soleil. Elle ne sait pas ce qui lui fait le plus plaisir dans ce message : que la difficile Lucille ait apprécié ses photos et pris le temps de la contacter, ou que ce soit Maneck qui lui ait parlé de son book.

(En vérité, Prudence le sait parfaitement, mais elle en ressent un petit malaise honteux, qu'elle préfère ignorer).

Elle lit et relit le message. La joie l'envahit, l'enflamme en coulées de sueur dans son dos.

– Les amiiiiiiis !!! Une galeriste de La Rochelle, que je connais un tout petit peu, une dure à cuire, voudrait bien voir mes photos !!!

Les trois amis applaudissent et Denis-Dylan se lève pour étreindre Prudence :

– Tu vois, je t'avais dit qu'il fallait que le monde découvre tes photos ! Tu es vraiment douée, n'en doute plus une seconde ! Relevez vos fesses, les poteaux, je prends ma guitare, on va fêter ça sur la plage !

Sur la plage, elle tourne, chante, les pieds nus léchés par l'écume froide au rythme du ressac. Elle remercie l'océan, son va-et-vient, sa chanson douce, ses vagues impressionnantes qui s'épuisent en panache. Elle ne dit pas que c'est grâce à Maneck. C'est un autre galet secret pour sa collection personnelle.

LUNDI 21 AOÛT

Prudence s'étire délicieusement dans la tiédeur du matin.

Elle repense à ce message reçu la veille. Maneck n'est pas si indifférent : elle a compté pour lui. Peut-être même qu'elle compte encore – bien qu'ils acceptent chacun de devoir tracer leurs chemins en parallèle, pour le moment. C'est simplement qu'il… ne lui dit pas. Il doit estimer que ça ne servirait à rien, que peut-être ça lui ferait du mal, à lui aussi. Il a le droit, elle n'ira pas contre ça, il l'a aimée, maintenant elle le sait, ça la soulage, ça la libère. Elle avance. Elle est légère.

Ça fait des jours qu'elle n'a plus traqué les sept, esquivé les quatre.

Elle veut se protéger un peu, pour une fois. Garder simplement la douceur, ne retenir que ça, de ces instants de vie vibrante avec Maneck : la douceur folle et le mystère ardent. Elle sait bien que les clichés les plus réussis sont ceux des moments suspendus. Pourquoi vouloir toujours user les choses jusqu'à la corde ? C'est un de ses vrais grands défauts ; elle se connaît mieux, désormais.

Pourtant, Maneck ne lui a pas facilité la tâche : il n'a jamais été clair, l'a toujours laissée en suspens. Et même depuis cette dernière photo, celle de ce petit sac-à-dos en peluche… il n'a rien ajouté, n'a pas cherché à parler de son enfant, pas essayé de la faire changer d'avis. Mais aujourd'hui, Prudence préfère y voir de la tendresse touchante et une forme de pudeur comme un rempart à la douleur. Il n'arrivait peut-être pas à le lui dire, tout simplement.

Et, si elle est honnête, elle n'a pas cherché à en savoir plus, elle non plus. Sans doute se sont-ils compris sans mot dire. Pour une fois.

Prudence sourit. Tous ces « peut-être » dans sa tête. On ne sait jamais vraiment où sont les autres, tout le monde a ses recoins, ses petits plis de silence. Tant pis – ou tant mieux – elle n'a plus le besoin de tout décortiquer ; elle a plein de beau à vivre juste pour elle, cette année.

Elle se lève et salue les trois surfeurs déjà attablés au petit déjeuner.

– Je ne comprendrai jamais votre sommeil.

– C'est parce que tu es une vraie marmotte. Allez, magne, tu sens ce petit vent ? La houle doit être parfaite, ça va donner des photos de ouf.

Prudence acquiesce, mais sans doute est-elle arrivée à la fin de cette aventure : elle en a un tout petit peu marre des mille prises de vue du torse de Denis-Dylan, de son bronzage, de son fessier, de sa mèche blonde, de ses yeux azur. Overdose de clichés pour la saison. Elle veut passer à autre chose.

– Comment tu vas te débrouiller, la semaine prochaine ? Je vais te manquer ! Je te rappelle que mon contrat s'arrête au 26…

– Je me disais que tu pourrais peut-être faire ça toute l'année, finalement ? Ça te ferait un taf pour tes week-ends, parce que je surfe pas mal en automne et au début d'hiver. La semaine, tu bosses ton concours et tes expos, le week-end tu me rejoins dans mon van et on continue l'aventure !

Prudence ouvre très légèrement la bouche. Les pensées encore un peu embrumées par la fatigue, elle met quelques secondes avant de comprendre. Puis elle éclate de rire.

– Non, non, non, cette fois, tu ne m'auras pas ! Hahaha, tu as raison ! Je ferais vraiment de la peine ! La groupie du surfeur, saison 2 !

Denis-Dylan rugit de rire.

– Oui, hein ! Hahaha, tu as compris ma blague, pour une fois !

Il se lève et va fureter du côté de ses planches.

Tom murmure derrière sa tasse :

– Je ne suis pas sûr qu'il plaisantait, là, Prudence…

– Oui… Je crois que je l'ai un peu vexé… Je vais me rattraper, « Torse doré » va encore frapper !

Dylan_cowboy de la wave

Ma planche, mon océan : what else ?

#seasurfandsun #surfforever #dylancowboydelawave #surf #torsedore #clooneyrentrecheztadaronne

SAMEDI 26 AOÛT

Prudence admire les flammes du feu de camp danser entre les pins de la clairière secrète. Ils sont arrivés ce matin. Elle rentre en train à La Rochelle dès demain et Denis-Dylan passe la dernière semaine auprès de son amie Ava. Il est tard, mais personne n'a envie d'aller se coucher. Denis-Dylan effleure les cordes de sa guitare, Jo s'est endormi sur les genoux de sa mère et cette dernière caresse les cheveux de son fils, doucement.

– Il va falloir qu'il reprenne un rythme un peu plus en adéquation avec la vie d'écolier. Je déteste cette impression de devoir faire en sorte que toute la vie entre dans des souliers vernis, tous les septembres.

Prudence acquiesce d'un mouvement de tête, les cheveux dans les yeux.

– Je vois exactement ce que tu veux dire, je déteste, moi aussi. Mais pas cette fois.

– Je comprends ! C'est chouette pour toi.

– Et Jo ? Il a le blues de la rentrée, lui aussi ?

– Eh bien, pas tellement ! Je crois qu'il aimerait bien parfois que je sois un peu plus une maman, disons… traditionnelle, tu sais. Le genre qui s'inscrit à l'association de parents d'élèves, qui affiche le menu de la cantine sur le frigo et pense à offrir des chocolats vegan à la maîtresse à Noël. Mais je ne sais pas faire tout ça.

– Tu ne sais pas faire ou tu n'as pas envie ?

Ava rit doucement.

– Tu as raison : plutôt crever, en fait ! Il va à l'école parce que l'instruction est obligatoire, qu'il faut que je bosse et que, pour le moment, ça lui va. Mais si un jour on me prend trop la tête parce que je ne suis pas dans la norme, si un jour Jo a envie de travailler à la maison une année, ou deux, je ne m'interdis pas de changer de mode de vie. On s'adaptera, l'important, c'est que ni lui ni moi ne soyons malheureux ou insatisfaits. Ce qu'en pense le reste du monde, franchement, je m'en fous.

– Ava, il faudra vraiment que tu rencontres ma sœur, un de ces jours, tu lui ferais beaucoup de bien.

– Haha, avec plaisir !

Prudence attrape son Canon et prend quelques clichés de cette dernière soirée. Ce qu'elle voudrait, c'est être en mesure de rappeler à elle l'étrange mélange de l'odeur des pins, de feu de bois et de monoï de Denis-Dylan à chaque fois qu'elle se replongera avec délices et nostalgie dans cette série de photos.

Clic.

DIMANCHE 27 AOÛT

Prudence embrasse une dernière fois du regard le terrain et le van jaune, posé au milieu. Le ciel est gris, le sable colle aux semelles ce matin. Denis-Dylan sort du van.

– T'as vu, miss, le ciel aussi est triste de te laisser filer. Tu es prête ?

– Attends, attends… Non, je peux jeter un dernier coup d'œil dans ton van ?

– Bien sûr, mais enlève tes chaussures.

Elle passe la tête dans sa caverne en toile, vidée de son bazar habituel : son duvet, ses vêtements, l'ordinateur et son embrouillamini de fils, le Canon et sa sacoche gonflée, ses livres éparpillés, sa trousse de toilette en éruption, tout a disparu. Elle n'a déjà plus l'impression d'y avoir vécu. C'est un autre lieu, prêt à passer à autre chose. Prudence lui dit au revoir dans sa tête.

Avant de sortir, elle prend le temps de respirer l'odeur si caractéristique du van de Denis-Dylan, qui sent la wax et la résine.

– Bon, mon Dylan, c'est l'heure des adieux.

– Des au revoir, dis donc !

Il la serre fort contre lui. Ils sont heureux de se quitter. C'est bon de retrouver un peu chacun sa solitude tout en ayant la certitude de s'être trouvé un ami.

– Tu veux que je t'avoue un truc, Prudence ?

– Quoi donc ?

– C'est la première fois que je vis aussi longtemps avec une meuf.

– Ah ouais ??

– Oui… Et trois mois avec toi, Prudence, ça vaut son pesant de cacahuètes, je peux tout affronter d'une vie de couple.

Elle sourit dans le col de Denis-Dylan.

– C'est vrai que je ne t'ai pas ménagé, mon pauvre vieux !

– Allez, file, la miss, tu vas être en retard !

Denis-Dylan lui fait un dernier clin d'œil ; elle secoue ses cheveux roux en levant les yeux au ciel. Avant de sortir pour de bon du terrain sous les pins, elle sort son portable et le capture.

***

Assise dans le train, elle clique sur la dernière photo faite : un Denis-Dylan aux yeux graves mais au sourire en coin, la mèche en désordre, les mains sur les hanches, torse nu et huilé.

Prudence_Devigne_Photographie
À bientôt, @Dylan_cowboy_de_la_wave,
tu me manques déjà.

MARDI 29 AOÛT

Prudence tourne en rond dans la rue voisine de celle de la galerie, à Royan. Elle est arrivée avec quarante-cinq minutes d'avance parce qu'elle avait calculé qu'il fallait une heure et quart de La Rochelle, à laquelle elle avait ajouté une demi-heure au cas où et un quart d'heure pour être sûre.

Elle pourrait aller prendre un café, mais elle n'est pas certaine d'avoir le temps de trouver une terrasse, de commander, de boire, de revenir, sans compter qu'elle a peur aussi pour son haleine. Elle pourrait flâner dans la ville, mais elle craint de se perdre et de ne pas retrouver l'adresse exacte. Alors, on dirait bien qu'elle va rester quarante-cinq minutes dans cette même rue sans commerces et sans passants, à s'ennuyer et à s'angoisser.

À 10 h 57, elle se décide à tourner enfin au coin de la rue de la galerie.

– Bonjour !

Mince, cette voix qu'elle voulait claire et assurée contient beaucoup trop d'aigus.

– Ah, Prudence, bonjour !

Le sourire bienveillant de Safi lui rend un peu de sérénité.

– Ça va ? Tu arrives juste ?

– Oh oui, je viens de me stationner il y a cinq minutes.

– Allez, viens, je te fais visiter !

Prudence pose ses affaires dans un petit bureau et suit Safi dans la galerie. L'espace se partage en trois pièces en enfilade, avec de hauts murs blancs et un sol sombre. La dernière pièce est baignée de lumière, grâce à un mur en verrière qui donne sur une courette pleine de verdure. Elle ne peut s'empêcher de s'extasier comme une enfant.

– C'est beau, ici !

– Ce sera cette salle, pour tes portraits en noir et blanc, la lumière sera idéale. Plus qu'à en choisir une quinzaine ! On y va ?

Prudence se contente de hocher la tête. Elle peine encore à réaliser.

***

Lorsqu'elle ressort de la galerie, elle a mal partout, percluse de minuscules tensions internes. Elle repense à Denis-Dylan et ne peut s'empêcher de sourire. Il avait raison, mener un projet qui tient à cœur ou surfer sur la houle, c'est la même énergie. Elle appelle Meï :

– Ça y est, je sors de la galerie ! J'y crois toujours pas, c'est énorme !

– C'est top, Prudence ! Alors, il y aura combien de portraits ?

– Quinze, que des noir et blanc.

– Ah ouais ? Mais tu m'avais pas dit que tu voulais un peu de couleur ?

– Si. Mais… Enfin, j'ai sans doute pas été super bonne. C'est Safi qui a beaucoup parlé, qui a opéré des choix, qui avait son idée bien arrêtée. J'ai suivi, j'ai fait confiance, je n'ai pas l'expérience. Mais c'est vrai que je suis un peu déçue pour deux ou trois choix.

– Arf, ne te bile pas. C'est normal, tu vas apprendre à t'affirmer en tant que photographe, en tant qu'artiste.

– Oui, je suis déjà contente qu'il m'ait proposé ça.

– Ah non, par contre ! Tu ne vas pas commencer dans le syndrome de l'imposteur ! Ton travail mérite cette expo. C'est lui qui est content d'être tombé sur toi ! Voilà. Sois fière.

– Haha, je te kiffe. Je vais essayer ! À ce soir ?

– Ouiiiiii ! Enfin !!!

***

Prudence récupère son linge propre et ses affaires laissées chez son père et saute dans un bus. Elle a le cœur qui danse de retrouver son appartement ; certains lieux nous habitent autant sinon plus que l'inverse. Elle court dans les rues de La Rochelle, à nouveau.

Lorsqu'elle ouvre enfin la porte d'entrée, la pièce de vie somnole dans la pénombre. L'odeur familière de l'espace lui donne le sourire. Prudence traverse la pièce en deux enjambées et s'active pour faire remonter le volet roulant. Il grince et se coince, alors elle ouvre la fenêtre, pousse le volet dans son rail côté droit, reprend la manivelle. Rien n'a changé, et c'est délicieux.

Après avoir laissé entrer le soleil dans sa chambre et celle de Meï, elle se laisse tomber sur son lit.

– Mon lit ! Mon lit, tu m'as tellement manqué ! Mes draps ! Vous aussi ! On va être si bien tous ensemble cette nuit !

***

Lorsque Meï passe la porte, Prudence se jette dans ses bras. Elles se serrent l'une contre l'autre en poussant des petits cris de joie.

– Meï ! Oh la la, comme c'est bon de te voir ! Je suis trop contente d'être de retour chez nous !

– Moi aussi !!! On a trop de trucs à se raconter, on en a pour des jours !

Encore sur le seuil, Clara se racle la gorge.

– Heu… eh bien, bonjour Prudence, merci, oui, ça va bien. Et salut, ma chérie, alors…

Meï et Prudence se retournent en même temps.

Meï attrape la main de Clara.

– Allez, viens, sois pas jalouse !

Prudence embrasse Clara en souriant.

– Je suis contente de te voir aussi, Clara. Et que tu m'aies rendu ma copine aussi rayonnante.

Clara finit par sourire.

– Je vais vous laisser, de toute façon, je n'ai aucune envie de passer ma soirée à vous mater en train de vous parler sans pouvoir en placer une.

Elle se tourne vers Meï.

– Meï, ces vacances avec toi, c'étaient… les meilleures de toute ma vie.

Meï caresse le visage de Clara en hochant la tête, un sourire tendre sur les lèvres. Clara lui murmure des phrases en italien. Prudence se tient toujours debout, tout près d'elles. Elle est un peu émue par cet amour qui irradie entre les deux jeunes femmes. Elle voit à quel point Clara est suffisamment solide pour accepter le besoin d'indépendance de Meï, elle perçoit combien Meï est attachée à Clara, et comprend tout ce qu'elle aime chez elle.

Clara, dans les bras de Meï, se tourne vers Prudence :

– Sinon, Prudence, tu comptes nous regarder nous dire au revoir pendant toute la demi-heure qu'il va me falloir pour quitter celle que j'aime et que j'ai vue nuit et jour pendant deux mois, ou tu as un truc à faire très loin de cet appartement, par exemple ?

Meï pouffe de rire et Prudence rougit.

– Oh pardon ! Oui, je vais vous laisser ! Meï, je vais chercher de quoi faire un dîner de retrouvailles sympa. À tout' !

Prudence traverse la petite place où elle a rencontré Maneck. Ça la frappe soudain – elle s'arrête au milieu du trottoir, interloquée : elle n'a pas pensé à lui depuis de longues heures. Pas vu son visage s'imprimer sous ses paupières, comme c'est souvent le cas – comme c'est *tout le temps* le cas, pour un rien, un mot entendu, la vision d'un objet, pour une ambiance, pour une impression. Elle ne lui a pas parlé dans sa tête comme ça lui arrive encore très régulièrement.

Elle y parviendra donc ? À oublier, à vivre sans l'ombre de cet homme, au moins pour quelques heures dans ses journées ?

MERCREDI 27 SEPTEMBRE

L'appartement disparaît sous des montagnes de vêtements et de sacs. Prudence tente de s'approcher de la cafetière dans l'obscurité de la pièce principale sans réveiller Laura et Jeannelle qui dorment encore dans le canapé-lit. Les filles sont arrivées la veille et la nuit a été courte. Prudence trébuche sur une chaussure et se rattrape comme elle peut… en posant une main sur le visage de Laura.

– Ouch ! Quel réveil ! B'jour, Prudence.

– Mince ! Je suis désolée ! Pardon, pardon !

Jeannelle grogne à son tour.

– Mais il est quelle heure ?

– Treize heures, répond Prudence. C'est pour ça que ce serait cool de s'activer un peu, là. Je dois être à Royan à 16 h 30, je vous rappelle.

– Ouhla ! inspire Laura en se redressant d'un coup. Alors hop, tout le monde au petit déj, je vais réveiller Meï et Clara.

– Oh non, laisse, je vais le faire ! J'adore ! lance Prudence, déjà devant la porte de la chambre de sa meilleure amie.

L'espace s'anime comme une scène de ballet. Les filles s'habillent, vont et viennent dans la salle de bains ouverte où l'une d'entre elles est toujours sous la douche, passent à la cuisine avaler un fruit, une biscotte, une gorgée de café, mettent sur cintres les vêtements qu'elles porteront ce soir, esquissent de petits pas de danse et chantonnent quelques paroles sur la musique de fond.

Avant de sortir, Jeannelle demande une dernière fois :

– Tu as tout ? Ta tenue pour ce soir, ton appareil photo, des chewing-gums ?

– J'ai tout ! claironne Prudence.

– Alors on y go, les bigorneaux ! hurle Meï, plus électrique encore que son amie.

S'installer dans la voiture de Clara prend un certain temps. Sur la banquette arrière, Prudence, Laura et Jeannelle peinent à attacher leurs ceintures en gloussant. Prudence est mal installée, elle doit garder la tête penchée sur la gauche pour éviter de se frotter au chemisier blanc de Meï qui pend à la poignée au-dessus de la vitre et elle est tellement serrée contre la cuisse de Laura que les rivets de son jean s'enfoncent sous sa peau à travers le tissu de son pantalon. Pourtant, elle n'échangerait sa place pour rien au monde. Elle est précisément là où elle se sent le mieux, serrée contre ses amies, en direction de ce qui lui plaît de faire dans la vie.

Safi accueille la joyeuse bande avec son sourire habituel. Prudence montre rapidement aux filles les deux premières salles où sont installées d'immenses toiles qu'aucune ne regarde. La troupe entre enfin dans la dernière salle et les jeunes femmes se dispersent pour admirer tous les portraits. Sur les quinze, elles en reconnaissent trois. Un de Denis-Dylan, penché sur sa planche qu'il est en train de passer à la wax dans une attitude concentrée, les doigts immenses et abîmés, qu'on devine pourtant caressants. Un second d'Henri, photographié de près, en train de sourire à sa petite fille hors cadre, des rides de joie creusant son sourire, d'autres moins prononcées mais gravées cependant, comme une carte de tous les chemins qu'une vie peut prendre sur un visage. Le troisième est un portrait de Meï, capté un jour de colère, capuche sur la tête, lèvres scellées, yeux noirs, sourcils noirs, des mèches noires poussées par le vent traversant son visage. Dessous, la pâleur de sa peau éclate en lignes blanches, zèbre la photo de lumière crue. Prudence l'a intitulé « Soleil de Meï ». Clara l'observe depuis un moment. Prudence s'approche.

– Tu fais une drôle de tête. Tu n'aimes pas ? Tu ne la reconnais pas ?

– Si. Je la reconnais. Mais, comment dire… Dans ces instants butés, je ne vois pas tout ce que tu parviens à voir, dessous. Ou dedans. Je suis jalouse. J'aimerais avoir ce don pour la rendre aussi belle à ses propres yeux. Tu la connais par cœur, ça me rend dingue.

Prudence triture sa bague, touchée plus que de raison. La franchise de Clara, la simplicité avec laquelle elle s'ouvre à elle, sans honte… c'est fort.

– Meï et moi, c'est vrai, il faudra faire avec, parvient-elle à murmurer après un temps. Mais tu n'as pas à être jalouse… Cette photo, c'était toi. C'était cette fois où vous vous êtes disputées, juste après les vacances de Pâques. Elle ne pensait qu'à ça, qu'à toi, qu'à te récupérer. Cette photo, c'est aussi un peu un portrait de toi. Moi, parfois, je suis jalouse de la façon dont tu la hantes.

Elles se sourient. Jeannelle arrive près de Prudence et l'enlace.

– C'est magnifique ! Je suis tellement contente pour toi !

– Tu as réfléchi à ce que tu vas proposer pour Louis Lumière cette année ? demande Laura. Pas un truc sur les chapelles du XIIe siècle, j'espère...

Prudence rit.

– Non. Cette fois, j'assume ce que je préfère photographier : les gens. Et même si c'est très commun, je tente.

– Et ce sera ? questionne Clara.

– La face cachée du surf ! Denis-Dylan et les autres m'ont tous donné leur accord. Je vais présenter des photos de leurs petits moments de souffrance, de leurs doutes, de leurs traits fatigués, leurs pieds abîmés, le sang, les plaies, les frottements, les pansements, les grimaces de douleur, les vagues qui maltraitent, les planches qui blessent, les défaites.

– Les coulisses, ça a toujours été ton truc ! assure Meï. Les coulisses, Prudence, c'est *ta* vision du monde, cette fois, ce sera la bonne. C'est sûr, parce que...

L'emballement lyrique de Meï, ses yeux brillants font chavirer le cœur de Prudence. Ce qu'elle aime son amie ! C'est assez dingue et magnifique, l'amour amical. Si rassurant.

Entre la salle et les toilettes de la galerie, les filles recommencent leur ballet de changement de tenues, ignorant Safi, complètement abasourdi. Avant d'ouvrir la porte aux premiers invités du vernissage, le galeriste jette un dernier coup d'œil circonspect dans la salle afin de s'assurer que plus aucune chaussure, aucun gilet, aucun crayon à maquillage ne traînent ici et là. (Heureusement, Clara et Jeannelle sont déjà passées derrière Meï et Prudence, tout est en ordre.)

Safi retourne dans la salle d'exposition pour avertir Prudence de l'ouverture imminente. Mais il la trouve plantée au milieu de l'expo, raide comme un piquet, le contenu de son sac à main renversé sur le sol.

– Euh… Prudence, ça va ? Tu es prête ?

Meï arrive en urgence ; dans le dos du galeriste, elle interroge Prudence de ses deux sourcils levés.

Celle-ci répond, d'une voix blanche :

– Je voulais juste ranger mon sac. Il est tombé, Meï. Tout s'est renversé.

Safi et Meï échangent un regard. Meï s'approche et commence à ramasser ce qui est tombé.

– Ce n'est pas grave, Prudence, je ne comprends pas…

Meï se penche sur le flyer chiffonné. C'est une publicité pour un restaurant, dont le numéro de téléphone, inscrit en lettres rouges est : 05 46 54 40 44. Que des quatre. Une enfilade de terreurs, les unes à côté des autres, innocemment jetées sur un papier glacé, étalé sous ses yeux deux minutes avant sa première expo.

Prudence commence à avoir très chaud. Elle respire bruyamment, expire fort par la bouche, secoue la tête, porte la main à son chemisier et s'évente la gorge.

Meï fait signe à Safi et sa perplexité de s'éloigner quelques minutes, puis revient caresser le dos de son amie et respire avec elle, sur un rythme de plus en plus calme.

– Ça va aller, Prudence. C'est un super moment, pas de pression, c'est juste pour toi, pas de concours, rien à perdre, tout à gagner. Et ce n'est pas un putain de chiffre qui va gâcher ton avenir ! On s'en fout des quatre ! Crois-moi.

– Et si les gens sont horrifiés par mon manque de talent ? S'ils font des grimaces ? S'ils se regardent d'un air entendu pour avaler trois petits fours et se tirer en vitesse ? S'ils se moquent ? S'ils ont pitié ? S'ils vomissent ?

– Personne ne va vomir. Je tuerai de mes mains tous ceux qui vomiront ! Mais y en aura pas ! Parce que c'est bien,

Prudence ! Fais confiance à Safi, si tu n'as pas confiance en toi, tu crois qu'un galeriste prendrait le risque d'exposer ce qu'il pense être tout pourri ? Peut-être que des gens ne vont pas accrocher, je ne vois pas pourquoi ni comment, ni quel genre de personne étrange cela pourrait être, mais admettons. Et alors ? Ils seront trop hypocrites pour te le dire, tu ne le sauras jamais et, surtout, il y en aura si peu ! J'en suis sûre ! Et puis, ce soir, tu vas faire plein de rencontres ! Profite, c'est tout !

Prudence ferme les yeux et reste quelques secondes ainsi, immobile. Lorsqu'elle les rouvre, elle range une mèche de ses cheveux flambants. Une fois que Meï a fait disparaître le sac et tout ce qu'il contenait, elle jette un dernier coup d'œil à l'heure. 19 h 29. Elle vérifie sa tenue dans le reflet d'une vitre, son pantalon fluide, son chemisier bleu tendre.

– Allons-y.

***

Dans les premiers arrivés, Henri, évidemment.

Venu accompagné.

– Ma chérie ! Ma chérie, c'est incroyable ! C'est magnifique ! Qu'est-ce que c'est beau !

– Oui, bon, papa, merci, mais tu en fais un tantinet trop, là, non ?

– Mais non ! Tu es heureuse ?

Prudence hoche la tête en souriant.

– Oui, très !

– Alors ça va ! Alors moi aussi ! Prudence, je te présente Fatou. C'est euh… une copine de salsa. On se voit à la salsa, voilà. Et comme elle adore la photo…

Henri est rouge et baisse la tête pour ne croiser ni le regard de sa fille, ni celui de Fatou.

Fatou est stupéfaite.

– Une copine de salsa ? J'adore la photo ? Ah bon ?

Constance, Vadim dans les bras, se joint à la conversation tout en embrassant sa sœur.

– Super, ma petite sœur ! Bravo, je suis fière de toi ! Salut, papa ! Bonjour…

– Fatou. Une copine de salsa qui adore la photo, apparemment.

Ladite Fatou se retient manifestement d'exploser de rire. Henri semble avoir envie de disparaître. Il s'abandonne dans la contemplation de la pointe de sa chaussure gauche.

– Oleg est là ?

– Oui, il arrive, il donne un bib à Bertille.

– Je… je vais aller voir s'il s'en sort.

– Oh ben, tu sais, ça devrait aller, c'est un petit peu son père depuis plusieurs mois…

Mais Henri est déjà parti, laissant Fatou interloquée devant ses filles.

Les deux sœurs se marrent.

Constance se lance :

– Alors c'est avec vous que notre père passe tous ses week-ends depuis cet été ? Le sourire niais, les oublis, les nouvelles chemises colorées, les dimanches sans éclairs au café, c'est vous que l'on doit remercier ?

– Je… C'est-à-dire qu'on avait prévu de vous…

– De nous annoncer que vous alliez passer plus de temps ensemble, qu'on fêterait Noël avec vous, qu'il arrivera des matins où vous serez à la maison ? murmure Prudence. Écoutez, Fatou… c'est super. On est contentes pour vous deux.

– Ah, oh, hé bien, merci… Je n'ai pas tellement l'impression que c'est ce que veut Henri, finalement. Vous êtes ce qui compte le plus pour lui et là…

Constance pose sa main sur le bras de Fatou pour la rassurer :

– Écoutez, on n'a pas vu notre père aussi heureux depuis des années : *enfin*, il pense un peu à lui. Vous êtes importante pour lui, ça se voit, mais soyez bien au courant d'une chose : les sentiments, les ressentis, les grandes déclarations, il en est incapable. Alors il va continuer, un temps, à faire comme s'il vous avait croisée dans la cuisine quand on débarquera chez lui et que vous y serez. Il demandera qui veut du café et répétera que le temps est un peu frais pour la saison, mais que c'est pas grave si on porte une petite laine.

Fatou se détend et sourit enfin.

– Je suis ravie de vous rencontrer !

– Nous aussi, la rassure Prudence.

– Et je ne suis pas du tout une grande connaisseuse de photos, mais vos portraits sont superbes !

– Merci beaucoup ! On va se tutoyer, ce sera plus simple, parce que si on attend que mon père le propose, on en tient pour une bonne quinzaine d'années.

– Haha ! Je vais aller le chercher. À tout à l'heure, les filles.

Prudence virevolte dans la pièce en parlant à tout le monde. Des amis de fac sont présents, des voisins, des connaissances, et elle est touchée que ces gens se soient déplacés pour son expo. Les invités que lui présente Safi sont tous agréables et la félicitent : elle flotte comme un nuage dans un ciel bleu.

Allant chercher un verre, elle se retourne un peu brusquement, heurte une épaule et renverse une partie de son verre sur la chemise cintrée d'un homme.

– Oups ! Pardon… Dylan !!!

– Hé, salut, la miss ! Décidément on n'arrivera jamais à se rencontrer comme tout le monde !

Prudence l'enlace. Denis-Dylan semble un peu décalé dans ce décor. Il a coiffé ses cheveux en arrière comme un acteur américain des années soixante-dix, en laissant une toute petite mèche se détacher sur son front. Sa chemise mauve cintrée est encore trop étroite et les boutons prêts à craquer sous les muscles de son torse. Son jean aussi est vraiment très serré. Prudence s'en fout, elle l'adore, elle est contente qu'il soit là, elle a envie de le présenter à tout le monde, de pavaner à son bras en criant que c'est son Denis-Dylan.

Jeannelle et Meï, qui assistent à la scène de retrouvailles légèrement en retrait, se marrent derrière leurs flûtes de champagne.

– Je me ferais bien un petit blond et mauve pour le dessert, je peux te dire…

Meï lève les yeux au ciel.

– Jeannelle ! Comment tu parles des hommes… C'est lamentable !

– Oh la la, pardon, c'est bon ! T'as vu Perrine, la bombe atomique qui accompagne Gustave ?

Meï se met aussitôt à scanner l'assemblée, perchée sur ses talons.

– Où ça, où ça ?

– Hin hin, on est d'accord. Viens plutôt dire bonjour à Denis-Dylan.

– Salut, les miss ! Comment ça va bien ?

Tandis qu'il embrasse la bande, Prudence lève les yeux sur les invités un instant.

– Oh !!!

– Mais oui, Prudence, je ne suis pas venu seul, tu penses bien !

Tom, Claire, Yaël, Jeanne, Will, Ava et Jo, et même Lola : ils sont tous venus ! Prudence les serre un à un dans ses bras, les yeux embués. Son père l'observe de loin, près de Fatou. Elle leur sourit, heureuse de se rendre compte que l'on fait de belles rencontres tout au long de la vie.

La soirée s'achève au restaurant, et Prudence ne peut arrêter la course de la petite larme qui coule lorsque tous les regards amis se tournent vers elle, et que les verres se lèvent à la même seconde.

Bertille et Vadim passent de bras en bras, Ava parle tout le repas avec Constance, Fatou ne cesse pas de rire au côté de Laura, Jeannelle roucoule auprès de Denis-Dylan (sous le regard étrange de Lola), Jo et Meï s'échangent des titres de manga. Le repas terminé, la famille de Prudence reprend la route, Ava et Jo rentrent à l'hôtel.

– Oh non ! Vous partez déjà ! s'exclame Prudence.

– Oui, il faut bien, Jo n'ira déjà pas à l'école demain matin, le temps qu'on fasse la route ; s'il arrive l'après-midi, épuisé, je n'ai pas envie qu'on ameute une assistante sociale parce que j'ai osé emmener mon fils à un vernissage.

Prudence rit :

– Tu mûris, Ava !

– Quel malheur !

Prudence embrasse la mère et le fils, et songe pour elle-même en les voyant s'éloigner qu'elle n'est vraiment pas prête à ça. Elle a toujours besoin de profiter des fêtes jusqu'à la fin, jusqu'à l'ennui, le trop, jusqu'au ridicule. Elle ne veut pas louper quelque chose, il faut qu'elle soit là, coûte que coûte, quitte à toucher au rance, aux heures longues.

Les amis décident d'aller boire un dernier verre... puis de faire un dernier tour sur la plage. Personne n'a envie de se quitter. Dylan va chercher sa guitare et tout le monde danse sur le sable. Les filles gardent leurs tenues de soirée, mais y ajoutent progressivement des sweats à capuche pour se réchauffer ; les chignons sont défaits, les chemises froissées et sorties des pantalons. C'est un moment suspendu comme ceux qui aiment passer du temps ensemble savent les tisser, quand l'alchimie prend.

Assises côte à côte, Meï et Prudence contemplent l'océan. Meï lui donne un petit coup de coude.

– Alors, elle n'était pas bien, mon idée d'accepter ce job, ma Prudence ? Il n'était pas beau, finalement, cet été ?

Prudence rit doucement.

– Il était... un peu agité comme l'océan, un peu mouvant comme le sable, un peu piquant comme le sel, mais aussi doux comme le soleil. C'était un été bleu.

Meï pose sa tête sur son épaule et Prudence devine son sourire. Meï est la seule à connaître l'étrange relation qui l'unit à cette couleur.

– Ça te va très bien, les étés bleus.

Tôt au petit matin, les cinq filles acceptent l'invitation des surfeurs à dormir quelques heures dans les vans.

Meï et Clara s'installent avec Lola et, au moment où Prudence va monter dans « sa » chambre sur le toit du van jaune, Jeannelle l'arrête et lui chuchote :

– Je pense que tu devrais plutôt essayer la grande banquette dans le van de Will, avec Laura. Vous serez bien mieux. J'en ai parlé à Will, il est d'accord, il dort dans sa Quechua.

– Jeannelle ! Ne me dis pas que...

Denis-Dylan les interrompt et s'adresse à Prudence :

– Alors la miss ? Tu veux passer quelques heures au septième ciel ?

Jeannelle lui attrape les mains :

– Non, elle me prête son petit paradis, cette fois.

– Oh ? OK, tu verras, on y est comme un coq en pâte ! Je vais juste récupérer mes affaires…

– Je t'accompagne.

Prudence laisse Jeannelle disparaître avec le surfeur et rit toute seule. Elle rejoint Laura dans le van de Will :

– Jeannelle est pas possible ! Denis-Dylan ne va jamais pouvoir redescendre.

– Je sais ! Mais elle me parle de lui depuis qu'on est venues vous voir cet été.

Les deux amies s'allongent et poussent un soupir de satisfaction. Dans la pâleur du jour qui s'apprête à naître, Laura murmure :

– C'était vraiment bien, Prudence.

– Oui, c'était génial. C'était le plus beau vernissage de ma vie ! J'ai encore envie d'en vivre trois millions d'autres.

– D'accord ! Et ce sera chouette parce que ce sera comme ce soir : on sera tous là !

– Oui, sourit Prudence, les yeux déjà fermés.

Puis, dans un bruissement de tissus, elle ajoute :

– Presque.

Le nom de Maneck flotte entre elles sans être prononcé. Laura lui caresse un instant le bras.

– Ça ira, Prudence, tu as déjà fait un sacré beau chemin, en un été.

Elle se met à rire doucement.

– C'est marrant, chuchote Laura, avec la lumière de la pleine lune à travers la vitre sur tes cheveux, on dirait que tu es toute bleue !

Dans cette obscurité bleutée, Prudence sourit plus grand. Être bleue comme l'été lui convient parfaitement.

Rermerciements

Des MERCIS immenses au féminin :

À mes amies de toujours, celles de l'adolescence et celles des années concours,

Marion ma quasi-sœur, Coralie, Mélanie, Audrey ; j'ai tant de chance de continuer à grandir (vieillir ? *never !*) à vos côtés, je nous souhaite encore des milliards d'heures de partages, de rires, de soutien et de douceur.

À « mes » Mousquetaires évidemment !

Amélie, Mathi, Mathou, nos soirées et virées sont des phares, la joie qui me tient quand je n'ai plus de joie. Nos confidences, nos fantaisies et nos incroyables fous rires jusqu'à l'aube me sont résolument indispensables.

À Julia, mon éditrice, pour son aide enthousiaste et ses coups de fil qui donnent le sourire.

Marie Lenne-Fouquet, mars 2022

À découvrir aussi
DANS LA COLLECTION EXPRIM'

Fanny ABADIE, *Les Insoumis du blizzard*
Philippe ARNAUD, *Indomptables*
Philippe ARNAUD, *La Peau d'un autre*
Philippe ARNAUD, *Jungle Park*
Philippe ARNAUD, *La Proie*
Philippe ARNAUD, *Terre Promise*
Rolland AUDA, *L'Équipée volage*
Rolland AUDA, *Le Dévastateur*
Rolland AUDA, *Le Gouffre*
Anne-Gaëlle BALPE, *La Boîte*
Clémentine BEAUVAIS, *La Pouilleuse*
Clémentine BEAUVAIS, *Comme des images*
Clémentine BEAUVAIS, *Les Petites Reines*
Clémentine BEAUVAIS, *Songe à la douceur*
Clémentine BEAUVAIS, *Brexit romance*
Clémentine BEAUVAIS, *Âge tendre*
Clémentine BEAUVAIS, *Les Facétieuses*
Hubert BEN KEMOUN, *Les Flamboyants*
Aurélie BENATTAR, *Luna Viva – Le tournoi des voyantes*
Sabrina BENSALAH, *Vers le bleu*
Sabrina BENSALAH, *Appuyez sur étoile*
Sabrina BENSALAH, *Diabolo fraise*
Estelle BILLON-SPAGNOL, *Amour, vengeance et tentes Quechua*
Estelle BILLON-SPAGNOL, *Y a pas que la vie*
Jérôme BOURGINE, *Bras de fer*
Jérôme BOURGINE, *Le Voyage impossible*
Jérôme BOURGINE, *Toute la vie*
Alexis BROCAS, *La mort, j'adore ! – Saison 1*
Alexis BROCAS, *La Honte de la galaxie*
Marion BRUNET, *Frangine*
Marion BRUNET, *La Gueule du loup*
Marion BRUNET, *Dans le désordre*
Thomas CARRERAS, *100 000 Canards par un doux soir d'orage*
Thomas CARRERAS, *50 Cents*
Axl CENDRES, *Aimez-moi maintenant*
Axl CENDRES, *Échecs et but !*
Axl CENDRES, *Mes idées folles*
Axl CENDRES, *La Drôle de vie de Bibow Bradley*

À découvrir aussi
DANS LA COLLECTION EXPRIM'

Axl CENDRES, *Dysfonctionnelle*
Axl CENDRES, *Cœur battant*
Élodie CHAN, *Et dans nos cœurs, un incendie*
Émilie CHAZERAND, *La Fourmi rouge*
Émilie CHAZERAND, *Falalalala*
Émilie CHAZERAND, *Annie au milieu*
Stephen CHBOSKY, *Le Monde de Charlie*
Emmanuelle COSSO, *Passé minuit*
Antoine DOLE, *Je reviens de mourir*
Samira EL AYACHI, *La Vie rêvée de Mademoiselle S.*
Gaspard FLAMANT, *Shorba – L'appel de la révolte*
Gaspard FLAMANT, *Justice sauvage*
Damien GALISSON, *La Dragonne et le Drôle*
Célia GARINO, *Les Enfants des feuillantines*
Mélanie GEORGELIN, *Soleil jusqu'à la fin*
Chrysostome GOURIO, *La Brigade des chasseurs d'ombres – Wendigo*
Flo JALLIER, *Les Déchaînés*
Flo JALLIER, *Mon plus grand combat*
Hamid JEMAÏ, *2 Jours pour faire des thunes*
Hamid JEMAÏ, *Dans la peau d'un youv*
Julia KINO, *Adieu la chair*
Lucie LAND, *Gadji !*
Lucie LAND, *Good Morning, Mr Paprika !*
Boris LANNEAU, *Sur la tête de l'amour*
Boris LANNEAU, *La Fille de la ville*
Loïc LE PALLEC, *No man's land*
Loïc LE PALLEC, *Fréquence Oregon*
Marie LENNE-FOUQUET, *Bleue comme l'été*
H. LENOIR, *Félicratie*
Bruno LONCHAMPT, *Bloc de haine*
Bruno LONCHAMPT, *Les Évadés du bocal*
Bruno LONCHAMPT, *Mon vieux*
François-Guillaume LORRAIN, *Le Garçon qui courait*
Karim MADANI, *Le « journal infirme » de Clara Muller*
Karim MADANI, *Hip-hop connexion*
Aylin MANÇO, *Ogresse*
Benoît MINVILLE, *Je suis sa fille*

À découvrir aussi
DANS LA COLLECTION EXPRIM'

Benoît MINVILLE, *Les Géants*
Benoît MINVILLE, *Les Belles Vies*
Benoît MINVILLE, *Héros – Livre 1 : Le réveil*
Benoît MINVILLE, *Héros – Livre 2 : Générations*
Benoît MINVILLE, *Mauvaises Graines*
Vincent MONDIOT, *Tifenn : 1. Punk : 0*
Anne MULPAS, *La Fille du papillon*
Lorris MURAIL, *Rien ni personne*
Martine POUCHAIN, *Chevalier B.*
Martine POUCHAIN, *Traverser la nuit*
Martine POUCHAIN, *La Ballade de Sean Hopper*
Martine POUCHAIN, *Zelda la rouge*
Martine POUCHAIN, *Dylan Dubois*
Martine POUCHAIN, *Gloria*
Martine POUCHAIN, *Sous-Sol*
Claire RENAUD, *Les Quatre Gars*
Claire RENAUD, *Une fille de perdue c'est… une fille de perdue*
Stéphanie RICHARD, *Jeux jaloux*
Joanne RICHOUX, *Marquise*
Joanne RICHOUX, *Les Collisions*
Joanne RICHOUX, *Toffee Darling*
Cécile ROUMIGUIÈRE, *Les Fragiles*
Insa SANÉ, *Sarcelles-Dakar*
Insa SANÉ, *Daddy est mort (retour à Sarcelles)*
Insa SANÉ, *Gueule de bois*
Insa SANÉ, *Du plomb dans le crâne*
Insa SANÉ, *Tu seras partout chez toi*
Insa SANÉ, *Les Cancres de Rousseau*
Anne SCHMAUCH, *La Sauvageonne*
Anne SCHMAUCH, *Gorilla Girl*
Edgar SEKLOKA, *Adulte à présent*
Edgar SEKLOKA, *Coffee*
Jean-François SÉNÉCHAL, *Imbécile Heureux*
Julia THÉVENOT, *Bordeterre*
Julia THÉVENOT, *Lettre à toi qui m'aimes*
Marine VEITH, *Ceux qui traversent la mer reviennent toujours à pied*
Marie VERMANDE-LHERM, *London Panic*

À découvrir aussi
DANS LA COLLECTION EXPRIM'

Thibault VERMOT, *Colorado train*
Thibault VERMOT, *Fraternidad*
Thibault VERMOT, *La Course dans les nuages*
Séverine VIDAL, *Quelqu'un qu'on aime*
Séverine VIDAL, *Des astres*
Vincent VILLEMINOT, *samedi 14 novembre*